小学館文庫

嘘と聖域

ロバート・ベイリー
吉野弘人 訳

小学館

LEGACY OF LIES

by Robert Bailey

This edition is made possible under a license arrangement originating with Amazon Publishing, www.apub.com, in collaboration with The English Agency (Japan) Ltd.

嘘と聖域

＊主な登場人物＊

ボーセフィス（ボー）・ヘインズ……………………弁護士。

ジャスミン（ジャズ）・ヘインズ……………………ボーの亡き妻。

エズラ・ヘンダーソン…………………………………ジャズの父親。

ブッカー・T・ロウ……………………………………ボーの従兄弟。

ヘレン・エヴァンジェリン・ルイス…………………第二十二司法管轄区検事長。

フレデリック・アラン・〝ブッチ〟・レンフロー……弁護士、〈Z銀行〉頭取。ヘレンの元夫。

ルー・ホーン……………………………………………刑事弁護士。

テレンス（テリー）・グライムス……………………自動車ディーラー、郡政委員。

マイケル・ザニック……………………………………実業家。

フィネガン（フィン）・パッサー……………………〈サンダウナーズ・クラブ〉のマネージャー。

アマンダ（マンディ）・バークス……………………レイプ被害者、15歳。

ロナ・バークス…………………………………………アマンダの母親。

レジナルド・〝サック〟・グローヴァー……………検事長候補の検察官。

グロリア・サンチェス…………………………………検事補。

ハンク・スプリングフィールド………………………保安官。

フランシス（フラニー）・ストーム…………………主任保安官補。

エニス・ペトリー………………………………………元保安官。

キャシー・デュガン……………………………………〈キャシーズ・タバーン〉のバーテンダー。

ダーラ・フォード………………………………………フロリダのオイスター・バーの経営者。

フーパー…………………………………………………Uberの運転手兼私立探偵。


トーマス（トム）・マクマートリー…………………アラバマ大ロースクールの元教授、故人。

リック・ドレイク………………………………………トムの教え子の弁護士。

レイモンド（レイレイ）・ピッカルー………………トムの旧友で弁護士、故人。

アンディ・ウォルトン…………………………………プラスキの実業家、故人。

友、ダニー・レイ・コブの思い出に。

第一部

1

テネシー州プラスキ、二〇一五年四月一日

フレデリック・アラン・〝ブッチ〟・レンフローが殺害されたその日、彼の一日は、なじみのある場所——だが同時にありえない場所——で始まった。二〇一一年に閉鎖されるまで、六十四号線沿いにあった〈サンダウナーズ・クラブ〉は、ブッチが一日を始めるのではなく、終えるのが好きな場所だった。当時、彼は五時から六時頃に裁判所前広場にある法律事務所を閉めたあと、歩いて〈キャシーズ・タバーン〉に行き、〈ジョージ・ディッケル〉（テネシーウィスキーの銘柄）をたっぷり飲んでいい気分になったあと、車で〈サンダウナーズ・クラブ〉へ行き、冷たいビールをチェイサーにさらに〈ジョージ・ディッケル〉を何杯か飲んだものだった。メインステージのストリッパーに一ドル札を何枚か寄付したあと、お気に入りの女の子を呼んで、ラップダンスをしてもらう。誕生日や特別な日には、二階のＶＩＰルームで三十分ほどぜいたくをすることもあった。

もちろん、彼が〈サンダウナーズ・クラブ〉に通っていた目的は、自分自身が愉しむためではなかった。ダンサー、バーテンダー、ウェイトレス、オーナー、そして三十年来の常連客と知り合うなかで、ブッチは心のなかに、別の思いを抱くようになっていた。

〝ポン引き〟は、ブッチにとっては汚いことばであり、自分自身や彼のパートナーたちをそんな風に呼ぶのはいやだった。同様に〝売春〟ということばも嫌いだったし、〝娼館（しょうかん）〟、〝売春宿〟と呼ぶのも耐えられなかった。

代わりにブッチと仲間たちは自分たちの事業のことをリング――より具体的に言えば、〝ザ・リング〟――と呼んでいた。そして二十年のあいだ、ザ・リングは彼らが私腹を肥やすための金脈となっていた。

だが二〇一一年十月、〈サンダウナーズ・クラブ〉のオーナー、ラリー・タッカーが殺された。その事件により街は大混乱となり、その非難の矛先はテネシー州南部の小さいながらも最高のストリップクラブ――ブッチの金脈――に向けられた。

そして、それによってザ・リングも終わりを迎えた。

だが十六カ月前の二〇一三年十二月、プラスキにやってきたマイケル・ザニックという不動産開発業者がプラスキの土地や建物、企業の買収を始めた。すべてが変わり、よい方向に向かい始めた。

特にザニックが顧問弁護士に選んだブッチ・レンフローの人生は順調そのものだった。ブッチは、クライアントが買収を実現させるたびにたっぷり手数料を稼いだ。彼はザニックが立ち上げた銀行の頭取にも就任した。それだけでは飽き足らないというように、彼は副業のほうも復活させた。

〈サンダウナーズ・クラブ〉が再開され、パートナーのひとりが言うところの〝ザ・リング2・0〟はふたたび金を産み始めたのだった。

人生はこのうえなく順調だった……そうでなくなるまでは。そして最悪の事態になってしまった。ブッチはそう思った。

朝のこの時間、〈サンダウナーズ・クラブ〉には、夜にあるような心地よい雰囲気は存在しなかった。音楽もなければ、酒もない。肌を露出したウェイトレスもいない。そしてもちろんエキゾチック・ダンサーもいない。窓のひとつを半分だけ覆っているカーテンの隙間から陽の光が射し込んでいる。その光に照らされたメインステージのポールは、どこかばかばかしいほど場違いに見えた。

ブッチは建物の奥にある円形のテーブルに坐り、クラブのマネージャーであるフィネガン・パッサーの荒涼としたハシバミ色の瞳を見ていた。フィン――彼はそう呼ばれることを好んだ――は、今は亡きテネシー州マクネイリー郡の保安官、ブフォード・パッサーとはなんの関係もなかったが、この有名な保安官と共通する部分もあった。彼はストリッパーへのお触りがすぎる客を追い払うために、太い角材を手にクラブを見まわるのが好きだったのだ。

フィンは今、右手に角材を握り、テーブルの反対側にいるブッチをにらんでいた。

「あんたにとっちゃ、大事な日だぞ、弁護士先生」フィンは、もう一方の手でコーヒーのカップの取っ手に指をかけたが、飲もうとはしなかった。ブッチは、熱いマグカップから立ち上がる湯気を見ると、脇の下に汗の輪がにじみ出ているのを感じながら、改装済みの店内に眼をやった。

レイアウトはラリーが経営していた頃とほとんど同じだった。入口から入って正面にバーがある。その向こうに三つのステージがあり、それぞれの真ん中に金属製のポールがあった。壁際には、男性がストリッパーとラップダンスを愉しむためのベンチが並び、奥の非常口の標識の先には、VIPルームへと続く階段があった。反対側の壁に沿って、四脚ずつ椅子が置かれたテーブルがステージの周囲に置かれている。

ブッチはすばやく息を吸い込むと、バーの上に並んだボトルの隣にある時計に眼を向けた。午前七時半。クラブにはブッチとフィンのほかにはだれもいない。

「おれが言ったことを聞いてたのか？」とフィンが言った。

ブッチはフィンに視線を戻した。彼は角材を立て、その先を天井に向けて持っていた。

「ああ……」ブッチは言った。「……だがおれでは役に立てないと思う」そのことばは彼自身にさえ空虚に聞こえた。

「そんなことはない」とフィンは言った。「それにあんたはそのことがわかっている」

「ルーが彼女の意見を変えさせるチャンスはまだ残っている。ルーは――」

「ルーは検事長（ゼネラル）が意見を変えるとは思っていない。ミスター・ザニックも同じだ」とフィンは言った。「ルーは精神的に参っている。飲みすぎだ。それに検察に何度も負けている。やつはお荷物だ」

「彼は街で一番の刑事弁護士だ」

「それはどうかな」

「ジャイルズ郡でルー以上に刑事弁護で成功した人物はいない」

「それは違う。ヘインズという名の黒人の弁護士がいる。街の連中はみんな、彼こそがこのあたりでは最高の弁護士だと言っている」

ブッチはニヤニヤと笑った。「ああ、だが彼はもうこのあたりにはいないし、もう何年も帰ってきていない。それに彼がいたところで、マイケル・ザニックの代理人になることはありえない」

「なぜだ?」

「なぜなら、ヘインズはブッカー・T・ロウの従兄弟（いとこ）だからだ」ブッチはかさかさの唇を舐（な）め、テーブル越しにフィンの顔を覗（のぞ）き込んだ。「おれたちがロウにしたことを忘れたわけじゃないだろうな?」

フィンは何も言わなかった。が、瞳が揺らめいている様子からは理解したようだとわかった。

ブッチは深く息を吸った。床やテーブル、ステージはスタッフによって今朝清掃されていたが、営業時間中にずっと漂っている安物のビールと、ストリッパーの香水のにおいが今もかすかに残っているのがわかった。「ルー・ホーンがこれまでも、そしてこれからも、われわれの最良の選択肢だ。それに……」彼はため息をつくと、安っぽい床をちらっと見た。
「……ルーはおれと同様、このゲームの当事者だ。何が懸かっているかわかっている」

いっとき、暗いクラブのなかは静かだった。ブッチは、フィンが立てたまま手に持っている角材を見ながら、文字どおり、心臓の鼓動を聞いていた。

「ルーが失敗した場合、何をすべきか準備はできているのか？」フィンが笑みを浮かべながら訊(き)いた。その眼にはユーモアのかけらもなかった。

「ああ」とブッチは言った。

「ならそうしたほうがいい」とフィンは言い、立ち上がると角材の先をブッチの腹に押し当てた。「今日の終わりを死体安置所(モルグ)で迎えたくなかったらな」そう言うと彼は角材で強く突いた。ブッチは思わず口から息が漏れるのを感じた。前方に突っ伏し、顎をざらざらの木のテーブルにぶつけると、腹を押さえた。

フィンが立ち去るあいだ、ブッチはなんとか息を整え、ルーが失敗したとき何をすべきかを考えた。そしてフィン・パッサーの角材よりももっと厳しい現実が彼を襲った。

「みんな破滅だ」ブッチはそうささやきながら、眼を閉じ、自分の愚かさを呪った。これから起きようとしていることが避けられないことを身に染みて感じていた。
おれはもう死んだも同然だ。

2

ルー・ホーンはズボンのポケットに両手を突っ込むと、テーブルの端に大きな尻をもたせかけた。胃がむかむかしていたので、〈タムズ〉を一パック取り出し、一錠口に放り込んだ。その粉っぽい制酸剤を嚙みながら、彼は今日の訴訟事件一覧審理が検事補の手でなされることを静かに祈った。無意識のうちに時計を見た。午前八時二十五分。訴訟事件一覧審理の呼び出しは九時にならないと始まらない。まだ早いにもかかわらず、法廷は弁護士であふれかえっていて、彼らは判事が席に着く前に検察官から話を聞く最後の機会を得ようと競い合っていた。傍聴席は、神経質そうな笑い声や小声での会話、そして時折聞こえてくるくしゃみや咳の音で騒がしかった。その騒がしさは、音楽が始まり、牧師が説教壇に上がる前の、教会の信徒の声をルーに思い起こさせた。

「ルー」ディック・セルビーはそう言うと、ルーに近づき、彼の隣に坐った。ディックは背の低い痩せた男で、以前は頭頂部が禿げあがっていたが、数年前に植毛をしていた。今は、頭頂部はトウモロコシ畑のようだった。そこには農作物が並ぶ代わりに、巻き毛の柱が頭皮に線を描いていた。弁護士仲間のなかには、陰で〝陰毛頭(あたま)〟と呼ぶ者もいたが、ディックは気にしなかった。ルーは〝ディック（男性器の意味がある）〟という名の男は、ほかのあだ名をつけられたところで腹も立たないのだろうと思った。

「ディック、元気か？」ルーは眼を向けることなくそう言った。ふたりとも同僚たちの海の向こうにある法廷の入口を示す両開きの扉を見ていた。

「どうした？」

「上々だよ」とディックはしわがれた声で言った。

「小鳥ちゃんたちが教えてくれたんだ。今日はグロリアがひとりで訴訟事件一覧審理を担当するそうだ」

冷たい毛布のように、ルーの心を安堵(あんど)が覆った。もしそれがほんとうなら、彼の事件も和解に持ち込むことができる。唇に笑みがこぼれるのを抑えることができなかった。「ディック、きみのおかげで──」

両開きの扉がきしみながら開く音がし、彼は口を閉ざした。法廷内のすべての会話と笑い声が一瞬でやんだ。数秒後、グロリア・サンチェスが大きな黒いブリーフケースを抱えて入ってきた。五十人の弁護士が今日はいい一日になりそうだと知って一斉に息を吐いた。その音を聞き、ルーの顔にも笑みが広がった。グロリアは眼の前の検察席を見つめ、少し前かがみの姿勢ながらも大きな足取りで歩いていた。彼女は魅力的な若い女性で、笑えばもっとかわいいのにとルーはいつも思っていた。もちろん、グロリアが仕えているような人物の下では笑顔を見せることなどほとんどないのだろう。彼がグロリアに近づこうとしたとき、別の音が聞こえ、血の気が引いた。フローリングの床の上をハイヒールで歩く音。

部屋のなかの全員の頭が、ふたたび両開きの扉のほうを向いた。ルーはコーヒーとベーコンのようなにおいのする熱い息を耳元に感じた。「エイプリルフールさ」とディックが言い、ルーの肘を自分の肘で軽く突くと、クスクスと笑った。

ルー・ホーンは、検事長（ゼネラル）の足音を聞くたびに、いつも縮み上がってしまう陰嚢（いんのう）にまぎれのない痛みを感じていた。この部屋にいるほかの男性の何人が、同じ反応をしていることだろうか。そしてわずかにいる女性弁護士はどんな反応をするのだろうか。検事長はだれにも手加減しなかった。もしこの部屋に犬がいたら、クンクンとすすり鳴いて床に水たまりを作っていただろう。ルーはそう思った。

「くそっ」と彼は言った。

カツカツという足音が大きくなり、彼女が扉から入ってくるのを見たとき、ディック・セルビーがつぶやいた。「彼女はほうきをどこに置いてきたと思う？」

古くからのジョークだったが、ルーは笑わなかった。このときだけは、通路を大股で歩いてくる女性よりも、今日和解が成立することを期待している依頼人のほうが怖かった。

「くそっ」彼は繰り返した。

ヘレン・エヴァンジェリン・ルイスは同僚たちの恐怖に満ちたまなざしを愉しんでいた。その見慣れた表情は彼女の血流に電気を走らせるだけでなく、もはや高揚感を与えてくれる唯一の感覚と言ってもよかった。アルコールよりも。セックスよりも。もっとも、後者のほうはこの何年か味わっていなかったが。尊敬されることはすばらしいことは神聖でさえあった。この感覚の一部は彼女の肩書きがもたらすものだった。ジャイルズ郡、モーリー郡、ローレンス郡およびウェイン郡からなる第二十二司法管轄区検事長。この法廷にいる弁護士たちの依頼人は、彼女が有罪答弁取引をするか、起訴するかによってその未来が左右される。だが彼女はそれがすべてではないことを知っていた。弁護士たちは検事長としての彼女の肩書きを恐れているのではなかった。彼女自身を恐れているのだった。

ヘレンは、背筋を伸ばし、頭を完全に静止させるようにして、ゆっくりと歩いた。テネシー州南部のあらゆる美人コンテストに参加していた十代の頃に母親から教わったように。ジャイルズ郡のミス・ティーンで三位に入賞したことはあったが、一度も優勝したことはなかった。だが姿勢と歩き方の訓練は別の目的に役立った。それは彼女に落ち着きと自信、そして自制心を与えてくれ、のちに男性の支配する法律の世界で成功する上で大いに頼りになった。

ヘレンの髪色はミッドナイトブラック、肌の色は青白かった。黒いスーツとそれに合わせたハイヒールを履き、唇を鮮やかな赤に塗っている。この服装は、いわば彼女のトレードマークだった。ジャイルズ郡の弁護士で、彼女が違う服を着て法廷に現れたことを覚えている者はほとんどいないだろう。彼女はその服装が自分にオーラを与えていることを知っていた。そして奇妙なことだったが、無意識のうちに彼女にその服装を提案したのは、だれあろう彼女の元夫であるブッチだった。

ふたりは一九九五年に離婚していたが、結婚しているあいだ、ブッチは日曜日の午後になるとナスカーのカーレースをよく見たものだった。一九九一年にはヘレンを連れてタラデガ500を観戦したこともあった。ブッチのお気に入りのドライバーはデイル・アーンハートだったが、彼のファンになった理由はその運転能力だけではなかった。〝威嚇者(インティミデイター)〟として知られるアーンハートは黒のストックカーのサイドに、赤い縁取りのされた白文字で〝3〟とペイントされた車を駆っていた。ヘルメット、ジャンプスーツ、レーシンググラスも黒と白で統一し、サーキットでは自分自身を畏敬の念を起こさせる存在に見せていた。タラデガのレースでブッチは、アーンハートのピットに近い席を確保した。黒い車とユニフォームは、アーンハートのほとんど無謀といってもよい、恐れ知らずのレーススタイルと完全にマッチしていた。カラフルであるがゆえに忘れられがちなスポンサー付きのほかの車のなかでは特に際立っていた。「すばらしいマーケティング戦略だ」元夫はそう言って感嘆していた。そのレースの翌週から、ヘレンは毎日、黒のスーツで出勤するようになった。それ以来、彼女が法廷で着る色は黒一色となった。

　ヘレンは大股で法廷の前のほうまで歩くと、おおぜいの弁護士たちに眼をやった。その何人かは勇気を出して彼女に挨拶をした。「検事長（ゼネラル）、ご機嫌いかがですか？」「おはようございます、検事長（ゼネラル）」ヘレンは何も言わずにうなずいたが、テネシー州法の奇妙な点のひとつである、軍隊のような肩書きを愉しんでいた。アメリカ合衆国のほとんどの法域では、地区検事に肩書きはない。法廷では単にミスター、ミズ、ミセスと呼ばれるだけだ。それ以外の呼称があるときも単に〝検事〟と呼ばれるだけである。テネシー州では、地区検事長は、法廷で〝検事長（ゼネラル）〟と呼ばれた。一九七八年、テネシー大学のロースクールを、百名以上いるクラスのなかの数少ない女性のひとりとして卒業したヘレン・ルイスにとって、敵対する弁護士たち——ほとんどが男性だった——から〝検事長（ゼネラル）〟（ゼネラル——General——には〝将軍〟という意味もある）と呼ばれることは、大いに自信を与えてくれるものだった。

　検察席に着くと、グロリア・サンチェスがブリーフケースからファイルを取り出しているところだった。ヘレンは若い検事補の眼に、たった今、その前を通り過ぎたときに弁護士たちの眼に浮かんでいたのと同じ恐怖の色を見て取った。彼女は自分の外見や肩書きが威圧感を与えていることを知っていたが、最終的かつ最も重要な要素はその立ち居振る舞いだった。

　あまり洗練されたことばではないが、ヘレン・エヴァンジェリン・ルイスは〝意地悪〟だった。悪意はない。悪人でもない。が、意地悪だった。検察官になって間もない頃は、親切で誠実であろうとした。だがその努力は彼女を弱く見せ、その結果、男性の同僚から真剣に扱われなかった。最悪だったのは、そのせいで勝てるはずの案件を失い、訴訟に持ち込めるはずの案件で司法取引をしなければならなかったことだった。そんな日々を思い出すと、今も胃が重くなる。

「訴訟事件一覧表」とヘレンは言った。その声は鋭く、歯切れがよかった。

グロリアがホッチキスで留められた書類を渡した。そこには今週の裁判の対象となる被告人の名前が記載されていた。ヘレンは一覧表に眼を通した。彼女はここまでの一時間、自分のオフィスでその一覧表をしっかりと調べ、すべての事件で何をすべきかを正確に理解していた。

「検事長、お話ししてもいいですか？」

ヘレンは顔を向けることなく、その声の主がだれなのか悟った。訴訟事件一覧表を見たまま言った。「何がお望み、ルー？」

「きみの貴重な時間を一瞬だけ貸してほしい」ルーは苛立ち（いらだ）を隠そうともせずそう言った。

彼女は顔を上げると、彼の眼を見つめた。まさにこの法廷で、過去三十年近く闘いを繰り広げてきた大きくてふくよかな男が見つめ返してきた。「オーケイ」と彼女は言った。

「ザニックだ」とルーは言った。まるでその名前を口にすることが苦痛であるかのように。

「取引はできないか？」

「最終提案はしたはずよ」

「仮釈放なしの十年では、陪審員が有罪にするよりも重い。検事長、道理をわきまえてくれ、お願いだ」

「彼は十五歳の少女をレイプしたのよ、ルー」

「彼は十八歳だと思っていたと言っている。それに合意の上だった。情状酌量の余地がある。お願いだ――」

「いいえ。ミスター・ザニックがマーティン・メソジスト大学に莫大(ばくだい)な寄付をしている裕福なプレイボーイであるという事実は、情状酌量の理由とはならない」

「そんなことは言っていない、検事長。あの少女……被害者はまだ十五歳かもしれないが、性的には奔放だった。男子ロッカールームで、一回百ドルでフェラチオをしていたという目撃者もいるんだ」

ヘレンは被告弁護人をにらみつけた。今耳にしたことが信じられなかった。「ルー、レイプ被害者保護法の下、被害者のほかの性的な行動に関する証拠の採用は厳密に禁止されている。わたしはそんな証言を信じないし、たとえあなたの証人が真実を言っていたとしても、それらの事実が証拠として採用されることはない。あなたもそのことはよくわかっているはずよ」

ルーは胸の前で腕を組んだ。引き下がらなかった。「だがアマンダ・バークスのジャイルズ・カウンティ高校での評判を知らない陪審員を見つけてくるのは難しいんじゃないか？ ここは小さな街だ、ヘレン。それにアマンダの性的な行動が証拠に採用されないとしても、彼女が犯罪の申立てを提出するのに一カ月も待ったという事実は問題になるだろう」彼はことばを切った。「陪審員が彼女の言い分をすべて認めるとほんとうに思っているのか？」

「ええ、信じてるわ。彼女はまだ九年生なのよ、ルー。被害者は子供なの。そしてミスター・ザニックは、いくら若い恰好(かっこう)をして大学生と多くの時間を過ごしているとはいえ、三十七歳の男性なのよ」

ルーは一歩近づくと、低く哀れな声で話した。「検事長、街が〈ホシマ〉との契約を失うことになってもいいのか？」

ヘレンは両手を組んだまま、何も言わなかった。

「依頼人によると、すでに契約書は完成しており、唯一、保留となっている理由がこの事件なんだ。〈ホシマ〉だ、検事長。〈トヨタ〉や〈ホンダ〉じゃないことはわかっている。だが彼らは自動車業界では有望な新興企業で、その工場はジャイルズ郡に千人近い雇用をもたらすことになる。少しはそのことを考えてくれないか？　千人の雇用だぞ」

「レイプに権力や影響力による例外はないのよ、ルー。それにこれは単に法定強姦(ごうかん)か否かという問題ではないの。あなたの依頼人は、被害者の意思に反して、力と脅迫を使ってセックスをしたのよ」

「彼の主張は違う」

「わたしは彼女のことばを信じるし、陪審員も信じるはず」

ルーは口を開けたが、ことばは出てこなかった。

「ルー、もういい？　ほかにも話したがっている人がいるんだけど」

ルー・ホーンはやっと口を閉じると、唇を舐めた。「きみは大きな間違いを犯している」

ヘレンは眼を細めて彼を見た。「自分の仕事をしているだけよ」

「もしきみがマイケル・ザニックをレイプで有罪にしたら、十一月には職を失うことになるぞ」彼はヘレンに歩み寄った。「この街の人々はきみときみの強引なやり方にうんざりしている。プラスキは死にかけていて、自動車工場がもたらすエネルギーが必要なんだ。サック・グローヴァーにはそのことがわかっている。どうしてきみにはわからないんだ？」

ヘレンは、次の検事長選挙で対立候補となる男の名前を聞いて、苛立ちをあらわにした。「あの男は、自分の選挙戦に資金を提供してくれる人物の面倒を見ることしか頭にないのよ」彼女はことばを切った。「あなたのクライアントのような人物のね」

ルーはニヤッと笑った。「先週金曜日の仮釈放委員会では審査委員であるサックの説得が功を奏したそうじゃないか」彼は身を乗り出すと、低い声で話した。「きみは、全国的な関心を集めた人種差別犯罪の一端を担ったとして、ペトリーを投獄した。だが、公聴会できみがペトリーは仮釈放に値しないと主張し、仮釈放を提案した審査委員の面目をつぶしたにもかかわらず、結局委員会は仮釈放を認めた」

ヘレンは歯を食いしばって耐えた。冷静さを保とうとした。「あなたにもわかっているはずよ。ボー・ヘインズがいたら結果は違っていた」

「たらればだ」とルーは言った。「それにボーセフィス・ヘインズが現れていたところで、前科があり、二度の停職処分を受けた弁護士がどう思おうが、委員会が気にしたとは思えん。わたしが知っているのは、元保安官で、クー・クラックス・クランのテネシー騎士団創設メンバーであり、一九六六年にボーの父親――正確には継父――をリンチして殺した男たちのひとりであるエニス・ペトリーが、プラスキの街をふたたび歩いているということだ。なぜだか知りたいかね。委員会がきみではなく審査委員の提案に従ったからだ」今度はルーがことばを切った。「審査委員がだれだったか、もう一度教えてくれないか、検事長」

ヘレンはルーをにらみつけた。その青白い顔には汗がにじんでいた。彼女はその質問を無視して言った。「この訴訟事件表の残りの案件は、有罪答弁取引か継続審理になるはず。もしわたしが提案した取引にザニックが応じない場合、数時間以内に公判を始めることができるはずよ」

ルーは一歩あとずさると、眼を細めて彼女を見た。「後悔することになるぞ」

ヘレンが答える前に、ルーは背を向けて歩きだした。ヘレンは拳を強く握りしめた。ルーとのやりとりに少し動揺していた。彼女は一九八〇年代の後半から、ルー・ホーンと訴訟で闘い、しばしば激しい議論を交わしてきた。だがこの偏屈な弁護士が、判決が彼女の政治的な立場に影響を与えるとほのめかしたことは一度もなかった。

ディック・セルビーが彼女の前に坐った。「今日もお美しいですね、検事長。その靴もすてきだ」

ヘレンはあきれたように眼をぐるりとまわした。慣れ親しんだ会話に戻れることがありがたかった。「二十年も同じブランドの靴を履いてるのよ、ディック。ごまをするのがうまくなりたいなら、少なくともそのくらいのことは知っておきなさい」

彼はうつむき、細い肩を落として言った。「ポールソンの件、なんとかならないかね？無謀運転と社会奉仕活動とか？」

「いいえ、彼は飲酒運転については認めなければならない。罰金を四百ドルに下げることはできる。ただし、陪審員の選出が始まれば、すべての申し出は無効となって、最高額の千五百ドルの罰金と六十日間の禁固を求刑する。ミスター・ポールソンはなんと言ってるの？」

ディックは顔をしかめた。が、ためらうことなく言った。「取引に応じよう」

3

フレデリック・A・レンフロー法律事務所は、裁判所から一ブロック離れた西マディソン通りにあった。その事務所の三軒先に、一八六五年のクリスマスイブに南部連合の退役軍人六名がクー・クラックス・クランを設立した、二階建ての四角い建物があった。何十年ものあいだ、世界で最も有名なヘイトグループのひとつの設立を記念するプレートが建物の正面にあったが、一九八九年にオーナーがそのプレートを剝がして裏向きに溶接してしまった。今は、通り過ぎるときに見えるのは何も書かれていない緑と黒の板だけだった。

ブッチは二階の会議室で、携帯電話を右手でしっかりと握りしめながら、窓の外を見つめていた。彼の立っている位置からは、そのプレートはほとんど見えなかった。かつてはロバート・E・リー将軍の日、今はマーティン・ルーサー・キング・ジュニアの日として知られる日には、西マディソン通りをあてもなく歩く観光客がよく見えたものだった。今は何も書かれていないそのプレートを探そうとしているのは明らかだった。そしてちょうど先週、エニス・ペトリーが仮釈放されたというニュースが流れたあと、何人かのKKK(クランズマン)の団員が広場を行進していた。男たちの何人かは歩道を歩き、プレートの前でひざまずいていた。プレートにキスをしていた者も何人かいた。ブッチはこの場所に立ち、この狂った世界にまだクランの功績を称(たた)えて、白いローブとフードを誇らしげに着ている人たちがいることに驚いた。

今、ブッチは同じ窓から外を見ていたが、その眼には何も映っていなかった。もし団員(クラン)が盛装して行進していたとしても、彼には何も見えていなかっただろう。

冷房が充分効いていたのに、ブッチの額やわきの下には汗がにじんでいた。左手を伸ばして、窓枠の上に置いてあった〈ジョージ・ディッケル〉のパイント瓶をつかんだ。朝からすでに飲んでいたので、蓋はすでに開いていた。もうひと口飲んだ。

「落ち着けよ、ブッチ。何時だ？　朝の九時半か？」

「九時十五分だ」ブッチはそう言うと、もうひとロウィスキーを飲んだ。そして振り向くと、会議室のテーブルを見下ろした。そこにはテリー・グライムスが腹の上で両手をテントのような形に組んで坐っていた。テリーは青と白のシアサッカーのスーツを着ていた。それは、数年前にライバルの〈ウォルトン・シボレー〉が廃業してから、この街一番の自動車ディーラーとなった、〈テリー・グライムス・フォード／ビュイック〉のコマーシャルで着ていたのと同じ服装だった。テリーは、人前ではいつもジャケットにネクタイをしていた。テレビ出演のときは親しみやすいシアサッカー、六期務めている郡政委員として出席する公聴会などではネイビーかチャコールグレーのスーツ、そして多くの市民団体の会合や銀行の取締役会では、スポーツジャケットにスラックスといういでたちを好んだ。きれいにひげを剃り、白髪交じりの髪は豊かな巻き毛だった。そしてブッチが知っているかぎり、テリーは常に細身で健康的だった。週に五回はＹＭＣＡでトレーニングをし、煙草も吸わず、アルコールにも手を出さなかった。

　だがそんな健康的な生活習慣とは裏腹に、テリー・グライムスには怪しげで危険な悪癖があった。

今、自分たちが冷や汗をかいているのはそのせいだ、とブッチは思った。

「ルーから連絡はあったか?」テリーがブッチに微笑みながら訊いた。テリーについて言えるのは、彼が気分やストレスのレベルにかかわらず、常に笑顔を絶やさない男だということだった。ルーが苦境に押しつぶされそうになり、ブッチも同じような状況にある一方で、テリーの様子はいつもと変わらなかった。残りの人生を刑務所で過ごさなければならない情報を待っているというのに、まるで競馬のレースの結果を待っているような表情だった。

「いや、ない」とブッチは言った。窓に向き直り、アルコールが血流に浸透していくのを感じていた。彼はガラスに額を押しつけ、眼を閉じた。


ザ・リングは一九九三年十一月十七日に始まった。

多くの悪の営みがそうであるように、ザ・リングも始まりは無邪気そのものだった。テリー・グライムスが四十歳の誕生日を迎え、ブッチとルーが何か愉しくて思い出に残ることをしたいと考えたのだ。当時、ブッチの結婚生活はほとんど終わりを迎えており、ルーも何年か前に離婚していた。一方、政治家だったテリーは、プラチナブロンドでドリー・パートン級の胸を持つ美しい妻のドリスに加え、三人の金髪の娘たち——三人とも、その後ジャイルズ・カウンティ高校のホームカミング・クイーンに選ばれることになる——という輝かしいパブリックイメージを保っていた。一九九三年十一月、テリーは郡政委員に初当選したばかりだったが、すでにジャイルズ郡のほとんどの金融機関の役員を務めていた。また地元の〈フォード〉のディーラーのオーナーでもあり、家族のためにアラバマ州オレンジビーチに立派なコンドミニアムも保有していた。

だがだれもがアメリカンドリームと考える生活を送りながら、テレンス・ロバート・グライムスには弱点があった。ことばは悪いが、テリーは変態だった。

そして彼の親友、ブッチ・レンフローとルー・ホーンもそのことを知っていた。そこで四十歳を祝う旅行のあとの夜、ブッチとルーは友人のために〈サンダウナーズ・クラブ〉のVIPルームで何人かのダンサーに協力してもらい、どんちゃん騒ぎをおぜん立てした。初めは女性たちが互いに愛撫し合うだけのはずだったのが、いったんウィスキーが入ると、いつの間にかテリーのパンツは足首のところにあった。ショーが終わると、セールスマンでもあったテリーはふたりの友人に提案した。自分が経験した快楽をほかの働き盛りの男性にも味わってもらいたいと。

「もちろん、リーズナブルな価格で」

まぶたを固く閉じ、歯を食いしばりながら、ブッチはあの破廉恥な夜のことを思い出していた。友人への誕生日プレゼントが、二十年にもわたって八つの郡とふたつの州にまたがり、五百万ドル以上の金をもたらす売春事業に発展するなど、どうしたら想像できただろうか？

あるいはそれが最終的には未成年者の人身売買や性的搾取にまで発展するとは……

だがそれは事実だった。

そして今、とうとう彼らはその罪の報いを受けようとしていた。

ブッチは階段を上がってくる重い足取りを聞いて眼を開けた。振り向くと待った。不安と恐怖で胃がひっくり返りそうだった。テーブルに眼をやると、テリー・グライムスは、脚を組んで、両手を腹の上に置いていた。冷静沈着を絵に描いたようだった。

数秒後、ルー・ホーンが会議室の戸口に立っていた。その顔は蒼白だった。

「どうだった？」テリーが訊いた。

「取引はなしだ」ルーはそう言うと、視線をテリーからブッチへと移した。「公判は今日の午後一時半に始まる」ルーはよろめきながらテーブルに向かうと、〈ジョージ・ディッケル〉のボトルを手に取った。一瞬荒い息を吐いたあと、ぐいっとウィスキーをあおった。

「おい、何をしてるんだ？」ブッチはそう尋ねると、ルーの汗ばんだ手からボトルを奪い取った。「公判の始まる四時間前だというのに、飲んでる場合じゃないだろう。正気か？」

「落ち着けよ」とルーは言い、ボトルに手を伸ばした。「何をしてるかは自分が一番わかってる」

ルーとブッチがにらみ合っていると、テリーが立ち上がり、両手をポケットに入れて訊いた。「ルー、計画があるのなら、教えてくれないか？」

ルーの指がボトルを握りしめていた。ブッチはようやくボトルを握っていた手を緩めた。

被告弁護人はもうひと口あおるとため息をついた。そして虚ろな眼でブッチを見た。「時間を稼ぐ」

4

午前十時半、ヘレンはきびきびとした足取りで法廷を出た。ルー・ホーンに予告したとおりとなった。訴訟事件一覧のザニック以外の二十八の事件は、四件を除いてすべて有罪答弁取引が成立し、残りは継続審理となった。今は、ペイジ判事が有罪答弁取引を審理し、グロリア・サンチェスとそれぞれの被告代理人が質問に答えるために待機していた。ペイジは有罪答弁取引の手続きを開始する前に、ザニックの公判を午後一時三十分ちょうどに始めるとヘレンに告げていた。

ヘレンは廊下を自分のオフィスに向かいながら、心臓の鼓動が高鳴るのを感じていた。刑事裁判のプレッシャーや厳しさに耐えられない法律家もいるがヘレンは違った。彼女の人生はそのためにあった。

準備のために費やす数えきれない時間。証人、被告代理人、裁判官などのさまざまな個性に対応するために必要な忍耐力、粘り強さ、そして気概。和解手続きや有罪答弁取引などの日々の面倒な作業。

それは過酷な仕事だった。だが今感じている興奮によってすべてが報われた。ヘレンは、〝地区検事長〟と書かれた部屋の前で立ち止まり、深呼吸をしてスーツを整えた。

レイプ裁判では、被害者が最も重要な証人となる。アマンダ・バークスに、法廷で待っていることに対して確実に準備させられるかどうかが、勝敗を左右することになるだろう。この六カ月間、ヘレンはマンディと五十回以上は会い、彼女の話を何度も確認し、ヘレンが直接尋問でする質問と、おそらくさらに重要な質問——ルー・ホーンが反対尋問で浴びせるであろう非難——の両方に備えてきた。

だがもう時間はなかった。これが公判前の最後の打ち合わせとなるだろう。

ヘレンは息を吐くと、オフィスの扉を開けた。電話をしていた秘書のトリシュ・デモニアが、小声で挨拶をすると受話器を置いた。そしてヘレンの執務室を指さすと言った。「ふたりともなかにいます」

マンディ・バークスは、ふたつある来客用の椅子のひとつに坐っていた。彼女は足首まである紫色のサンドレス——襟は首筋のすぐ下でカットしてある——を着ていた。願わくは陪審員に若い未成年の少女であることをアピールしてくれるであろう、保守的ないでたちだった。マンディはオリーブ色の肌、茶色の髪、そして茶色の瞳をしていた。両手を膝の上に置き、椅子のなかでそわそわしている姿ははかなさと若さを絵に描いたようだった。ヘレンは笑みが浮かぶのを必死でこらえなければならなかった。完璧だ、と彼女は思った。そして部屋のなかにいるもうひとりの女性に眼を向けた。

ロナ・バークスは三十代半ばだった。ヘレンが法廷用に選んだ三着の服のうち、葬儀にふさわしいような黒いドレスを着ていた。ヘレンはまた、肩まであった髪をきれいに切りそろえるようにアドバイスしていた。だが保守的な髪型や服装をしていても、ロナ・バークスは砂時計のようなスタイルをした、人目を引く女性だった。口元から覗く金歯——長年にわたるメタンフェタミン乱用の産物だった——がなければ、美人と見られていただろう。ロナは五年ほど前に〈サンダウナーズ・クラブ〉でのエキゾチック・ダンサーの仕事を辞め、その後薬物とアルコールも断っていた。今は街のいくつかの家庭で家政婦をしており、週末には芝刈りをして生活費を稼いでいた。だが薬物とアルコールを断ち、新しい仕事を得ても、残念ながら、薬物依存症のストリッパーだったというかつての評判がコミュニティの人々の記憶から消えることはなかった。昨年十一月に娘を保安官事務所に連れていき、レイプ事件を報告して以来、ロナは母親である自分の軽率な行動のせいで、マンディが公正な扱いを受けられないのではないかと心配し、怒っていた。今、ロナは膝を互いに打ちつけ、両手を胸の前で強く握りしめていた。彼女は恐怖と不安に満ちた眼でヘレンを見つめていた。「ほんとうに始まるのね」

ヘレンはうなずいた。「三時間足らずで始まる」

ロナの眼は潤んでいた。「ありがとう、検事長。和解せず、ここまでやってくれて。わたし……」感情が抑えられなくなり、ことばが途切れた。

ヘレンはマンディに眼をやった。彼女はまだそわそわとしており、今は床を見つめていた。

「ロナ、マンディの証言をもう一度確認しているあいだ、受付で待っていてくれる？」

一瞬、ロナは抗議するような表情をした。が、うなずくと、震える下唇を噛みながら立ち上がり、娘の頬にキスをした。「ルイス検事長の言うことをよく聞くのよ、いいわね？」

マンディは何も言わず、まだ絨毯を見つめていた。ロナは、マンディの肩を抱いたあと、ヘレンにもう一度感謝のことばを言ってからドアを開けた。彼女の後ろでドアが閉まると、ヘレンは手を差し出してマンディの手を取った。

「わたしを見て」とヘレンは言った。

マンディは言われたとおりにした。だがその眼は虚ろだった。

「大丈夫？」

マンディは肩をすくめた。「ちょっと緊張してる」

ヘレンは彼女の手を握りしめ、そして放した。「わたしもよ」

マンディが眉をひそめた。

「でも緊張はいいことなのよ」とヘレンは言った。「緊張はエネルギーを生むし、気持ちを引き締めてくれる。それを利用しなければならないの、わかる？」

「はい、マァム」彼女の視線はまた床へと向かった。声はとても小さくかろうじて聞こえる程度だった。

「まっすぐ坐ってわたしを見なさい」ヘレンははっきりとした口調で言った。

驚いたマンディは、背中を椅子の背に押しつけヘレンをじっと見た。「すみません、あたしはただ――」

「不安なのね。怖いのよね。あなたは十代の少女がするはずのないことをしようとしている。わかるわ、マンディ。わたしは理解しているし、陪審員も理解するはず」ヘレンはことばを切った。「でもあなたは強くならなければならない。わかってる？」

マンディはうなずいた。「ええ、マァム」彼女はなんとかそう言った。

「聞こえない」

「ええ、マァム」マンディは大きな声で言った。そのしかめっ面はどこか開き直ったようだった。

完璧。ヘレンはふたたびそう思った。無邪気で、か弱い。だが話が疑われても、決して折れない。それが彼女たちのしようとしているダンスだった。彼女は陪審員に同情してもらわなければならない。だが同時に、最も重要なことは、彼女を信じてもらわなければならないということだった。

「いい子ね」ヘレンはそう言うと、椅子にもたれかかり、脚を組んだ。「さあ、最後にもう一度やってみましょう」

レイプそのものは二分もかからなかった。

マンディは、高校から一マイルほど離れた、三十一号線沿いの邸宅で開かれたパーティーに行った。ボーイフレンドで、ジャイルズ・カウンティ高校の四年生、フットボールチームのスターティング・ラインバッカーであるジェイソン・ライトフットに誘われたのだ。ジェイソンは、マーティン・メソジスト大学の一年生である友人からこのパーティーのことを聞いていた。

マンディがジェイソンといっしょに午後二時頃に到着したとき、彼女はこの家の持ち主がだれなのかさえ知らなかった。参加者は大学生と大学院生が交じっていた。無料のビールの樽があり、何人かの男がウォッカを混ぜた〈ジェロ〉（米国クラフト・ハインツのフルーツゼリー飲料）の載ったプレートをまわしていた。

マンディは何杯〈ジェロ〉を飲んだかわからなかったが、飲んでいるうちに、ビールの味にも我慢できるようになっていた。酒を飲むだけではなく、午後は四輪バイクで家の裏手の森の小道を走ったり、人工の湖でジェットスキーをしたり、最後にはオリンピックサイズのプールで泳いで愉しんだりもした。日が暮れる頃には酔っぱらってしまい、ジェイソンに家まで送ってくれるよう頼んだ。だが同じように酔っぱらっていたボーイフレンドは、暗くなる前にもう一度四輪バイクに乗りたいと言いだした。ふたりは喧嘩になり、ジェイソンはひとりで森に行ってしまった。仕方なくマンディは家のなかのトイレに行った。

一階のトイレが使用中だったため、彼女はおぼつかない足取りで二階に向かい、トイレを探した。用を足したあと、ドアを開けると廊下に立っていた男にぶつかった。彼は青い飲み物を持っていて、ぶつかった拍子にマンディの白い上着にそれをこぼしてしまった。マンディは笑ってすませて階段を探そうとしたが、その男性に呼び止められ、着替えないかと尋ねられた。男性はガールフレンドの服がいくつかあるので、彼女に貸してくれると言った。

酔っていたものの、彼女はその男性が自分よりもかなり年上だとわかっていた。それでもカッコよかった。マンディは自分をほったらかしにしたジェイソンのことで頭にきていたので、「オーケイ」と言った。

彼は大きな寝室に彼女を案内し、シャワーを使っていいと言った。その時点でマンディは気分が悪くなっていた。記憶はあいまいだったが、シャワーを浴びる前に吐いてしまったことは覚えていた。シャワーのお湯を出すと、ガラスの扉が開いて閉じる音がした。このとき、額に湯が当たっていなければ気を失っていたかもしれない。それから彼の石鹸のついた手が自分の体に触れるのを感じた。触っている。いやだと言ったが、彼はやめなかった。彼が指を彼女のなかに滑り込ませた。彼女はその手を振り払おうとしたが、滑りやすいタイルの床の上で何度もバランスを崩してしまった。彼の腹に肘打ちを食らわせ、なんとかシャワー室から出たが、洗面台のところでつかまった。彼は彼女を動けないようにした上で、洗面台の上に覆いかぶさるようになるまで彼女の背中を押さえつけた。彼女は叫んだ。「やめて！」だが、彼の手が口を覆い、その声を消した。

それから……

「それからどうなったの、マンディ？　そのあと、何が起きたの？」執務室の狭い空間のなかで、マンディの途切れ途切れの息遣いまで聞き取ることができた。

マンディ・バークスは下唇を噛み、まっすぐ前を見た。その眼と声には決意がみなぎっていた。「その男はあたしをレイプした」

「それはどのくらい続いたの？」

彼女の表情はストイックなままだった。「一分か、二分くらい」

「あなたをレイプした人物は今日、法廷にいる？」

マンディはうなずき、左を指さした。それは法廷だと証人席から見て弁護側の席にあたった。「はい、そこに坐っています。マイケル・ザニックです」

ヘレンは小さく拳を握ると咳払いをした。「証人が被告人を特定したことを記録してください」

いっとき、執務室のなかは静寂に包まれた。ようやくヘレンが咳払いをして言った。「反対尋問で何が来るかわかってるわね？」

マンディはうなずいた。

「あなたは二〇一四年十月二日の夜、酔っぱらっていましたね？」

「はい、そうです」

「それに、あなたはその晩に起きたことをすべては覚えていないことを認めますね？」

「そのとおりですが、レイプされたことは覚えています。生きているかぎり、決して忘れることはありません」

ヘレンは親指を立てるサインを送った。そして続けた。「さて、ミズ・バークス、あなたは一カ月以上も何が起きたのか報告しなかった。そうですね？」ヘレンはルーの南部風の話し方をまねた。

「はい」とマンディは言った。「もっと早く名乗り出ればよかったんですが、恥ずかしくて怖かったんです」

「あなたは恥ずかしくて怖かったから、レイプがあったと主張している二〇一四年十月二日の夜から二〇一四年十一月七日までの三十六日間、だれにもそのことを話さず、ただ待っていた」

マンディは歯を食いしばり、陪審員が坐っているであろう方向をまっすぐ見た。「だれも信じてくれないかもしれないし……ええ、怖かったんです。でも最後には思ったんです。ミスター・ザニックがあたしにしたようなことをほかの人にしてほしくないと」

ヘレンは椅子に寄りかかると、マンディに向かって両手を突き出し、親指を二本立てる仕草をした。「すばらしい。そういったいやみな質問はされないかもしれないけど、ルーはやりすぎることで有名だから。もし彼がそうしてきたら、その答えをあいつのケツにまっすぐ突き刺してやるのよ」

マンディはためらいがちな笑みをなんとか浮かべた。「はい、マァム」それから微笑むと言った。「ありがとうございます」

ヘレンは笑みを返し、机のまわりをまわった。彼女はしゃがみ込むとマンディの両手を握った。「マイケル・ザニックを刑務所に入れる準備はできた？」

「ええ、マァム」

5

地区検事長のオフィスの受付エリアで、ヘレンはマンディとロナとハグを交わしたあと、何か食べておくようにとふたりにアドバイスした。「開始まであと二時間よ」と彼女は言った。「ふたりとも元気でいてもらわないと」

「そうする」ロナはそう言うと、娘をオフィスの外へ連れていった。ふたりがドアを出ていくとき、グロリア・サンチェスとすれ違った。彼女はヘレンを見ると、ファイルフォルダーをいくつかヘレンの机の上に置いた。「ジェイソン・ライトフットと高校側に話をしたら、三十分前に知らせてくれれば証言してくれるそうです」

「彼についてはどう思う？」とヘレンが訊いた。挑むような口調を隠そうとしなかった。

「彼の証言については問題ないと思います。日が沈むまで四輪バイクを走らせていたというマンディの証言を裏付けるはずです。戻ってくると、彼女が家のなかの暖炉のそばで膝を抱えて坐っていたと証言するでしょう。彼女は彼を見るなり帰ろうと言い、その眼は泣いていたように赤かったと」

「反対尋問に耐えられそう？」

グロリアはため息をついた。「彼は酒を飲んでいたことを認めるでしょうし、マンディも飲んでいたと言うでしょう。彼は明らかにレイプを見ていないし、マンディもそのことを彼に話さなかった。家までの道すがら、何に悩んでいるのかと彼が訊いたにもかかわらず」

ヘレンはうなじをなでながら、ジャイルズ・カウンティ高校でのマンディの評判について考えた。彼女は、ルーがひとつの点については正しいとわかっていた。プラスキは小さな街であり、マンディの行状については、その証拠の有無にかかわらず陪審員の知るところとなるだろう。「ロッカールームでのフェラチオについては、ライトフットはなんて言ってるの？」

グロリアは天井を見上げた。「彼はそれについては何も聞いていないと言っています」

「でもあなたはそれが嘘だと思っている」

グロリアは彼女の視線を受け止めた。「わたしは彼が嘘をついていると知っています」

「どうして？」

「わたしが話をした生徒の半分がその噂を聞いていたからです。マンディは二軍のバスケットボールチームのホームゲーム初戦の前に、フィッツジェラルドの双子のひとりにフェラチオをしていたそうです」

「噂の出所はサーテイン？」

グロリアはうなずいた。「ジョーイ・サーテイン。彼はチームの一年生ガードで、試合の前に来てシュートの練習をしようとしていた。ロッカールームでマンディがダグ・フィッツジェラルドにフェラをしているのを見たそうです。彼は携帯電話で写真を撮って、スナップチャットで友人の何人かに送った」

「でも、彼は金銭の授受は見ていない、そうよね？」

「そのとおりです。その話がどこから来たのかはまだ不明です。だれもその詳細については知らないので、おそらくはだれかが話を盛ったんでしょう」

「スナップチャットの写真は、彼の友人が開いたあとは、消えるのね？」

「ええ、そうです。そういう仕組みなんです。だから子供たちに人気があるんです」

ヘレンはもう一度事実関係を頭のなかで整理した。この種の情報はすでに知っていて、それも証拠にならないことを確認していた。「写真、見たんでしょ?」

グロリアはうなずいた。「サーテインの友人の親から通報があって、学校が調査をしました。学校のIT担当者が写真を保存していました」

「そこにはダグ・フィッツジェラルドの快楽にひたる顔と少女の後頭部しか写っていなかった」とヘレンは言った。

「そのとおりです」

「それが確実にマンディだと特定する方法はない」

「そのとおりです」

「でもあなたは彼女だと思っている」

グロリアはヘレンに向かって首を傾げた。「そう思いませんか?」

ヘレンはその質問には答えず、代わりに質問で返した。「そのバスケットボールの試合はレイプの一カ月後だったのね?」

「そうです。試合は二〇一四年十一月三日、レイプがあったのは十月二日」彼女は一瞬間を置くと、眼にかかった髪の毛を払った。「検事長、もしそれがほんとうなら――わたしは真実だと信じていますが――、マンディ・バークスはなぜそんな心に大きな痛手を負った体験のあと、すぐに公共の場でオーラルセックスをしたんでしょうか?」

ヘレンは若い検事補をにらむと、彼女のほうに歩み寄った。「レイプは女性にさまざまな影響を与えるのよ、グロリア。無神経な決めつけは避けることね」

グロリアは自分の意見を譲らなかった。「潜在的な偏見を指摘したまでです。この噂を聞いた陪審員のなかの合理的な人物なら同じことを訊くかもしれません。彼あるいは彼女はマンディがなぜ十一月七日までレイプの通報を待ったのかと訊くかもしれません。それは犯行から三十六日後で、バスケットボールの試合でフィッツジェラルドと密会したわずか四日後のことです」

ヘレンは思わず身をすくめた。グロリアが正しいとわかっていた。彼女はギアを切り替えることにした。「マンディとライトフットはなぜ別れたの?」

「ふたりはレイプの一週間後に別れました。マンディは、彼のことは好きだけど、ふたりのあいだに共通点がなかったと言っています」

ヘレンはフローリングの床を見つめ、唇を噛んだ。「レイプの夜に戻りましょう。わたしたちの知るかぎり、ザニックには、マンディが家にいたとき、どこにいたのかアリバイはない」

「ええ、ありません。まさに〝藪(やぶ)のなか〟です」

いっとき、ふたりの女性は見つめ合い、狭いスペースを沈黙が支配した。「よくやったわ」ヘレンはようやくそう言った。

「ありがとうございます。検事長、ひとつお訊きしてもいいですか?」

「どうぞ」

グロリアはトリシュのほうをちらっと見た。ヘレンが視線を向けると、トリシュは机に視線を落とした。

「ザニックに未成年へアルコールを提供したことの有罪答弁を行なわせて、強姦罪を取り下げようと考えたことはありますか?」

ヘレンは歯を嚙みしめた。「いいえ、ないわ。ここではレイプを有罪答弁取引にすることはない。裁判で決着をつける」

「それはわかっています」グロリアはヘレンの視線を受け止めたまま続けた。「ですが、被告人は街の人気者で、レイプの目撃者もいません。それにマンディの評判を考えると……負けるかもしれませんよ、検事長」

「何が言いたいの? 負けることは常にリスクとしてある」ヘレンはさらに一歩近づいた。

「ほんとうに言いたいことを言ったらどう?」

グロリアはすばやく息を吸った。「選挙が近いのに、なぜ注目される事件で負けるリスクを冒すのですか?」

ヘレンは首席検事補をにらんだ。「選挙があろうがなかろうが、わたしは正しいことをする。マンディ・バークスには正義を求める権利がある。わかった？」

グロリアは顔を真っ赤にした。「はい、マァム」

「よろしい。頼んでおいた陪審員説示の準備はできてる？」

「いくつか調整を加える必要があります。終わったら判事室に持っていって、クラリスに渡します」

「わかった、お願いね。午後、公判前申立てが始まったら、いっさいの遅れはなしにしたいから。すべてスムーズに行けば、今日中に陪審員を決めて、冒頭陳述に持っていける」

「そうはならないだろう」しわがれた声が戸口から聞こえてきた。

ヘレンが声のするほうに顔を向けると、招かれざる訪問者が戸口に立っていた。手には新聞を持っていた。

ハロルド・ペイジ判事は、背が高く、痩せていて、薄い白髪は後頭部が禿げあがっていた。彼は部屋に入ってくると、グロリアとトリシュにうなずき、トリシュの机の端に体を預けた。

「閣下、どんなよい知らせをお持ちいただいたのでしょう？」ヘレンは尋ねた。声に苛立ちを隠そうともしなかった。

ペイジは新聞を折りたたむと、脇の下に挟んだ。「きみは気に入らないと思うがね」と彼は言い、眉間にしわをよせて顔をしかめた。ペイジはロナルド・レーガンが大統領だった頃からジャイルズ郡の巡回裁判所判事をしており、ほとんどの法曹関係者は、彼が判事になる前に何をしていたのかさえ知らなかった。

　ヘレンは知っていた。八〇年代前半に彼女が検事局に入ったとき、彼は地区検事補だった。いくつかの事件でいっしょに仕事をしたことがあったが、彼女は彼のことを頭の回転の遅い、鈍い男だと思っていた。また彼がときどき彼女に腕をまわしたり、手を彼女の背中に近づけたりするのが嫌いだった。だが、ペイジは愛想がよく、街じゅうに親戚がいた。一九八三年の選挙で判事に当選した彼は、ずっと検察側に有利な判事と見られていた。

　ヘレンはこの男のことを好きだったことはなく、今も変わらなかった。彼女が何よりも嫌う人間の性質があるとすれば、それは〝怠惰〟だった。そしてハロルド・ペイジは怠惰だった。彼女は彼がまたそれを証明しようとしているのではないかと不安に思った。

「早くお聞かせいただけますか」と彼女は言った。「わたしが何を気に入らないと言うんです？」

「検事長、わたしのアシスタントがルー・ホーンの事務所のサンドラとの電話をちょうど切ったところだ。サンドラによると、ルーはトイレで吐いているそうだ。食べたものが悪かったのか、気分が悪いだけなのかはわからないがね」彼がそう言うとヘレンは冷たいまなざしで彼を見つめ返した。

「それで？」

「翌朝まで延期を求めている」

「病気のふりをして時間を稼ぐなんて新人弁護士のやることよ、ハロルド」とヘレンは言った。「この仕事を長くやっているんだから、そんなことはわかっているでしょうに」ヘレンはペイジをファーストネームで呼ぶのが好きで、公式の手続きではないときは、定期的にそうしていた。ペイジは長いこと判事を務めていた。彼の妻は、夜、寝室の灯りを消したあと、彼にセックスを求められたときも、「はい、閣下」と答えるのだろう。ヘレンは非公式な呼び方が彼を苛立たせることを知っていた。だからあえてそうした。

「わたしたちふたりとも、ルーとはずいぶんと長い付き合いじゃないか、ヘレン」とペイジは言った。彼も形式ばらずにいくことにしたようだ。ヘレンは彼がそうすることに苦痛を感じているのがわかった。「彼が法廷から逃げるために嘘をつくのを見たり、聞いたりしたことがあるかね？」

なかった。が、同意することでペイジを満足させたくはなかった。「今朝は元気そうだった」と彼女は言った。

「ほんとうかね？　わたしには少し青ざめていたように見えたが」

ヘレンは苦笑した。「それは彼が公判で尻を蹴られることになるのをわかっていたからよ。今日の法廷では青ざめた顔がたくさんいたわ」

ペイジはため息をつくと、机から離れた。「きみの言うとおりかもしれない。だがそれでもルーはこれまでわたしに嘘をついたことはない。裁判は明日の朝の九時まで延期するつもりだ」

ヘレンは強張(こわば)った笑みを浮かべた。これ以上議論をしたところで無駄だとわかっていた。

「じゃあ、明日会いましょう」

ペイジはヘレンのまわりをまわってドアのほうに向かった。ドアノブをまわすと戸口で立ち止まって肩越しに彼女をじっと見た。「和解の可能性はないのかね？　この状況では取引の余地があるように思えるが」

ヘレンはグロリアをちらっと見た。彼女は、今は自分のデスクに坐っていた。検事補は腕を組み、眼をそらした。ヘレンはそれを見て、ほかの事件の有罪答弁取引が行なわれているときに、判事が和解の種をグロリアに植え付けたのではないかと思った。

ヘレンは歯を食いしばると、判事のほうを見て言った。「それはどうして、ハロルド？　被告人が金持ちで、自動車工場を誘致しようとしているから？」

判事は口を引き結んだ。「被害者とその母親のことを考えてるんだ。この裁判は彼女らにとって拷問のようなものだ。それに内輪の恥をさらすことになるかもしれない」

ヘレンはペイジをにらみつけた。胃がむかむかしてきた。「この事件の判事が法に従っているかぎりはそうはならないわ」

ペイジの顔が暗い赤に染まった。彼は眼を細めた。優に三秒間、何もことばを発さなかった。口を開いたとき、その声は低く、脅すような口ぶりだった。「このオフィスでの長年の経験から、今回は見逃そう、検事長」彼はことばを切ると、震える指を彼女に向けた。「だがもしまたわたしを侮辱したら、侮辱罪を科して拘置所で一晩過ごしてもらう。わかったかね？」

ヘレンはにらんだまま、言いたいことばを呑み込んだ。「はい」なんとかそう言った。

ペイジは一瞬だけ謝罪のことばを待ったが、それが来ないとわかると首を振った。「明日の朝、九時に会おう」そう言うと彼はドアを勢いよく閉めた。

6

午後一時三十分、マイケル・ザニックの裁判が始まるはずだったまさにその時間、法廷には、陪審員席の後列に坐っているヘレン以外にはだれもいなかった。彼女はヒールを脱ぎ、ストッキングを履いた右足の爪先で左足のふくらはぎを掻いていた。ザニックのファイルは隣の席に置いてあった。彼女はスプリングフィールド保安官の捜査報告書を少なくとも百回は読み直していた。発泡スチロールのカップからコーヒーをひと口飲んだ。強い苦みを感じた。まさに今彼女が感じているとおりだった。

ヘレンは席を立つと、フローリングの床の上を爪先立ちで歩き始めた。彼女はグロリアに命じてロナとマンディにスケジュールの変更を伝えさせるとともに、ほかの証人にも知らせていた。今、若い検事補はオフィスで公判前申立てと、ヘレンが公判でグロリアに任せようとしていた証人について調べていることだろう。地区検事長のオフィスは両開きの扉を出て、廊下のすぐ先だったが、ヘレンは鳴りやまない電話や、しつこいeメール、それに被告代理人の迷惑な訪問から逃れ、人のいない法廷の静けさのなかで仕事をするのが好きだった。

だが彼女が法廷を好むのは気が散らないという理由だけではなかった。彼女はジャイルズ郡裁判所の巡回法廷を愛していた。この四つの壁に囲まれた空間を教会のように感じていた。聖堂のように。もっとわかりやすいことばで言えば、自分の家だ。彼女は歴史あるバルコニーを見上げた。バルコニーの本来の目的は、黒人の傍聴人を白人から隔離することにあった。だが今では、公文書管理係のウィラ・マイケルズが法廷ツアーで観光客に見せるための博物館の展示物のような存在になっていた。この四つの壁のなかで多くの歴史が繰り広げられてきた。よいこともあれば、悪いこともあった。そしてひどく醜いものも。

その意味では、この法廷の歴史は、プラスキという街の歴史そのものといってもよかった。

ヘレンは、自身の地位の重要性や、それぞれの裁判で自身がこの街の歴史を作る機会――正義を刻む機会――を与えられているという事実を、決して当たり前のこととは思っていなかった。

一階の傍聴席は四つに分かれており、六列の木製の椅子が、判事、陪審員、弁護士と傍聴人とを隔てる柵に向かって並んでいた。その柵の反対側に検察側と弁護側のテーブルがあった。ふたつのテーブルのあいだに背もたれの高い椅子が置かれたボックスがあり、そこで証人が証言することになっていた。

ヘレンは証人席の木の肘掛けに手をやり、検察側が最初に呼ぶ証人、マンディ・バークスのことを考えた。ヘレンは、陪審員に対する予備尋問と冒頭陳述のあとは、陪審員が被害者からの証言を聞きたくてうずうずしているだろうと知っていたし、待たせるつもりもなかった。

「足が痛いのかい?」

驚いたヘレンは聞きなじみのある声のするほうを向いた。傍聴席の灯りは消してあった。ヘレンは暗闇に眼を凝らした。数秒後、左側の真ん中あたりの席からひとりの男の影が立ち上がり、ゆっくりと近づいてくるのが見えた。両手をポケットに突っ込んでいて、歩くとき、それぞれの肩がかすかに下がった。ヘレンは男の顔を見なくても、その足取りからだれなのかわかった。そして無意識のうちに歯を食いしばっていた。「いつからそこにいたの?」

「そんな前からじゃない」傍聴席と法律家の席を隔てる柵の小さなゲートを開けながら男は言った。「五分くらいかな」彼はそう言うと、さらに近づいてきた。「きみの仕事ぶりを見るのはいつも愉しい」

ヘレンは自分の顔が熱くなるのを感じた。「たぶん、あなたにとって、働くっていうことがまったくなじみのないものだからなんでしょうね」

彼は肩をすくめた。「かもね。だが、きみがストッキングで法廷を歩きまわってるのが、とてもセクシーだからかもしれない」

彼女はあきれたように眼をぐるりとまわした。「何をしたいの、ブッチ？　わたしは裁判の準備をしているの」彼女は彼に背を向けると、ファイルが置いてある陪審員席に向かって歩きだした。

「聞いてるよ」と彼は言い、彼女のあとを追った。「マイケル・ザニックだろ、違うかい？」

「あなたの相棒よ」と彼女は言った。坐るとファイルからフォルダーを取り出した。「わたしが提示した取引について考え直させるために、ルーがあなたを寄越したの？」

「違う」とブッチは言った。「今晩、夕食に連れ出すことができないかと思ってね。〈レジェンズ〉とか？　それとも少しドライブしてもいいならフェイエットビルまで足を延ばして〈カフーツ〉なんてどうだい？　古い刑務所の監房のひとつにしつらえられたテーブルで食べるんだ。あそこが好きだったよね。覚えてる？」

ヘレンは彼をじっと見た。ブッチは六十四歳になった今も、その運動選手のような体格や完璧に整えられた髪、歯を見せる笑い方から、二枚目俳優を思い起こさせた。かつてと違うのは、金髪が銀色になっていることと、いつもいたずらっぽさをたたえていた青い眼がアルコールの飲みすぎでどんよりとし、常に充血している点だった。「酔ってるの？」と彼女は訊いた。

彼は静かに笑うと両手をポケットに戻した。「懐かしくなって、元妻を夕食に誘いたくなったんだ。それは犯罪じゃないよね、検事長？」彼は無理に微笑んだ。ヘレンは彼が貧乏ゆすりをしているのに気づいた。緊張しているのだ。「それともだれかと付き合ってるから夕食には行きたくないとか？」とブッチは言い、眼を細めて彼女を見た。

ヘレンは苛立ちを覚えたが、唇を嚙んでそれを鎮めた。何かおかしかった。二十年前に離婚して以来、ブッチはずっと距離を保ち、電話をしてくることはあっても、仕事中に彼女を訪ねてくることはなかった。「わたしがだれと付き合おうとあなたには関係ないでしょ」彼女は抑えた声でそう言った。

「だれかと会ってるのかい？　その……マクマートリー教授とのあと？」

ヘレンは悲しみが心のなかでさざ波を立ててるのを感じた。トム・マクマートリーが肺癌でこの世を去ってから一年以上が経過していたが、彼の名前を聞くことは、今も胃を蹴られるような感覚だった。一瞬、息ができなくなった。彼を失ったことは、ある場所について口にしたり、思い出を心に浮かべたり、アフターシェイブローションのかすかな香りを嗅いだりすることで、ほとんど治りかけていた傷口がふたたび開いてしまい、生々しく、以前よりもさらに痛みを感じるようになるのに似ていた。

「大丈夫かい、ヘレン？」

ヘレンは息を吐くと唇を嚙み、元夫をにらみつけた。彼の前で弱さやもろさを見せたくなかった。「なぜここにいるの？」

　ブッチは両手をポケットから出すと、その手をこすり合わせながら床を見つめた。そして陪審員席の前の列をまわって、後ろの席に坐るヘレンの隣に坐った。「トラブルに陥ってるんだ」と彼はささやいた。まだ床を見つめていた。

　ヘレンは胃が締めつけられるように感じた。「お金が必要なの？」

「もっと複雑なんだ」彼は首を振りながらそう言うと、彼女のほうを見た。彼の眼の白い部分は赤い亀裂が森のように走っていて、息からはマウスウォッシュで隠しているものの、おなじみのバーボンの香りがした。「マイケル・ザニックに対する強姦容疑を取り下げて、軽犯罪で有罪答弁取引をしてほしい」と彼は言った。「軽い罰で止めてほしいんだ」

　ヘレンは立ち上がった。「ルーに頼まれたのね」

「違う」とブッチは言った。「彼は頼んじゃいない」

　ヘレンはファイルを手に取り、脇に抱えた。「じゃあザニックね。あなたはあのクソ野郎と深い仲だったわよね、違う？」ブッチは答えなかった。その虚ろな眼は暗い傍聴席を見ていた。

「答えなさい」ヘレンは問い詰めた。彼に近寄ると言った。「あなたはザニックの顧問弁護士よね？　あの強姦魔と〈ホシマ〉とのあいだで取引が成立すれば、大きなコミッションを手にすることができる」彼女はことばを切った。そして黙っている彼の胸に人差し指を突きつけた。「違う?」

　彼はすばやくうなずくと、そのまま傍聴席を見つめた。その光景は、ブッチが何度も夜に酔っぱらって帰ってきて、彼女が彼を非難しているあいだ、キッチンテーブルに坐り、とろんとした眼で居間のほうを見ているときのことを思い出させた。その記憶に彼女の怒りはいや増すばかりだった。

「よく聞きなさい。あなたは自分勝手なくそったれよ。マイケル・ザニックに対する起訴を取り下げるなんてありえない。彼は十五歳の少女をレイプしたのよ。最長の刑期を務めることになるわ」

「ぼくがここにいるのは〈ホシマ〉との取引のためじゃない」と彼は言った。「あるいは手数料のためでもない」彼は苦々しげに笑った。「そうだったらよかったのに」

　ヘレンは彼に向かって首を傾げた。「じゃあなんなの?」

　彼はようやく立ち上がったが、まだ彼女を見ようとせず、床を見つめていた。口は歪み、疲れた笑みを浮かべていた。「ぼくたちは子供を持つべきだった。そう思わないかい? そうすればうまくいったと」

「何がうまくいったというの?」

「結婚生活を救えたと」

　彼女はあざけるように笑った。「子供がいれば、あなたは酒を飲まなかったっていうの?」

彼はようやく彼女を見た。その眼は今や血のように赤かった。「子供がいれば、きみは一歩下がって物事を見たかもしれない。その結果、全能のキャリアを手に入れる代わりに、家庭で何が起きているかにもう少し注意を払ったかもしれない」

彼女は胸のあたりで、しっかりと腕を組んでいた。何年にもわたり、彼女は何度これと同じ熱弁を聞いてきたことだろう。元夫の心のなかでは、ヘレンは彼を中心に回転する軌道の上で結婚生活を送らなければならないのだ。彼が帰宅したとき、毎晩夕食を準備しているよい妻であること。彼の仕事の愚痴を聞き、彼の自尊心をくすぐって調子に乗せ、無敵だと思わせる妻であること。

自分の希望や夢はすべて彼のためにあきらめること。

ヘレン・ルイスはそんな操り人形のような人間ではなかったし、ブッチもそのことを理解するべきだった。彼は教会のピクニックで彼女と出会ったわけではないのだ。ふたりはノックスビルのロースクールで彼女が一年目、彼が三年目のときに出会った。いつか検事になりたいという彼女の決意が揺らぐことは決してなかった。ブッチはいつも自分なら彼女を変えることができると思っていた。彼女を懐柔する――彼はそう呼ぶのが好きだった――ことができると。だが、結局変わったのは彼のほうだった。

「わたしたちは子供を作ろうとした」ヘレンはようやくそう言った。「覚えてる？　三年間、わたしたちは頑張った。うまくいかなかったし、あなたは養子縁組を望まなかった」

「それがすべてじゃないことはわかっているはずだ」と彼は言った。

「それがここに来た理由？」と彼女は言った。彼にじりじりと迫った。マウスウォッシュと〈ジョージ・ディッケル〉のにおいがした。「昔の恨みを蒸し返そうっていうの？」

「いいや違う」と彼は叫んだ。

「じゃあなぜ？」

彼は身を乗り出すと彼女の耳元でささやいた。「ザニックへの起訴を取り下げるんだ」彼は一瞬間を置いた。「お願いだ……ぼくのためだと思って」

「だめよ」と彼女は言った。「あの取り澄ましたクソ野郎はアマンダ・バークスを強姦した罪で有罪なのよ。わたしの仕事は州法に従って――」

「きみの仕事なんかクソ食らえだ」ブッチは言い放った。手のひらで陪審員席を叩いた。

「検事長殿はいつも仕事ばかりだ」彼女の肩書きを口にするとき、口から唾を飛ばした。顔は眼と同じくらい赤くなっていた。「被害者は十五歳かもしれないが、彼女の母親はジャイルズ郡で一番のヤリマンで、高校から聞いた話じゃ、マンディもママと同じ道を歩んでいるそうじゃないか。あの少女が被害者だというなら、ぼくは禁酒主義の聖職者だよ」

ヘレンは眼の奥が熱くなるのを感じた。「マンディ・バークスが性的に乱れていたかどうかは、この事件とは関係ないし、ルーに彼女の人格を攻撃させたり、被害者を非難するようなゲームをさせたりするつもりはない」

　ブッチはため息をつき、やがて笑みを浮かべたが、その眼には悲しみしか映っていなかった。彼は独特の不規則な足取りでゲートに向かって歩いた。そしてその前まで来ると、振り向きもせずにこう言った。「十一月には選挙があるんだろう？」

　ヘレンは胃がぎゅっと締まるような感覚を覚えた。質問に答えなかった。

「だれかさんはようやく検事長殿に対抗する気になったようだ」とブッチは言った。その声は法廷の天井まで響きわたった。彼は彼女のほうを向いて言った。「サック・グローヴァーはロースクールで同じクラスだったんだ。知ってたかい？」

　ヘレンは知っていたが、何も言わなかった。彼女はこのくだらない茶番劇のポイントが近づきつつあることを感じていた。

「ああ、サックは決して優秀な学生じゃなかった。それに法律家としての彼を表現するなら〝二流〟ということばがぴったりだろう。きみのほうがよく知ってると思うがね」と彼は言った。「だがサックについてひとつだけ言っておこう。彼はしつこい男だ。彼はきみの対抗馬になると宣言して以来、ぼくの携帯電話に電話をかけまくってきて、ぼくがきみについて知っているスキャンダルを教えるように言ってきてるんだ。そのことは知っていたか？」

　知らなかった。が、驚くような情報ではなかった。彼女は答えなかった。

「いくつかスキャンダルを知っている」と彼は言った。ヘレンは腕を冷たいうずきが走るのを感じた。「そう思わないかい？」

「ブッチ――」

「きみがロースクールの三年目に何をしたか覚えてるかい？」彼はことばを切ると、顎をなでて考えるふりをした。「一九七七年の十二月頃だったかな？　もしそのことが公になったら……」声をだんだん小さくし、最後に口笛を吹いた。「きみの選挙戦とキャリアにとっては爆弾となるだろうな」

ヘレンは法廷の反対側にいるブッチをにらんだ。腕とうなじに鳥肌が立ち、鼓動が速くなっていた。呆然(ぼうぜん)としたが、やがてショックは白熱した怒りへと変わっていった。「そんなことはできない」ヘレンはようやく言った。食いしばった歯から絞り出すように。「あなたは約束した。そのことをだれにも話さないと誓った。ふたりで誓い合った」彼女はフローリングの床を見つめて唇を噛んだ。眼尻に感じていた涙を抑えようとした。

わたしは泣かない。彼女は自分自身に言い聞かせた。こんなクソ野郎に泣かされてたまるか。

彼女はいっとき床を見つめていた。元夫の黒いローファーが見えた。彼は彼女のそばまで戻ってきていた。そしてわずか数十センチのところにいた。ブッチがふたたび口を開いたとき、その声は柔らかかったが、しっかりとしていた。

「自分が何を言ったかはわかっている。だが、もう手段を選んでいられる状況じゃないんだ。ここは保守的な郡だ。きみがしたことをコミュニティの人々はどう思うかわかるかい？　サックの血縁関係とビジネス上のコネを考えると、きみが世論調査でリードできるのは一般の人々だけだ。きみは常にこの郡の〝草の根〟を握ってきた。それには理由があるんだよ。きみはハードボイルドな検察官で、元警官。そして実績は完璧だ」彼は唇を舐めた。「だが、ファースト・バプテスト教会の信者たちは、一九七七年の十二月にきみがしたことについてどう思うかな？　きみのために募金を集め、みんなで投票に来ると思うかね？　長年意のままに扱ってきたエルクス自然保護協会の連中はどう思うかね？　きみを崇拝している保安官事務所の保安官補たちは？」

彼女はようやく顔を上げた。「それでわたしがザニックの起訴を取り下げたら？」

彼は閉じた口元をチャックをするように指でなぞり、想像上の鍵を肩越しに後ろに放り投げた。「ぼくの口は封印される」

「あなたはわたしを脅迫している。あなたを逮捕すべきね」

「きみはしない」ブッチはささやくように言った。「明日の冒頭陳述が始まるまでにきみが起訴を取り下げなければ、ぼくはサックにすべてを話すつもりだ。聞いてるかい？〈プラスキ・シチズン〉と地元のすべてのラジオ局とテレビ局のためのプレスリリースを用意してある。きみが冒頭陳述を始めた瞬間に発表する」彼はことばを切った。「きみのキャリアすべてを失ってまで、ザニックを起訴することに価値があるのかい？」

彼は眼を細めてヘレンを見つめたまま、数歩あとずさった。それから背を向けるとゲートに向かった。彼がゲートに着いたとき、彼女の声が止めた。

「フレデリック・アラン・レンフロー！」結婚していた頃、ブッチが彼女を心底怒らせたとき、ヘレンは彼をフルネームで呼んだ。まるで我慢の限界を越えたかのように。いわば最後の警告の笛だった。

彼は振り向いた。「すまない、ヘレン。ほんとうにすまない。でもこれしかないんだ」

「はったりよ」と彼女は言った。その声は低いうなり声のようだった。「あなたにはわたしを脅迫する勇気はない」

「ぼくもこれがはったりであってほしいと思ってる」と彼は言った。「冒頭陳述が始まるまでだ」

「殺してやる！」と彼女は叫んだ。「神に誓う、ブッチ、イエス・キリストが証人よ。あんたを殺してやる」

彼は微笑みながら、ヘレンの背後の一点に眼をやってから、彼女と眼を合わせた。「ぼくもきみを愛してるよ」

ブッチが両開きの扉を通って出ていくと、ヘレンは両方の拳を握りしめ、大きな声をあげた。彼女が、自分が坐っていた陪審員席の後ろの椅子のほうを向いたとき、判事室に続く扉のところに立っている人物を見た。

グロリア・サンチェスが青ざめた顔で、背中を扉に押しつけて立っていた。

「何をしているの？」ヘレンが言った。

「頼まれていた陪審員説示の草案を届けて、ここで何が起きてるのか見てみようと思ったんです。判事は、午後は不在なので、クラリスが判事室を通っていいと言ってくれたんです」

彼女はことばを切った。「大丈夫ですか？　手が震えてますよ」

ヘレンは右手で左手を握り、その両手をスカートにこすりつけた。「大丈夫よ」彼女はそう言うと、両開きの扉のほうに歩きだした。が、立ち止まると振り返り、眼を細めてグロリアを見た。「どのくらい……」彼女は傍聴席を手で示した。「……聞いていたの？」

グロリアは肩をすくめた。「ほんの少しだけです。ちょうど入ってきたところでした。彼があなたに愛してると言ったのは聞こえましたが」彼女は神経質そうに笑った。「あれはだれなんですか？」

ヘレンは口元に笑みを浮かべると言った。「正真正銘のクソ野郎よ」

「そうなんですか？　前のご主人じゃないかと思っていました」

「どちらも同じようなものよ」とヘレンは言った。彼女はブッチの脅迫を思い出し、胃がねじれるような感覚を覚えた。同じようなものだ……

7

ブッチ・レンフローの母親は、ひとり息子のことを〝残念〟とよく言っていた。

グラディス・レンフローが言うところの〝残念〟は人が謝ったり、後悔しているという意味ではなく、あまり知られることのない、まぎれもなく南部のことばの定義だった。役立たず。惨めな。哀れな。もし人がこの意味を説明するのに写真が必要なら、自分自身のスナップ写真があれば充分だとブッチは思っていた。

自分は〝残念〟なクソ野郎だ。彼はジャイルズ郡裁判所前広場にあるリーヴズ・ドラッグストアのショーウインドウに映る自分の姿を見ながらそう思った。

ポケットのなかの携帯電話が振動し、彼は画面を見ることなくそれを手に取った。だれからなのかは明らかだった。彼の元妻が決してこのまま引き下がることはないとわかっているのと同じように。

「もしもし」と彼は答えた。

「メッセージは届けたか？」

「ああ」

「それで？」

「彼女はおれを殺すと言った」ブッチはガラスに映る自分自身を見て顔をしかめた。

まるまる十五秒間、電話の反対側からは何も聞こえてこなかった。それから、その低く、悠然とした声が答えた。「なら、お前はもう死んでるようなものだな」

8

ヘレンはリボルバーを両手で持ち、ターゲットの額に向けた。無意識のうちに左眼を固く閉じ、右手の人差し指をトリガーにかける。そして……

彼女は何も考えずに撃った。一発、二発、三発、四発、五発、六発。そして44マグナムを下ろすと、ゴーグルを外して前方に歩きだし、その結果をたしかめた。ベストな結果とは言えなかった。眉間に二発、顎に二発、左のこめかみに一発、鼻の左のすぐ下に一発。それでも、二十五ヤードの距離から六発顔に命中させたことになる。六回殺したのだ。満足そうにうなずいた。だれの眼から見ても上出来だ。

彼女はターゲットシートを新しいものに交換し、射撃場の端にある自分の場所に戻った。

午後八時、ここには彼女ひとりしかいなかった。実のところ、この射撃場は一時間前に営業を終えていた。だがここのオーナーであるダグ・ブリンクリーは、ヘレンが保安官補だった頃からの友人で、射撃場から四百メートルのところに住んでいることから、彼女のためにわざわざ開けてくれたのだ。

「明日、大きな裁判があるんだろ、違うか？」灯りをつけ、ターゲットシートを何枚か渡したあと、彼が訊いた。

ヘレンはうなずいた。その日のストレスを吹き飛ばしたいと思っていた。

「おれはきみがあのろくでなしを刑務所に入れてくれることを願ってるよ」とダグは言った。「あいつがこの街にしてくれていることは知ってるが、どうも好きじゃないんだ。それにニューヨークの人間は信用できないしな」

噂ではマイケル・ザニックはマンハッタン出身ということになっていたが、彼がプラスキに来る前の最後の住所はボストンだった。それでも、ヘレンは旧友のことばを訂正しなかった。代わりにただ言った。「ベストを尽くすわ」

「きみのベストはいつも充分すぎるほどだ」ダグはそう言うと鍵を渡した。「好きなだけ撃ったら、鍵をかけておいてくれ。鍵は帰りに郵便受けに入れておいてくれればいい」

不安を感じながらも、彼女は微笑むと自分が三十年をかけて信頼関係を築いてきたダグのような人々のことをありがたく思った。

明日、ブッチが爆弾を落としたらダグはどう思うだろう？　ヘレンはひとりになるとそう自分に問いかけた。三ヤードでウォーミングアップに十二発撃ち、五ヤード、七ヤード、十ヤード、十五ヤード、そして二十五ヤードの順に撃ち、また三ヤードからやり直す。撃ちながら、さらに疑問が彼女の頭のなかを渦巻く。それでも彼は時間外に射撃場を開けてくれるだろうか？　十一月の選挙で自分に投票してくれるだろうか？　三十年来の友情はたった一度の失敗で消えてしまうのだろうか？　それに最も重要な疑問が残っていた。

自分はほんとうにそれを知りたいのだろうか。

一時間後、ヘレンの顔と首筋は汗で輝いていた。肩が痛かった。三回繰り返して、外したのはほんの数発だけだった。ヘッドギアをしていたが、銃声がまだ耳鳴りのように聞こえていた。だがいつもと同じようにいい気分だった。自分自身と自分の感情をよりコントロールできるようになった。

ひとりっ子だった彼女は、子供の頃、毎年父親に、秋は鳩(はと)、冬は鹿を狩りに連れていってもらった。十三歳になる頃には、十二番径の散弾銃の腕前も上達し、ライフルの腕もまずまずになっていた。父のジョン・ポール(J・P)・ルイスは、プラスキ市警の警部補で、週に六日働いていた。彼はいつも、働いているか寝ているかのどちらかだったので、ヘレンが父親と充実した時間を過ごすことができるのは、野原で鳩を追っているときか、鹿撃ち台の上で過ごしているときだけだった。母親は狩りをすると娘が乱暴になり、美人コンテストにも出られなくなるといって忌み嫌っていたが、彼女は狩りのすべてが好きだった。十六歳の誕生日には、父親が射撃場に連れていって、拳銃の撃ち方を教えてくれた。そしてその夜、彼女は父といっしょにパトカーに乗り、父が飲酒運転のドライバーを逮捕するのを見た。Ｊ・Ｐ・ルイスは決して洗練された人物ではなかったが、善人であり、街の安全を守る重要な仕事をしていた。

パパだったら、わたしがロースクールでしたことをどう思うだろうか？　そう考えると身のすくむ思いがした。彼女はスナッブノーズ・リボルバー（銃身の短いリボルバー拳銃）をポケットに入れ、ドアに向かった。

彼女は射撃場の灯りを消して鍵をかけた。それから自分の車――州政府から支給された〈クラウン・ビクトリア〉――に向かった。彼女は一度家に帰り、仕事着から色あせたジーンズとグレーのセーターに着替え、オレンジの〝T〟の文字が前に描かれた黒いキャップをかぶっていた。ハイヒールではなく、ダークブラウンのカウボーイブーツ――父親はよく〝クソ蹴りブーツ（シットキッカーズ）〟と呼んでいた――を履いていた。

車を発進させ、満月に照らされた六十四号線の丘陵地帯を眺めながら、彼女はトムに電話できたらと思った。今の苦境を相談できる人がいるとしたら、トム・マクマートリーしかいなかった。

だが昨年、癌が彼を奪った。ヘレンには自分の問題について話せる人がいなかった。だから激しいストレスにさらされたときにいつもすることをした。だれにも相談しなかった。祈りもしなかった。散歩に出ることも、走ることもしなかった。

紙でできたターゲットに向かって何発も何発もパワフルなリボルバーの銃弾を放った。銃撃の音とにおいが鼓膜と鼻孔を満たすなか、彼女は今の状況に対する絶対的な解決策はひとつしかないことをようやく悟った。

ヘレンはハンドルを握りしめ、ほかの方法がある世界を願った。だがそんなものはないのだ。ヘレンにはわかっていた。〈クラウン・ビクトリア〉のギアを入れ、無意識にジーンズのポケットを叩いた。

9

ブッチはダウンタウンから八百メートルほど離れた東カレッジ通りにある2ベッドルームの家に住んでいた。午後九時半、シャワーを浴び、ボクサーショーツに紺のバスローブ、ビーチサンダルという姿に着替えた。氷を入れたグラスに〈ジョージ・ディッケル〉を注ぎ、小さな居間のソファに腰を下ろした。すぐにお代わりできるようにウィスキーのボトルも手元に持ってきていた。

ブッチはその日の朝、〈サンダウナーズ・クラブ〉でフィン・パッサーがした見え透いた脅しのことを思い出していた。ルーが失敗した場合、やるべきことをやる覚悟はあるか？

ブッチはリモコンを手に取ると、バスケットボールの試合が見つかるまでチャンネルを替えた。ため息をつき、テレビの画面に映っているどちらのチームにも関心を持てないままウィスキーをひと口飲んだ。酒が喉を焦がすように落ちていき、思わず顔をしかめた。彼はやるべきことをやった。そしてその結果は、バンダービルト大学が毎年フットボールのサウスイースタン・カンファレンス・チャンピオンシップに進出できないのと同じくらい容易に予想できた。ヘレンは意見を変えなかったし、彼の時間もほとんどなくなっていた。それどころか、ブッチの今日の行動は、事態を悪化させただけだった。

彼はコーヒーテーブルの上に置かれた携帯電話を手に取った。シャワーを浴びているあいだに、電話もメールも入っていなかった。彼はメールソフトを起動し、裁判所を出たあとにヘレンに送った二件のメールを見直した。一件目は、法廷での会話から一時間後で、短くまだ穏やかな内容だった。〝ぼくが言ったことについて何か考えてくれた？〈ヒッコリー・ハウス〉で夕食を取るつもりだから、よければいっしょに行ってもっと話し合わないか？ お願いだ、ヘレン。ぼくに行動を起こさせないでくれ〟

二件目のメールは五時間後の午後七時三十五分、さらに短いものだった。〝そうか……〟とあった。

ブッチはテレビの画面を見つめていた。「そうか……もう終わりなのか」と彼はつぶやいた。

「ひとり言？」

ブッチは声のするほうを向いたが、ソファから立ち上がろうとしなかった。彼はキッチンのほうを見た。そこにはドアがあって、外に向かって開いていた。「そのドアには鍵がかかっていたと思ったが」と彼は言った。そのことばは少しだけ不明瞭だった。

その人物はソファに近づいてきた。「言われたことをいろいろ考えてみた」

ブッチは視線を上げた。「それで」

「わたしたちのジレンマを解決する方法はひとつしかない」

ブッチは息を吐くと、その人物に向かって首を傾げた。「そうだな、だが――」彼はことばを呑み込んだ。その人物の右手にはリボルバーが握られ、その銃口は彼に向けられていた。どこから出てきたんだ？　ブッチはそう思い、眼をしばたたいた。その人物はずっとその銃を持っていたに違いない。ブッチには暗闇のせいでそれが見えなかったのだ。「何をしてる？」

「問題を解決している」

「だめだ」とブッチはささやいた。

「だめじゃない」その声も銃身も揺るぎなかった。「悪いけど、これしかない」

ブッチ・レンフローは眼に涙が浮かぶのを感じていた。彼はソファにもたれかかり、ウィスキーを飲み干した。テレビではふたりの選手がルーズボールを取り合い、審判がホイッスルを吹いていた。ブッチは母親のことを思い出した。母親は彼のこの最期を驚かないだろう。残念（ソーリー）なことの積み重ねが、完璧で、自分にふさわしいひとつのフィナーレに集約されたのだ。

「一気にやってくれ」ブッチはようやく言った。

彼はグラスをもう一度持ち上げた。が、それが唇に届くことはなかった。

10

マイケル・ザニックの運命を決める十二人の陪審員が席に着くと、ヘレンの体はアドレナリンでうずいた。深呼吸をして激しく鼓動する心臓を落ち着かせようとした。いつもなら裁判が始まるのを心待ちにするのだが、今日は違った。

ヘレンは一睡もできなかった。自宅の居間にあるリクライニングチェアに坐って、さまざまなシナリオをすべて考えてみようとした。彼女の直感は、いつもならうまく働くのに今日はだめだった。結局、朝日が昇る頃になり、シャワーを浴びると着替えて、コーヒーを何杯か飲んだものの、何も食べられなかった。警官たちが待っていることを予想しながら車を運転したが、彼らはいなかった。それでも、陪審員選定の手続き中、ヘレンは、法廷の両開きの扉がきしみながら開いて閉じるたびに、だれかがブッチに関するニュースを持って入ってくるのではないかと気になって仕方がなかった。

さあ出番だ。昨晩起きたことがなんであれ、あるいは彼女の行動の結果がどうであれ、法廷の彼女の反対側には、刑務所の独房に入るべきレイプ犯が坐っていた。

ヘレンは被告人席に眼をやり、ルー・ホーンの隣に坐っている被告人を見た。マイケル・ジェームズ・ザニックはグレーのスーツにネイビーのネクタイという姿だった。茶色の髪を短く切りそろえていて、小柄な体格で、鼻孔のすぐ下に手術で直した三角形の傷痕（きずあと）がある以外は、目立つところは何もなかった。その傷を口ひげで隠すこともできたが、ザニックはきれいにひげを剃っていた。ヘレンはこの男を見つめながら、性犯罪者には見えないとあらためて思った。もちろん、テッド・バンディもそうだったのだが。

検事としてのキャリアを通じて、ヘレンはザニックのような最も危険な捕食動物は、近づいてくるのが見えないのだということを知っていた。

視線を感じたかのように、ザニックは彼女のほうを見た。その表情には何も映っていなかったが、人差し指で傷をなぞるとウインクをした。

ヘレンは胃がぎゅっと引き締まるような感覚を覚えたが、反応する前に、ペイジ判事のしわがれた声が聞こえた。

「検事長、冒頭陳述の準備はできていますか？」

ヘレンはまるで自動操縦のように立ち上がると言った。「はい、裁判長」陪審員席の手すりのほうに向かって歩くあいだ、ペイジのアシスタントであるクラリス・ハンソンが判事室の扉から飛び出てくるのが見えた。クラリスが判事席に近寄った。ペイジはすでに立ち上がっていた。彼は身を乗り出して、彼女が耳元で何かささやくのを聞いていた。そしてヘレンが陪審員に話しかけようとしたそのとき、ハロルド・ペイジの声が彼女を制した。

「陪審員のみなさん、申し訳ありませんが、やむをえない事情が生じたため、休廷といたします。サンダンス……」ペイジは廷吏に眼をやった。彼はクラリスが伝えたことが聞こえるところにいた。

「陪審員のみなさん、こちらへどうぞ」とサンダンスは言った。陪審員を案内しながら、彼は盗み見るようにヘレンをちらっと見た。

リカルド・キャシディは、身長が百六十センチしかなかったが、長年のウエイトリフティングによって上半身も下半身も鍛えあげていた。肌の色は日焼けマシンのおかげでほとんどオレンジに近い色をしており、髪はプラチナブロンドに染めていた。ヘレンはその髪色と名字から、出会ったそのときから、彼のことを映画《明日(あす)に向かって撃て!》のザ・サンダンス・キッドとブッチ・キャシディにちなんで〝サンダンス〟と呼ぶようになり、ずっとそのニックネームで呼んでいた。今では、ハロルド・ペイジも含め、だれもがその廷吏のことをそう呼んでいた。ヘレンを見たとき、いつもは褐色のサンダンスの顔は、ルー・ホーンよりも青白かった。

陪審員が退室すると、立ったままだった判事は、検察官と弁護士に近づくように促した。

「諸君、判事室で話そう」と彼は言った。その口調から緊張していることは明らかだった。

「きみもだ、ハンク」彼は検察側席のヘレンの隣に坐っていた保安官のハンク・スプリングフィールドを指さしてそう言った。

ヘレンの足は床にへばりついたままだった。彼女はまだ法廷の真ん中に立っていた。陪審員の眼の前、いつも彼女が冒頭陳述を始める場所だった。朝からずっと、冒頭陳述さえ始めればすべてがうまくいくという、奇妙でばかげた考えを抱いていた。彼女が昨晩ダグ・ブリンクリーの射撃場を出たあとに起きたことはすべて消え失せるだろう。もう少しだ。彼女はそう思っていた。

彼女は腕をつかまれるのを感じ、グロリア・サンチェスに眼をやった。彼女は眼を大きく見開いていた。「なんのことだかわかりますか？」とグロリアが尋ねた。

「いいえ」とヘレンは言った。

ヘレンは、最後に判事室に入った。彼女が入ると、制服姿の保安官補が彼女の後ろで扉を閉めた。眼をしばたたくと、ほかにもふたりの保安官補が部屋のなかにいることに気づいた。ペイジ判事はすでに法服を脱いでおり、彼とハンクは互いにささやき合っていた。訴訟手続きにおける今の自分の立場を思い出し、さらにはこれから来ることに覚悟を決め、ヘレンは一歩踏み出すと険しい声で言った。「何が起きているの、ハロルド？」彼女はペイジに向けて顔をしかめてみせた。冒頭陳述を中断されて苛立っているとだれもが期待しているのがわかっていた。

判事は渋い表情で保安官のほうを見た。「ハンク？」

ハンク・スプリングフィールドは過去二年半にわたり、ジャイルズ郡の保安官を務めている。エニス・ペトリーが刑務所に送られたことを受けて、保安官の地位に昇り詰めていた。ハンクは運動選手らしい、痩せぎみの体格をしており、かつてはジャイルズ・カウンティ高校ボブキャッツで先発のフルバックを務めていた。今、四十歳を目前にして、彼の茶色の巻き毛はサイドに白髪が交じるようになっていた。ヘレンはいつも、ハンクのことを少年のような魅力を持っていると思っていた。また彼のスカイブルーの瞳も好きだった。その瞳は今、心配そうに彼女を見つめていた。「検事長、およそ十五分前、東カレッジ通りにあるブッチ・レンフローの家から911の通報がありました。ブッチが朝のトレーニングに現れず、携帯電話にも出ないので近所の人が様子を見に行ったんだそうです」ハンクはそこまで言うと、ペイジ判事を見てから、ヘレンに視線を戻した。「ブッチは死んでいました」

ヘレンの膝は震え、脚元がふらつくような感覚を覚えた。彼女は眼の前の椅子をつかむと、すばやく息を吸った。

「検事長、大丈夫ですか?」ハンクはそう言うと、彼女の肘に軽く触れた。

ヘレンは涙をこらえると、彼を見た。「大丈夫よ」

「行かなければなりません」と彼は言った。「犯罪現場なので、わたしが行かないと」

「犯罪現場?」ヘレンはなんとかそう言った。

彼はうなずいた。「銃で何発か撃たれています。顔と上半身に殴られた痕もあるそうです」

ヘレンは椅子を握りしめ、途切れがちに息を吸い込んだ。

「検事長？」

「行って」と彼女は言った。彼が動かないでいると、彼女は背筋をまっすぐ伸ばして繰り返した。「行って」「行きなさい」嚙みしめた歯のあいだから絞り出すようにそう言った。ハンクが三人の保安官補を引き連れてドアから出ていくと、ヘレンは大きな机の後ろに立っているペイジを見た。「判事、しばし休廷をお願いします……」ことばに詰まった。また眼に涙が浮かんでくるのを感じていた。が、なんとかこらえた。「……保安官事務所が犯罪現場の初期捜査を終えるまで」

ペイジはルー・ホーンを見た。彼は来客用の椅子のひとつに坐り込んでいた。「異議はあるかね、ルー？」

被告弁護人の顔は幽霊のように蒼白だった。彼は震える手で唇を押さえていた。ゆっくりと首を振った。

「わかった」とペイジは言い、心配そうな眼でルーを見た。「明朝九時に再開することとして、休廷とします。その頃には……」彼はため息をついた。「たぶん次にどうすべきかわかっているでしょう」

11

十分後、ヘレンは、秘書のトリシュに気分が悪いので帰ると告げて裁判所を出た。車に乗り、東カレッジ通りを走らせた。一ドル均一ショップの〈ダラー・ジェネラル〉を通り過ぎると、数台のパトカーがピーカン・グローブ・ドライブをブッチの家に向かって左折するのが見えた。

ヘレンは心臓の鼓動が速くなるのを感じながら、〈カー&アーウィン葬儀社〉の駐車場に入った。ブッチの遺体はまだここには届いていないだろうが、今日中に届くことになるだろう。ハンドルを握りしめ、涙をこらえた。時間がないとわかっていた。

眼を閉じて何度も深呼吸をした。そしてグローブ・コンパートメントを開けた。そこにリボルバーはなかった。

なかを覗き込むと、汗がヘレンの首と額ににじんだ。そこにあるのは車検証だけだった。彼女は眼をそらすと、ゆっくりと数を数え始めた。一、二……

十まで数えると、もう一度見た。やはり銃はなかった。

ヘレンの唇からしわがれたうめき声が漏れた。グローブ・コンパートメントをばたんと閉めると、ふたたびハンドルを握りしめた。冷静になる必要があった。考えるのよ。彼女は自分に言い聞かせた。考えるのよ、くそっ。

「わたしは殺人容疑で逮捕されようとしている」彼女は声に出して言った。ハンドル越しに葬儀社を見た。そこは彼女の母と父の葬儀が行なわれ、非常に近い将来、彼女の元夫の葬儀が執り行なわれるであろう場所だった。今、自分が声に出して言ったことに疑問の余地はない。問題は、自分が逮捕されるまでにどのくらいの時間があるかだった。

彼女は歯を食いしばりながら、車のギアを入れ、市外へと向かった。六十四号線との交差点で左折し、東に向かった。ウォルトン農場を通り過ぎる。三年半前に殺されそうになった場所だ。トム・マクマートリーがいなければ死んでいただろう。やがてリンカーン郡に入り、フェイエットビルで四百三十一号線を右折して南に向かった。数時間以上街を離れると、逃亡したとみなされるかもしれない。そう思ったが気にしなかった。

ヘレン・エヴァンジェリン・ルイスは、この年になって初めて、自分がひどく疲れ果て、崖っぷちに立たされていると感じていた。助けが必要だった。

〝美しきアラバマへようこそ〟と書かれた緑色の看板を通り過ぎたとき、彼女はそのことばよりももっと深いところにあるものを感じていた。

「弁護士が必要よ」彼女はそうつぶやいた。

第二部

12

アラバマ州ハンツビル、二〇一五年四月二日

言うまでもないことだが、マディソン郡裁判所の八階にある男子トイレが、ライフスタイル雑誌『サザンリビング』のページを飾ることはないだろう。四角い部屋のなかに、小便器ひとつに個室がふたつ、洗面台がひとつあるだけだった。壁は灰色の軽量コンクリートブロックで、午後四時にもなると、タイル張りの床は一日使用されて汚れているように見えた。狭い空間は消毒液の刺激臭が充満している。だが大量の洗剤が使われているにもかかわらず、そのトイレにいる人物は、乾燥した小便のかすかなにおいが空中を漂っているのを感じていた。

ボーセフィス・オルリウス・ヘインズは浅く息を吸い、洗面台の上の鏡に映る自分の顔を見つめていた。眼は充血し、剃り上げた頭のダークブラウンの肌は汗で光っていたが、今の状況を考えると、そのほかはそれほど見苦しくはないと思った。頭と同じようにひげもきれいに剃り、特別あつらえのグレーのスーツに白のワイシャツ、赤いネクタイを身に着けていた。身長百九十五センチ、百十キロ近い体格のボーは、既製品ではなかなか合う服が見つけ

られなかった。いつもなら、このスーツを着ていれば落ち着いていられるのに、今日は不安しか感じなかった。口のなかも喉がからからで、硬いたこのできた手のひらも湿っていて気持ち悪かった。ボーは洗面台の水道の蛇口をひねり、冷たい水で何度も手を洗った。顔に水をかけ、もう一度自分の顔を見ると、磁器製のシンクの横を握って気持ちを落ち着かせようとした。

彼は二十五年以上弁護士をやってきたなかで、評決を待つときのことを思い出していた。人身傷害の分野では、交通事故、施設管理者責任、製品の欠陥、医療過誤などを扱ってきた。刑事事件では、キャリアの初めの頃は殺人事件の弁護から飲酒運転などの交通違反まで、あらゆる分野を手がけてきた。数年前、自分自身が殺人事件の被告人として死刑を求刑されたこともあったが、その事件は判決には至らず、最終的にはすべての起訴が取り下げられた。だが、テネシー州やアラバマ州の裁判所で過ごしてきた時間のなかでも、今ほど緊張したことはなかった。

トイレの入口のドアが開き、すり減ったタイルの上をローファーの踏みしめる音が聞こえた。「ボー、時間だ」鋭い声がした。「裁判官は裁定に達した」

ボーはシンクの横をぎゅっと握った。胸のなかで心臓が激しく脈打っていた。彼は自分の弁護士のほうを向いた。バージェス・クラウドは、カールした茶色い髪と鉛筆のように細い口ひげを生やした、小柄で痩せた男だった。彼は、家族法を専門とする弁護士のなかでは、アラバマ州とは言わないまでも、ハンツビルでは最高の弁護士として広く知られていた。

「もう？」一瞬めまいがするような感覚を覚えながらボーはそう訊いた。ウッドラフ判事は、十五分前に証拠が出そろったあと、両当事者に近くにいるようにと指示していたが、ボーは彼なら少なくとも一時間は考えるだろうと思っていた。

「ああ、そうだ」とバージェスは言った。ボーは弁護士の血色のよい顔が暗くなったことに気づいた。

「恐ろしく早いな」とボーは言った。「それはいいことなのか、悪いことなのか？」

「今からわかる」とバージェスは言った。


ルーカス・ベインズ・ウッドラフ判事は、両手でテントのような形を作り、判事席から覗き込んだ。ウッドラフはマディソン郡の裁判官の長老で、巡回裁判所判事を三十年近く務めていた。彼は巧みに政治を生き抜いてきた人物で、七〇年代後半にイエロードッグ民主党員（党の推す候補なら、たとえ黄色い犬にでも投票しそうな忠実な民主党員のこと）として当選したものの、その後、アラバマ州ではもうだれも民主党では選挙に勝てないことが明らかになると、二〇〇六年の選挙の直前に党を替えた。二〇一五年二月の共和党予備選では無投票で党候補の座を勝ち取り、十一月の本選挙では彼に対抗して出馬する愚かな民主党員はいなかった。ウッドラフは、頭の両脇の白い髪の毛を残して禿げあがっていた。彼は遠近両用眼鏡をかけると咳払いをひとつし、眼鏡を鼻の先まで下げて、眼の前に立っている両当事者と弁護士を見た。

　ボーは深呼吸をすると、法廷の反対側の申立人の席を見た。そこにはキャンディ・ホフパワー弁護士が両手を後ろに組んで立っており、その眼をしっかりと判事に向けていた。彼女の隣には依頼人であるボーの元義父が立っていた。エズラ・ヘンダーソンは、銀色の髪に同じ色の顎ひげを生やしていた。肌はミルクチョコレートのような茶色で、娘のジャスミンと同じ色をしていた。

　ジャズ……とボーは思い、頭のなかに亡き妻の映像を思い浮かべた。それはいつも同じ映像だった。混乱した表情のジャズが、血のついた指を彼のほうに伸ばしてくる。クリーム色のドレスが最初の銃弾によって赤く染まり、ボーが手を握りしめる前に、彼女の頭が……

　彼は眼を閉じ、恥ずかしさと苦痛、そして絶望に包まれるのを感じていた。

「ミスター・ヘインズ」ウッドラフ判事が大きな声で言った。その声は険しく、冷たかった。ボーは眼を見開いた。「わたしはミスター・ヘンダーソンの申立てにおける証拠を慎重に検討しました。少なくともこの時点では、十四歳のあなたの娘、ライラの最善の利益のためになると確信できる方法はひとつしかないと考えます」彼はことばを切ると、眉間にしわをよせてボーに顔をしかめてみせた。「あなたの犯罪歴、何度も弁護士業務停止処分を受けていること、現在収入のある仕事に就いていないという事実、そして最後にあなたが郡のはずれに農家を借りていて、ライラが現在通っている学校のことを考えると、住居としては適切ではないことを考慮して、ライラ・ミシェル・ヘインズの親権を祖父母のエズラ・ヘンダーソン夫妻に与えるものとします」

ボーは頬と顔が熱くなるのを感じたが、穏やかな表情を保った。

「あなたの息子、トーマス・ジャクソン・ヘインズに関しては、もちろんこのままヘンダーソン家で暮らすことをお勧めしますが、彼は十七歳なので、裁判所としてはT・J自身が、自分がどこに住みたいか決めることができるものとします」ウッドラフは立ち上がり、手を上げて法廷の後方に向かって合図をした。「T・J、判事席まで来てもらえますか?」

ボーは肩越しに息子が大きな足取りで通路を歩いてくるのを見た。こんな悲惨な状況のなかでも、息子が堂々と自信を持って判事席に向かって歩く姿を見て、誇らしげな気持ちにならずにはいられなかった。T・Jはハンツビル高校の三年生で、バンダービルト大学、ミドル・テネシー州立大学、オーバーン大学からバスケットボールの奨学金のオファーを受けていた。百八十八センチ、八十キロの体格は父親ほど背が高くもなければ、がっしりもしていなかったが、そのすらりとした体つきは、シューティングガードとして敵チームのスクリーンを切り裂くには完璧だった。

「決めたかね、お若いの?」と判事が尋ねた。その口調は少しやわらかになった。

T・Jは肩越しにボーを見た。ボーはしっかりとうなずいた。

いっとき、父と息子は見つめ合っていたが、やがてT・Jは判事を見上げた。「ぼくは祖父といっしょに暮らします」T・Jはあきらめたようにそう言った。

「よろしい」ウッドラフは口元にしわをよせてそう言った。判事としては微笑んだつもりのようだったが、ボーにはしかめっ面のように見えた。「席に戻ってよろしい」

T・Jは言われたとおりにしたが、一瞬父親に視線を送ったため、エズラ・ヘンダーソンが差し出した手を無視する形になった。

「面会に関しては」ウッドラフ判事は続けた。冷たい口調に戻ると、眼鏡を外し、フレームを持って言った。「ミズ・ホフパワーの提案した日程に同意します」

隔週の週末と祝日。ボーはそう思い、歯を食いしばったが、今度も無理やり感情を表に出さないようにした。

「最後に言っておくことがあります」ウッドラフは自分の席に坐り、深いため息をつくと言った。「本日、このような裁定を下すに際して、まったく苦悩がなかったわけではありません。すでに述べた理由でミスター・ヘインズに不利な裁定を下しましたが、彼のテネシー州プラスキでの長きにわたる卓越したキャリアと、彼の〝犯罪歴〟……」判事は両手の人差し指と中指で引用符を作る仕草をした。「昨年、二回目の弁護士資格停止処分を受けたことの両方が、彼の亡き妻を危険から救おうとした際のいさかいにおける、軽犯罪に当たる暴行に起因しているという事実を認めないのは、不当かつ不公平でしょう」ウッドラフは唇を舐め、眼をしばたたいた。「残念ながら、ご存じのとおり、ミズ・ジャスミン・ヘインズは二〇一三年十二月にボン・ブラウン・センターの外で殺害されました。そのときから今年の初めまで、ふたりの子供、T・Jとライラは、ミスター・ヘインズの明らかな同意の下、ヘンダーソン夫妻と暮らしてきました。ミスター・ヘインズでさえ、その間は祖父母と暮らすほうがよいと考えていたのです。あなたが子供たちを自分の元に戻すよう求めたとき、ヘンダーソン夫妻はこの法廷に申立てをしました」ウッドラフ判事はまた両手でテントの形を作った。「このような異常な状況を考え、本日の裁定は一時的なものであり、六カ月後に再検討するというのが本法廷の判断です。ミスター・ヘインズが収入のある仕事を得て、子供たちの通学に適した住居を確保し、これ以上法に触れることがなければ、本法廷は、この裁定を再考することになります」彼はことばを切ると、唇を鳴らした。「みなさん、本法廷の裁定を理解しましたか？」

「はい、閣下」バージェス・クラウドが言った。

「はい、裁判長」キャンディ・ホフパワーも裁判長に微笑みながらそう言った。

「はい、閣下」エズラ・ヘンダーソンは低くうなるような声を漏らした。「ありがとうございます」エズラはボーのほうを見た。ボーは老人のまなざしにあるのが勝利なのか、それとも怒りなのかわからなかった。彼はジャズの死のことで決しておれを許さないだろう。ボーはそう思い、元義父に厳しいまなざしを返した。どんな罰も決して充分ではないのだろう。子供たちを自分から奪うことでさえも。

「ミスター・ヘインズ？」ウッドラフ判事が尋ねた。「理解しましたか？」

ボーは答えようと口を開いたが、喉が渇いていてことばが出てこなかった。彼は咳をし、唾を飲み込むとようやく言った。「はい、閣下」

ウッドラフはボーにうなずいた。「幸運を祈ります。これからの六カ月間で人生を好転させることを願っています」

13

〈ヴードゥー・ラウンジ〉は、マディソン郡裁判所前広場の南側にある隠れ家的なバーだった。〈パプーズ〉というギリシャ料理店の地下にあり、地元の人間でなければ見つけるのは難しかった。バージェス・クラウドは裁判のあとの打上げを〈ヴードゥー・ラウンジ〉でするのが好きで、今回もこの場所がふさわしいと考えた。ボーは飾りけのない桜材でできたバーカウンターで弁護士の隣のスツールに坐り、氷を入れた〈ジャック ダニエル〉のグラスを見つめていた。まだひと口も飲んでいなかった。

「裁定は一時的なものだ」バージェスはそう言うと、ボーの肩を握った。「弁護士資格も戻ってきたんだから、また事務所を開けばいい。すぐにでも立ち上げることができるさ」

「おれたちは負けたんだぞ」呆然とした表情でボーは言った。「わかってるのか？　おれは子供たちの親権を剝奪されたんだ」

「おれたちは負けていない」とバージェスは言うと、琥珀色をしたビールの入ったジョッキからひと口飲んだ。「確定判決なら負けだが、ウッドラフは裁定に条件をつけた。取り戻せるさ、ボー。ふたりを取り戻せる。もし……きみが判事の指示に従えば」

「仕事を見つけ、街に家を買い、トラブルに巻き込まれないようにする」ボーはつぶやいた。カウンターからグラスを持ち上げたが、また元に戻した。

「ああ、そうだ」とバージェスは言い、残りのビールを一気に飲み干した。「覚えてるかもしれないが、先月おれが言ったとおりだろ。きみが先手を打っていれば、今日の裁定は完全な勝利になっていたかもしれない」

ボーは歯がみをした。弁護士の言うとおりだとわかっていたが、〝言ったとおりだろ〟という決まり文句を聞くのは面白くなかった。

「ビールのお代わりはいかがですか、ミスター・クラウド」とバーテンダーが訊いた。

バージェスはその店員をちらっと見上げ、それからボーの肩越しにバーの入口のほうを見た。そしてスツールから下りると、財布から十ドル紙幣と五ドル紙幣を取り出した。「いや、もういい、ピート。これで足りるよな」彼は紙幣を自分の空のグラスの横に置くと、体を乗り出してボーの耳元でささやいた。「今日は負けなかった、いいな。おれを信じてくれ。何年もやってきている。だが六カ月後に勝つためには、きみの力が必要だ。前に進むときが来たんだよ、ボー」

答える前に、ボーは弁護士が自分たちの後ろを指さしているのを見た。「お客さんだ」バージェスはウインクをすると、もう一度ボーの肩をつかんだ。「来週、電話をして状況を確認する」

ボーは弁護士にうなずき、肩越しに振り向いた。自分のほうに向かってきているのがだれだかわかると、思わず緊張した。

T・J・ヘインズが前かがみの姿勢で歩き、すれ違いざまにバージェスにうなずいた。そして立ったまま父親を見下ろした。

「どうして父さんと暮らせないの？」彼は両手を脇腹に打ちつけた。「おじいちゃんとおばあちゃんと暮らすのはいやなんだ。悪く取らないで。ふたりのことは好きだよ。でもおじいちゃんはなんでもかんでも父さんのせいにする。毎晩宿題をチェックされるのもいやなんだ。もう高校生なんだ。お願いだよ」

ボーは、母親と祖父と同じ色の肌を持ちながら、父親の黒い瞳を持つ息子を、眼を細めて見上げた。「お前には妹の面倒を見てほしいんだ。お前たちを引き離したくない。お前とライラはチームだ。この親権の件は、すべてかゼロのどちらかだ。始まる前に言ったはずだ。「それにもしわたしが負けたら、お前はライラといっしょにいてほしいと」とボーは言った。「それに宿題をチェックされることに文句を言うんじゃない。わたしの家にいてもそうしてるぞ」

「不公平だよ、父さん。みんな母さんが死んだのは父さんのせいだって言う。父さんは駐車場を横切ろうとした母さんを止めようとしただけなのに」T・Jの唇は震えだしていた。そして眼をそらした。ボーも息子から眼をそらし、またサワーマッシュ・ウィスキー（バーボンやテネシーウィスキーに代表されるウィスキーの種類）の手つかずのグラスを見つめた。

「ジムボーン・ウィーラーが母さんを殺したんだ。レルおじさんやリッチー刑事を殺したように。マクマートリー教授とそのお孫さんを殺そうとしたように」

ボーはうなずきながら、ジェイムズ・ロバート・〝ジムボーン〟・ウィーラーが死刑囚監房から脱走し、ボーの師である教授と彼が大切に思っている人たちに最後の審判を与えようと暴れまわった二週間に思いを馳せた。それらの出来事はまるで人生ふたつ分も前のことのようだった。

レル……リッチー……ジャズ……みんな殺された。教授はウィーラーの襲撃を生き延びたが、彼も今はもういない。

そして自分には何もない。ウィスキーグラスの縁を指でなぞりながらボーはそう思った。子供たちさえも。

「父さん？」

ボーは息子を見上げ、彼の腕をつかんだ。「お前はこのままでいろ、いいな。学業を優先させるんだ。授業に出て、練習を続けろ」

T・Jはうなずき、それから顔をしかめた。「アラバマ大からの奨学金のオファーはまだ来てないんだ」

「来るさ」とボーは言った。彼とジャズは、息子にタスカルーサでバスケットボールの夢を追いかけてほしいと思っていた。そこはふたりがスポーツに打ち込んだ母校だった。ボーはポール・〝ベア〟・ブライアント・コーチの下、一九七八年と七九年のチームでラインバッカーを務め、ジャズは陸上競技のスプリンターだった。「来るさ」ボーは息子の腕を握りながら繰り返した。

「父さん、大丈夫？」

「わたしのことは心配しなくていい。自分とライラのことだけ考えるんだ」そう言うと、ボーはため息をついた。「そしておじいちゃんとおばあちゃんのことも気にかけるんだ。母さんが死んでから、ふたりに腹を立てていることはわかるが、エズラとジュアニータはいい人だ。ふたりはお前とお前の妹のことをとても愛しているんだ」

T・Jはうなずいた。が、またティーンエイジャーの唇は震えだした。そして唇を噛みしめた。「父さんのことが心配なんだ。これからどうするつもりなの？」

ボーは無理に微笑むと、スツールから立ち上がり、息子を強く抱きしめた。「わたしは大丈夫だ」

互いに体を離したときも、T・Jは納得していないようだった。「これからどうするの？」

と繰り返した。

ボーはその質問を無視した。「お前の妹に、代わりにキスをしてやってくれ、来週末に三人で会おう、いいな？」T・Jは抗議しようとしたが、ボーは彼の腕をつかんで揺さぶった。「いいな？」やっとT・Jもうなずいた。「わかった」そう言うと彼は歩きだした。そして振り向くと、立ったままのボーを見た。「愛してるよ、父さん」

「わたしも愛してる、息子よ」とボーは言った。息子がバーから出ていくのを見ながら、胸の奥に痛みを感じていた。

ボーはスツールに腰を下ろした。疲労と憂うつに押しつぶされそうになった。〈ジャックダニエル〉のグラスに眼をやると、今度は唇まで持っていき、氷が歯に当たるまであおった。ウィスキーが彼の喉を焼き、胃を焦がした。

そしてボーセフィス・ヘインズはたった今飲んだアルコールとは関係ない熱い波が押しよせてくるのを感じていた。親権裁判のときには抑えることのできた自分への憎しみが、復讐のように甦ってきた。

すべて自分のせいだ。ジャズの死。子供たちを失ったこと。すべて。

「お代わりは？」とバーテンダーが尋ね、空のグラスを手に取った。

ボーはにらむように見上げるとうなずいた。これからどうするの？ T・Jはそう訊いていた。ボーは氷の入った〈ジャックダニエル〉のグラスが眼の前に置かれるのを見た。「酔っぱらうのさ」と彼はささやいた。

14

午後八時、ボーはよろめきながら〈ヴードゥー・ラウンジ〉の階段を上がって歩道に出た。四月の初めにしては湿度が高く、肌がべたつくような夜だった。彼は裁判所から東に二ブロックのところに車を駐車しており、その方向に重い足取りで歩きだした。〈コマース・キッチン〉という名のレストランの前を通り過ぎるとき、大きなウインドウのなかに眼をやると、ルーカス・ウッドラフ判事が妻と思われる上品な感じの銀髪の女性と食事をしていた。いっとき、ボーは立ち止まり、わずか数時間前に自分が子供の親権者にふさわしくないという裁定を下した男を見つめていた。なかに入って、裁判長閣下に自分が彼のことをどう思っているか伝えたいと思ったが、そんなことをしてもさらなる問題を引き起こすだけだった。

ひんやりとした霧が降りてくると、ボーはガラスに一歩近づき、判事が最後に言ったことばを思い出した。〝幸運を祈ります。これからの六カ月間で人生を好転させることを願っています〟

「地獄に落ちろ」ボーはつぶやいた。が、そのことばは口から出ると、弱々しく、そして愚かに聞こえた。

レストランのなかでは、窓の外で自分を見つめている大男に気づかないまま、ウッドラフがフォークを口元まで運び、女性が言ったことに笑っていた。数時間前の親権に関する裁定が気にかかっていたとしても、判事はその心配をうまく隠していた。

雨が強く降り始めたので、ボーは歩道を急いだ。ウッドラフは彼を見ていなかった。気づいてさえいなかった。

自分は透明人間なのだ。二十代の若者三人とすれ違ったとき、同じようにだれも彼を見ようとしなかったのを見て、ボーはそう思った。

さらに数ブロック歩くと、ボーは自分の白い〈トヨタ・セコイア〉を止めておいた場所に着いた。エントリーキーを押し、運転席に倒れるように乗り込んだ。ひどく疲れていた。エンジンを起動させると、フロントガラス越しにじっと前を見た。何も見えなかった。雨は激しく降っていたがワイパーはつけなかった。前を見つめても何も見えない。これが自分の将来なのだろうかと思った。

光はない。視界もない。進むべき道もない。

人生も……

ジャズが殺されたあとの数日間、ボーは自殺することを考えた。が、できなかった。子供たちを孤児にすることはできなかった。

だがどうせもう子供たちもいないのだから……

彼はため息をつくと額をハンドルに押し当てた。「それにふたりにとってはよくなったのだから」ボーはそう口に出して言った。自分の息のウィスキーのにおいがSUVの狭い車内に充満し、思わず鼻にしわをよせた。

ボーは心のなかにT・Jとライラのイメージを思い浮かべ、命綱のようにそれにしがみついた。そしてウッドラフ判事の最後のコメントとバージェス・クラウドの楽観的な展望を思い出そうとした。

六カ月。彼は思った。六カ月で自分の人生を取り戻せたら……

彼は眼を閉じた。まぶたの裏に浮かぶ映像が血のついたクリーム色のドレスを着たジャズに切り替わると、歯を食いしばって、無理やり娘のことに思考を戻した。

ライラは母親の死後、自分の殻に閉じこもってしまっていた。祖父母と暮らすにせよ、ボーと暮らすにせよ、継続的に心理カウンセリングを受ける必要があり、今も週三回通っていた。成績も下がり、原因不明の胃の病気――心理カウンセラーはトラウマにより引き起こされたストレスによるものだと言っていた――のせいで、何日か学校を休んでいた。ボーはジャズが殺されたあとの数日間のこと、そして涙を流すライラを腕に抱きしめていたことを思い出し、とうとう泣きだしてしまった。

「す、すまない」と彼はささやき、虚ろなすすり泣きを漏らした。「すまない」

その数秒後、ついに疲労とアルコールが体じゅうに染み込み、世界は、フロントガラスから見えていた景色と同じように、真っ暗になった。


車のクラクションの音で眼を覚ました。

ボーは眼を見開き、車のシートにもたれかかった。クラクションの音は聞こえなくなり、彼は眼をしばたたいて、自分の位置を確認した。まだ車のなかだった。それどころか雨はさらに激しくなっていた。革のハンドルに押しつけていた額の部分がちくちくと痛んだ。両手で顔をこすると、ダッシュボードの時計に眼をやった。午後九時三十分。

一時間以上、気を失っていた。もし腕が無意識のうちにクラクションを押していなければ、もっと長くなっていただろう。ほとんど荒れ果てた駐車場を見まわすと、人影はなく、隣に〈ダッジ〉のシングルキャブ・トラックが一台止まっているだけだった。駐車場の先の歩道には人はだれもおらず、隣接する道路を走る車もなかった。

雨の火曜日で運がよかった、とボーは思った。

晴れた週末の夜なら、もっと人が集まり、その結果警官も出ていただろう。居眠り運転で逮捕されていたかもしれなかったが、そんなことにならなくてよかった。

咳き込むと、口のなかが苦くなった。窓を開けて手を差し出し、手のひらに雨を集めた。そしてその水を自分の顔にかけた。

雨粒の冷たい感覚に思わず震えた。が、気持ちよかった。彼は車のギアを〝バック〟に入れ、肩越しに振り向いた。そしてため息をつくと、ギアを〝パーキング〟に戻してエンジンを切った。駐車している車のなかで気を失っても逮捕されるかどうかはわからなかったが、アルコールの影響下で運転したら間違いなく逮捕されるだろう。

もし飲酒運転でつかまったら、T・Jとライラに永遠のお別れのキスをすることができる……。

ボーはポケットを探って携帯電話を取り出すと、Uber（ウーバー）のアプリを起動した。運転手を選んで指名すると、すでに向かっており、十五分後に到着するという。

自分を家まで連れていってくれる見知らぬ人物を待つあいだ、彼はフロントガラスに降り続ける雨を見つめていた。妻を惨殺されてからのこの十六カ月間、ボーはさまざまな相反する感情を抱いてきた。怒り。絶望。憂うつ。恐怖。不安。失望。すべて彼の日々の思考という名のカクテルの一部だった。

だが今、別の感情が彼のなかに入り込んでいた。ボーにとって、この感情はほかのどの組み合わせよりも最悪だった。

ボーセフィス・ヘインズは、人生で初めて、まったくもって完全な喪失感を味わっていた。

15

Uberの運転手はフーパーと名乗った。白いボタンダウンシャツにジーンズという姿の体格のいい男だった。ロール・タイドと刺繍された深紅のトラッカー・キャップをかぶっていたせいで、ほとんど顔は見えなかった。ボーが車――褐色の日産の〈マキシマ〉――の後部座席に乗り込むと、運転手は振り返って彼を見た。「ボーセフィス・ヘインズ」ボーの名前を言うと、フーパーはボーを見定めるかのようにうなずいた。

「ああ、そうだ」とボーは言った。

「ミドル・ラインバッカー。一九七九年アラバマ大チーム。シュガーボウルでアーカンソー大を相手にいくつか見事なタックルとクォーターバック・サックを決めた」

ボーは無理に笑顔を作った。選手時代のことを思い出してもらうのは久しぶりのことだったが、今でもときどきあった。特にアラバマにいるときは。

「いい思い出だ」

「あんたはとんでもないプレイヤーだった」フーパーは駐車場から車を出しながらそう言った。「一九八〇年のプレシーズン・オールアメリカンに選ばれたが、そのシーズンの初戦で膝を故障してしまったんだったよな？」

「ああ」とボーは言った。「レギオン・フィールドのいまいましい人工芝のせいでな」

「残念だ」とフーパーは言った。「なあ、腹は減ってないか？」

そのことばにボーは微笑んだ。昼から何も食べていなかったので空腹だったし、二日酔いの初期症状も感じ始めていた。「腹ぺこだよ」


三十分後、フーパーは〈マキシマ〉をヘイゼル・グリーンにあるボーの借家の私道に入れた。「いい農場だな」とフーパーは言った。「いつから持ってるんだ？」

「自分のじゃない」そうつぶやくと、ハンバーガーの最後のひと口を〈ダイエット・コーク〉で流し込んだ。家への道すがら、ふたりは、フーパーが〝自分の古巣のひとつ〟という〈クリスタル〉という名のドライブスルーに立ち寄っていた。どうやら一九八〇年代後半、フーパーたちハンツビル高校の生徒は、〈クリスタル〉や〈アムサウス銀行〉、そして〈ビッグ・ブラザース〉という名の古い食料品店――いずれもホワイツバーグ・ドライブから半径半マイルの距離にあった――の駐車場にたむろするのが好きだったらしい。「いい時代だった」フーパーは少し寂しげにそう言った。「いろんなところに行ったけど、おれに言わせれば、八〇年代のハンツビル高校の女の子たちが一番ホットだったよ」

ボーはその思い出に微笑んだ。多くの男たちが、自分が高校生だった頃の輝かしい日々を同じように懐かしんでいるのだと彼は思った。そうだ、ブルース・スプリングスティーンもそのことを歌にしていた。時折、ボーは自分が〝普通〟の少年時代を過ごすことができていたらと思うことがあった。駐車場の裏でほかの十代の若者たちといっしょに〈ミラー・ライト〉を缶から飲みながら、女の子を眺めていることができたらと。だが悲しいかな、そんなことはありえなかった。

ボーの人生を表すのに、〝普通〟などということばは存在しなかった。

「あんたの友達はなんという名前だ？」フーパーは車をカーポートの前で停めると尋ねた。雨は依然として降り続いていたが、満月の光に照らされて、最近植えたばかりの綿花が見えた。

「何だって？」カーポートに停まっている一台の車に顔をしかめながら、ボーは訊いた。テネシー州のナンバープレートをつけた黒い〈クラウン・ビクトリア〉だ。彼の知るかぎり、そのような車を運転する人物は世界でひとりしかいなかった。

「あんたの友人なんだろ？」

ボーが答えないでいると、フーパーは振り向いてボーを見た。

「ほら、農場を持ってる男。おれも知ってる人かもしれないから」

ボーは眼をしばたたかせ、ようやく〈クラウン・ビクトリア〉から眼を離した。そして農場を見つめた。「友人の名前はトム・マクマートリーだ。たぶん聞いたことがあるだろう。ブライアント・コーチの六一年のチームでプレイしたあと、アラバマ大のロースクールで四十年間、証拠論を教えていた」

フーパーはなるほどというように大きく口を開けた。「聞いたことあるよ」彼は顎を引くと言った。「気を悪くしないでほしいんだが、ミスター・ヘインズ、あの六一年のチームはこれまでで最高のチームだ」

ボーは微笑んだ。「そのとおりだ」

「トム・マクマートリーって言ったよな。彼は……？」

「去年亡くなった。肺癌だった」

「残念だ」

「おれもだ」とボーは言うと、二十ドル紙幣を運転手に差し出した。

フーパーは微笑んだ。「料金は十八ドルだ。あんたのカードに自動的に請求される」

「取っといてくれ」とボーは言い、運転手の手に現金を押しつけた。「乗せてくれて、食事にも付き合ってくれた。昼間は何をしてると言ってたかな？」

「言ってない」とフーパーは言い、ダッシュボードのポーチに手を入れて、ボーに名刺を渡した。

〝フーパー　私立探偵サービス〟とあった。ボーは微笑んだ。「フーパーだけ？」

彼はうなずいた。「差別化したかったんでね」

「ファーストネームはなんというんだ？」

「フーパーが名字だと思ってるんだな?」

　ボーは微笑んだ。「違うのか?」

「雇ってくれた人にだけ教えることにしてるんだ」と彼は言い、ギアをバックに入れた。

「仕事があったら連絡してくれ」

「そうしよう」とボーは言い、名刺をポケットに入れた。〈マキシマ〉が私道をゆっくりと進み、右折して二百三十一号線に入るのを見ながら、ボーは苦笑した。おしゃべりなUberの運転手とのここまでのやりとりをだれよりも愉しんでいた。

「新しいお友達?」

　ボーは懐かしい声に振り向いた。その声の鋭さが空気と雨を山刀(マチェーテ)のように切り裂いた。

「検事長?」とボーは言い、眼を細めてカーポートを見た。

「濡(ぬ)れるわよ」と彼女は言うと、いつもの黒のスーツとハイヒール姿のまま坐っていた収納ボックスから立ち上がった。いつもと違うのは、彼女の横のコンクリートの上に〈ミラー・ハイライフ〉の六本パックが置いてあることだった。カートンからはボトルが二本なくなっていた。

「ひとりで飲んでたのか?」ボーは尋ねると、カーポートの屋根の下を歩いた。

「いいえ」とヘレンは言った。「リー・ロイが相手をしてくれたわ」彼女はカーポートの隅を指さした。そこには三十キロ近い白と茶色のイングリッシュ・ブルドッグがふわふわしたカーキの枕の上に横たわっていびきをかいていた。「そうよね、ボーイ」とヘレンが訊いた。リー・ロイは太くて短い尻尾（しっぽ）を振って、うなり声をあげた。それからまたいびきをかき始めた。

「まったく、ほんとうに面白いやつだよ」とボーは言い、その動物に向かってニヤニヤと笑った。ボーは教授からリー・ロイを受け継いでいた。この犬は、今はこんな状態だが、忠実な相棒だった。

「はい」とヘレンは言い、ビールのボトルを一本取ると手渡した。「いっしょに飲みましょう」

ボーは受け取るとキャップを開けた。ぐいっと飲むと顔をしかめた。「いいのを飲んでるな」

彼女は笑みを浮かべた。「わたしたちの共通の友人のパウエルがこれを好きだって言ってたから、一度試してみようと思って」

ボーは微笑んだ。パウエル・コンラッドはタスカルーサ郡の地区検事で友人のひとりだった。教授の墓の前で集まって以来、会っていないな、とボーは思い、首を振るともうひと口飲んだ。彼は〈クラウン・ビクトリア〉のボンネットに寄りかかり、ヘレンを見下ろした。

「こんな夜遅くに何をしに来たんだ、検事長」

「エニス・ペトリーが仮釈放された」ヘレンはそう言うと、カートンからビールを取り、キャップを開けた。

ボーはビールのボトルを強く握りしめ、セメントの床を見下ろした。「知っている。日曜の新聞に載っていたよ」

ヘレンは微笑んだ。「まだ新聞を読んでるの？」

ボーはニヤリと笑った。「オンライン版だよ。いつ釈放されるんだ？」

「もうされた」とヘレンは言った。ビールをひと口飲むと、ため息をついた。「先週の金曜日。決定から数時間後に。電話しなかったのは悪かったわ。親権争いが続いているあなたを煩わせたくなかったの」

ボーは首を振った。「公聴会に出席しなくてすまなかった」

ヘレンは収納ボックスに腰を下ろした。「親権裁判はどうだった？」

「負けた」とボーは言った。その口調はやわらかだった。雨がカーポートの屋根を叩いていた。

ヘレンは顔をしかめたが、何も言わなかった。

正直なところ、ボーには彼女が驚いているようには見えなかった。ならなぜここに来たのだ？

少なくとも一分間、ボーとヘレンは沈黙したまま飲み続けた。聞こえるのはリー・ロイのいびきだけだった。ようやくボーが咳払いをした。「ブッカー・Tはペトリーの公聴会に来たのか？」

ヘレンは首を振った。「いいえ、来なかった。来てもらおうとしたけど、連絡がつかなかった」

ボーは首を傾げた。「ほんとうか？ ブッカー・Tに何があった？」

彼女は眼を細めて彼を見た。「知らないの？」

「知らないとは何を？」

「彼は農場を失ったの。数カ月前に銀行に差し押さえられたのよ」彼女は顔をしかめた。「てっきり知っていると思っていた。きっとあなたにお金を借りようとしたんじゃないかと思っていた」

ボーは罪悪感を覚えた。従兄弟と最後に話をしたのはいつだった？ 六カ月前？ 一年前？ ジャズの葬儀のときだっただろうか？ ため息をつき、ビールをもうひと口飲んだ。ビールの味はまずく、帰り道に〈クリスタル〉で買って食べたものとうまく混ざらなかったが、とにかく飲み込んだ。

「違うの？」とヘレンは答えを促した。

「いいや」とボーは言った。「あいつからは何も聞いてない。金に困っていることさえ知らなかった」彼はことばを切った。「どの銀行が差押さえを？」

「〈Z銀行〉」ヘレンは吐き出すようにそのことばを言った。

「聞いたことないな」とボーは言った。「ブッカー・Tは〈FNB〉と取引をしてるんだと思っていた」

「たしかにそのはずだった。〈Z銀行〉はマイケル・ザニックが去年開業した新しい銀行よ。彼は多くの人々に短期資金を貸し付けて、借り手が返済できなくなるとすぐに差押さえをする。気に入らないけど、そのことでわたしにできることはない」

「ザニック」とボーは言うと、指を鳴らした。「先週、エニスの仮釈放公聴会に出られないと連絡したとき、その男のことを言ってなかったか?」

ヘレンはうなずいた。屋根のある場所で暗かったにもかかわらず、彼女の顔は普段よりも青ざめているように見えた。「ええ、話した。ザニックのレイプ裁判は今日から始まるはずだった」

ボーは首を傾げた。「レイプ?」

「彼をジャイルズ・カウンティ高校の十五歳の生徒、アマンダ・バークスに対する法定強姦と強制強姦で起訴した」

「そうだ」とボーは言った。思い出した。「始まるはずだった、と言ったな。延期になったのか?」

ヘレンはボーを見上げて眼をしばたたくと、立ち上がってカーポートの端まで歩いた。ひざまずいてリー・ロイの背中をなでると、犬の尻尾がまた揺れ始めた。それから彼女は背筋を伸ばして立った。「ええ」彼女はようやくそう言った。その声は彼女が立っているところよりも遠くから聞こえてくるようだった。

ボーはビールを飲み干すと、そのボトルを収納ボックスの横のごみ箱に投げ入れた。そして彼女に歩み寄った。「検事長、よければ何が起きてるのか話してくれないか？」そう言うとポケットに手を入れ、携帯電話を取り出して時刻を見た。「夜の十一時にここにいる理由を。前もって電話もなかったし、エニス・ペトリーが仮釈放されたことを伝えるためにわざわざヘイゼル・グリーンまで来たわけじゃないだろう」ボーは彼女の肩に触れた。「何があった？」

彼女が答えないでいると、ボーはやさしく彼女を自分のほうに向かせた。「検事長？」この距離で見ると、彼はヘレンの眼が泣いていたせいで腫れており、化粧も涙でにじんでいるのがわかった。テネシー州ジャイルズ郡の検事長がここまで弱々しく見えたのは初めてだった。

「わたしも彼がいなくて寂しい。わかるでしょ」と彼女は言った。その声は苦悩に満ちていた。「毎日、彼のことが恋しい」彼女は右手で拳を作り、ボーの前の空間にパンチをするふりをした。「あなたは二十年にわたって、師であり、友人である彼といっしょだった。わたしは三年しかいっしょじゃなかったし、しかも彼はずっと病気だった」彼女は農場を指さした。その北端にある墓石にはトム・マクマートリーの名前が刻まれていた。「そして彼は死んだ。わたしたちは決して……」彼女は両手を宙に投げ出すように上げ、両脇に下ろした。「〝わたしたち〟は存在しなかった。ふたりのあいだには何かがあったわけじゃない」

ボーはあとずさるとコンクリートを見下ろした。「すまない」

ヘレンは冷たく笑うと、カートンからビールをひったくるように外した。キャップを開けると、ぐいっと飲んだ。液体が彼女の首筋にこぼれる。「すまない？」と彼女はささやくように言った。

ボーはまだ床を見ていた。彼女の熱いまなざしが自分に向けられているのを感じていた。

「いったいどこに行っていたのよ？」ヘレンは言い放った。「先週、電話をもらったのを除いて、一年以上連絡もなかったじゃない。従兄弟にも連絡しなければ、わたしにも連絡しない。リックとは話したの？　パウエルとは？　だれかと話した？」

その答えはすべてノーだった。リック・ドレイクはトム・マクマートリーの法律事務所のパートナーだった。そしておれの友人でもある……

ボーは昨年、教授を弔うためにこの農場に集まって以来、リックとも一度も話をしていなかった。パウエルとも、ほかのだれとも話をしていなかった。

「子供の親権を取るために頑張っていたんだ」とボーは言った。

「いいえ、違う」とヘレンは言った。「頑張るというのは自分で努力をするということよ。業務停止処分が解除されるまで別の仕事をするとか、子供たちに適した家を準備したことを見せるために、もっと子供たちの近くに新しい家を買うとか借りるとか、何かをすることをいうのよ」彼女はそこまで言うと彼の肩にパンチをした。「でもあなたがしたことはこの農場に閉じこもって、自分を憐れむことだけ。可哀そうなボー。妻を失った。親友を失った。そのうえ――」

「もうたくさんだ」とボーは言った。怒りが込み上げてくるのを感じていた。が、何かおかしいとも感じていた。「検事長、おれの今の状況について叱るためにわざわざここまでやってきたのか?」

彼女の眼には涙が浮かんでいた。そして首を振った。

「じゃあ、なぜ?」そう言うと、ふと思いつき、彼女に首を傾げてみせた。「ところでいつからここにいたんだ?」

彼女は眼をしばたたき、涙を拭った。化粧がさらに頬ににじんだ。「わからない。六時間くらい前からかな。七時に〈ポージーズ〉という店に行って夕食を食べた。ここへ戻る途中、ガソリンスタンドでビールの六本パックを買った」

彼女は咳をすると、荒い息を吐いた。「今朝早く、わたしの元夫のブッチがプラスキの自宅で殺害されているところを発見された」

ボーは眉間にしわをよせた。ジャイルズ郡で二十五年近く弁護士をしていたボーは、ブッチ・レンフローとは何度か顔を合わせたことがあったが、決して多くはなかった。ブッチの活躍の場は企業法務や税金に関する分野で、一方でボーは訴訟に専念していたからだ。「なんと言ったらいいか……」とボーは言った。

「弁護士が必要でここに来たの」

ボーは眼を細めると、彼女に一歩近づいた。「あなたが弁護士を必要としているというのか？」頭上で雨が屋根に打ちつける音は弱まっていたが、雷鳴が鳴り響き、ボーの胸と腕に緊張が走った。ヘレンが答えないでいると、ボーは当然次にするべき質問をした。「なぜ？」

ヘレンはため息をついた。「なぜならブッチ殺害の容疑で逮捕されようとしているからよ」

16

午後十一時、ジャイルズ郡保安官事務所は、人の動きと騒音でごった返していた。地元の弁護士ブッチ・レンフロー殺害の報が伝えられてから十三時間が経過していたが、まだ全員が駆り出された状態だった。プラスキでは殺人事件は珍しく、弁護士のような著名な専門家が意図的に殺害されるということは前代未聞といってよかった。ここまで街の人々の心を捉えた殺人事件は、アンディ・ウォルトンが四年前に残酷な方法で殺害されて以来だった。電話は一日じゅう鳴りっぱなしで、そのほとんどはテネシーじゅうの報道機関からの電話だったが、近隣の郡や町の保安官事務所、警察署からの協力の申し出もいくつかあった。

保安官ハンク・スプリングフィールドは、自身の執務室で、発泡スチロールのカップに入った、やけどしそうなほど熱いコーヒーをすすりながら、ガラス張りの壁から廊下とその先のフロアを見ていた。そこでは少なくとも四名の保安官補が電話をさばき、ペーパーワークをこなしていた。ハンクはため息をつくと、疲れた声で言った。「もう一度説明してくれ」

ハンクの向かいの背もたれの高い、使い込まれた革製の椅子には主任保安官補のフランシス（フラニー）・ストームが坐っていた。フラニーは二十代後半の明るい肌色をした黒人女性だった。百八十二センチ、六十三キロの彼女は、リップスコーン大学の女子バスケットボールチームでパワーフォワードとして活躍していた頃に比べると、少しほっそりとしていた。大学を卒業したあとＷＮＢＡ（女子プロバスケットボール・リーグ）で短期間だけプロとしてプレイしたあと、故郷のプラスキに戻り、プラスキ市警のパトロール警官としてキャリアをスタートさせた。ハンクが保安官になったとき、保安官補として採用され、その後、主任保安官補まで昇進していた。ハンクが事務所内で最も信頼を寄せる人物だった。

「ピーカン・グローブ・ドライブの被害者の隣人全員から話を聞きました。向かいに住むボニータ・スペンサーという女性が午後九時から十時のあいだに、ブッチの家の外の縁石に黒の〈クラウン・ビクトリア〉が止まるところを見たと言っています。正確な時間は覚えていないそうです。また彼女は被害者の元妻……」フラニーは一瞬口ごもった。「……ヘレン・ルイス検事長が車から出てきて、ブッチの家の横にまわり込んだのを見たと言っています。

ボニータはそのときキッチンで皿を片付けていて、ヘレンとブッチがかつては結婚していたことを知っていたので、車を見てもあまり気にしなかったそうです」フラニーは微笑んだ。「八十二歳のボニータはヘレンが今は、街の若い子たちがよく言う〝セフレ〟の関係にあるのだと思ったそうです」

ハンクは笑わなかった。「続けて」

「〈クラウン・ビクトリア〉が縁石に止まった約三十分後、ボニータが灯りを消して、すべての戸締りを確認しているとき、もう一度窓の外を見ると、車がなくなっていることに気づきました。奇妙に思ったそうです。密会は三十分以上は続くと思っていたので」

「ブッチの家にほかの車が止まるのは見ていないのか？」

「見ていません。ほかに見たのは〈フォード〉のトラックだけで、その車は止まらなかったそうです」

「ほかの隣人は何か不審なものを見たり、聞いたりしていないのか？」

「いいえ。ですがブッチの三軒隣に住むテリー・グライムスが今朝、ブッチが死んでいるのを警察に通報してきています。ブッチがＹＭＣＡにトレーニングに現れなかったので心配になったんだそうです」

「グライムスはどうやって家のなかに入った？」

「彼が言うには、キッチンに通じる通用口のドアが開いていたそうです」

「おそらく前日の夜に検事長が入ったドアだろう」

「ええ、そのドアです。ドアノブにあった指紋が彼女のものと一致しました」

「ほかにドアに指紋は？」

「被害者とグライムスのものだけです」

「家のなかに指紋は？」

「きれいに拭き取られていました。発見したのはブッチとグライムス、そして検事長のものだけです」

「続けて」

「あなたとわたしもその場にいましたが、メルヴィン・ラグランドの検視が今日の午後二時に行なわれました。死因は二発の銃創。胸部と頭部を撃たれていました。胸部で見つかった弾丸の破片から凶器は四四口径のリボルバーと判明しています。死体の状態に基づいて、メルヴィンは、暫定的な結論として、死亡推定時刻を午後九時から午前零時のあいだと見ています。さらに被害者の顔、肩、胸には赤紫のあざがあり、メルヴィンはこれを銃による殴打と結論づけています。撃たれる前なのかあとなのかはわかっていません」

「拳銃で殴られ、処刑スタイルで撃たれた」ハンクはそうつぶやき、ブッチ・レンフローの損傷の激しい遺体を思い出しながら、コーヒーをもうひと口飲んだ。

「そのようです」

「鑑識からの報告は？」

「遺体が発見された居間からは血痕、毛髪、皮膚片が発見されました。ほとんどは死体が横たわったソファの上にありましたが、絨毯（じゅうたん）やランプシェード、コーヒーテーブルにも少量の毛髪と血液が付着していました」とフラニーは言った。「すべてのＤＮＡはナッシュビルの法医学研究所に送りました」

ハンクはため息をつき、コーヒーをもうひと口飲もうとしたがやめた。ガラスの向こうのフロアでは警官たちがまだ作業をしていた。主任保安官補に眼を戻すと言った。「ほかには？」

「指紋は？」

「われわれの捜査と、被害者宅を何度か訪れていたミスター・グライムスの証言によると、ブッチが仕事場として使っていた寝室には机とラップトップＰＣがあったはずですが」彼女は一瞬間（ま）を置いてから続けた。「なくなっていました」

「寝室にはふたり分だけ」

「検事長と被害者」と彼は言い、フラニーを見た。

彼女はうなずいた。その表情は険しかった。「ルイス検事長の指紋はドアノブと机の上にありました」フラニーは壁に近づき、保安官から三十センチ離れたところで立ち止まった。

「ハンク、それら全部と被害者の最後の二通のメールに加え、プレスリリースのことを考え合わせると……」彼女はハンクの机の上にある一枚の紙を指さした。「……やるしかありません」彼女の声はほとんどささやきといっていいくらいに小さくなっていた。「あなたがどれだけ彼女を尊敬しているかはわかっています。けどわれわれは自分たちの仕事をしなければならない」

彼はうめきながら、机に覆いかぶさるようにして、〝フレデリック・A・レンフローLLC〟というレターヘッドが上部中央に入ったボンド紙を間近に見た。「筆跡の専門家に署名を鑑定してもらう必要がある」

「すでに手配済みです。ローレンスバーグのポール・グラハムに電話をしました。このあたりでは最高の人物です」

ハンクはうなずき、主任保安官補の徹底した仕事ぶりにいつもながら感心した。「プレスリリースはどこにあったんだ？」

「居間にあるネイランド将軍の肖像画の後ろの隠し金庫にありました。われわれのチームは一時間足らずで解錠しました」

ハンクはため息をついた。「凶器については？」

「現場には十二番径の散弾銃とライフル二丁以外に銃はなく、それらはすべて被害者の名前で登録されていました」彼女はそこでことばを切った。「ですが検事長は44マグナムを所有しており、殺害のあった数時間前にダグ・ブリンクリーの射撃場で練習をしていました」

ハンクは眉をひそめた。「ダグから供述を取ったのか？」

フラニーはうなずいた。「ええ、それと検事長の家と車の捜索令状も取りました」彼女は両手を腰に当てた。「ハンク、ブッチが殺される数時間前にルイス検事長に送ったメールを見たでしょ」

「見た。どちらも暗に脅迫しているという意見に賛成だ」

彼女は両手のひらを差し出して言った。「保安官、この十三時間のあいだに発見された証拠に基づけば、ルイス検事長には手段と機会があり……」彼女はそこまで言うと机の上の紙を指さした。「……ブッチ・レンフローを殺す動機もしっかりとあった」

三十秒間、ハンクは小さな部屋のなかを円を描くように歩きまわったあげく、選択肢がないことを悟った。「彼女は家に戻っているのか？」彼はようやく尋ねた。

「いいえ、サヴォナ保安官補がこの六時間、彼女の家を見張っていますがまったく姿を見せていません。携帯電話にも出ないし。留守番電話やメールにも返事はない」フラニーは唇を舐めると、すばやく息を吸った。「彼女はまだあなたの電話やメールにも反応していないんですか？」

ハンクは首を振った。こんなことが実際に起きているとはまだ信じられなかった。そして歯を食いしばると、しっかりとした口調で言った。「わかった、フラニー。検事長を指名手配してくれ」

17

「無理だ」とボーは言った。彼女と眼を合わせることができなかった。ふたりは、今は母屋（おもや）のなかに入り、キッチンの円形のテーブルに坐っていた。リー・ロイはカーポートにつながるドアのそばに鎮座していた。今は眼を覚まし、緊張し、警戒していた。

「できないの？　それともしたくないの？」と彼女は尋ねた。口調に苛立（いらだ）ちが混じっているのは明らかだった。

「両方だ。申し訳ないが検事長、おれは五年以上陪審裁判から遠ざかっている。ルー・ホーンかディック・セルビーに依頼したほうがいい。それにウッドラフ判事は、親権を取り戻すには仕事をすることとともに、子供の近くに住むことが必要だと言ったんだ」と彼は言った。「プラスキで裁判をするのは逆効果だ」

「着手金一万五千ドルと一時間四百ドルの報酬を支払う」

「金の問題じゃない」

「仕事が必要なんでしょ。わたしの弁護士になって、ハンツビルの市境の近くに住み、プラスキまで通えばいい」

「検事長、元夫の殺害容疑で逮捕されるということについて、なぜそこまで確信してるんだ?」

「わたしの弁護に同意すれば話す」

ボーは眼をしばたたき、テーブルを見つめた。「すまない、おれは……」

「あなたは最高の弁護士よ、ボー。街の人たちは今でもあなたのことを訊いてくる」

ボーは弱々しく笑った。「もう三年もプラスキには帰っていない。みんなが一番思い出したくないのはおれの裁判の結果だろう」彼女を見た。「あなたがアンディ・ウォルトン殺害容疑でおれを起訴したときだ。覚えてるだろう?」

「ええ、覚えている。あなたは自分への容疑を晴らし、トムといっしょに真犯人を見つけるのを手伝ってくれた」

「そのとおりだ」とボーは言った。「それでも、人々はおれのことをサーカスの見世物のように見ている。生物学上の父親がKKKの最高指導者（インペリアル・ウィザード）だった黒人」彼はそこまで言って首を振った。「ルーズベルト・ヘインズを殺したやつらに裁きを与えるために何十年も費やしたあげく、結局、ルーズベルトはおれの父親ではなく、リンチ集団（KKK）のリーダーこそが父親だとわかった。なんという皮肉だ」

ヘレンはため息をつくと立ち上がった。ドアのところまで歩いていくと、リー・ロイの耳の後ろをなでてやった。「ボー、わたしはあなたが地獄を見てきたことを知っている。あなたが自分の家族の歴史に向き合わなければならないことが、どれだけ大変かは想像することすらできない」彼女はそう言うとボーをじっと見た。「けれどそれでも、あなたの業務停止処分や、ジャズの命を守るためにあなたがしたことに対するあの偽りの有罪判決にもかかわらず……それらすべてにもかかわらず……あなたはこの事件を任せられる唯一の弁護士よ」

「まだ事件になっていない」とボーは言った。

「なるわ」

ほぼ一分間、ふたりとも口を開かなかった。ようやくボーが立ち上がって、両手をポケットに入れた。「すまない、できない」

ヘレンはすばやくうなずくと、ドアのノブを握った。出ていく前に、彼女は肩越しに彼を見た。「わかってる？　トムはあなたがそんな風になってしまったことを恥じているはずよ。あなたがわたしを助けてくれようが、くれまいが、どちらにしろトムが死んでからというもの、あなたの人生は下り坂を転げ落ちるように悪化していった。あなたはあきらめた。死んだ友人の農場に引きこもって、自分を憐れむことに満足してしまっている」

「検事長、そろそろお引き取り願おうか？」ボーはアドレナリンと怒りが込み上げてくるのを感じていた。

「あなたが強く生きて、ちゃんとした生活をしていれば、ライラとT・Jの親権を失うことはなかったはずよ。彼らはあなたといっしょにいたはず」彼女はことばを切った。「ほんとうはふたりがジャズの両親といたほうがいいと思ってるんじゃないの」

ボーは歯を食いしばったが、何も言わなかった。

「あのボーセフィス・ヘインズはどこに行ってしまったの？　訴状にあなたの名前が載るたびにほかの弁護士たちを震え上がらせた男。保険会社の弁護士が和解を求めるほど優秀な弁護士。わたしでさえ睡眠時間を削らなければならなかった男だったのに」

ボーはヘレンに背を向けると、だれもいないキッチンを見つめた。「教授はもういない」とボーは言った。自己嫌悪がすさまじい勢いで襲ってくるのを感じていた。

「そうかしら？」とヘレンは言った。その口調にはあざけりが込められていた。「わたしはそうは思わない。わたしは、彼はどこかに隠れて見ているんだと思う。あなたはただ彼を恐れているのよ」

ボーは何か言おうと思ったがことばが出てこなかった。

「哀れね」彼女はそう言うと、ドアノブをまわして開けた。外は、雨がまだ一定のペースで降り続いていた。「まあ、わたしのつまらない依頼のことは忘れてちょうだい。いずれにしろ、あなたみたいな臆病者にわたしの代理人になってほしくはない」

ボーが振り向いたときには、ちょうどドアが音をたてて閉まるところだった。

しばらくのあいだ、ボーは農場の母屋のキッチンに坐り、出窓から雨を見ていた。リー・ロイが歩いてきて彼の足元に横たわった。時折、身をかがめてブルドッグをなでてやった。

「おれはいろんなものを台無しにしてしまったよ、ボーイ」彼はそう言いながら、今日はなんとも奇妙な一日だったと思い、荒い息を吐いた。そしてこれまでの人生で、彼がアドバイスを求めたのはたったひとりしかいなかった。

立ち上がると、酒棚に向かった。さまざまな選択肢を眼を細めて見たあげく、〈ジムビーム〉のボトルを選んだ。それから玄関のドアに向かって重い足取りで歩きだした。

「おいで、ボーイ」と彼は言った。リー・ロイは雨のなかを彼のあとについていった。ボーは空(から)のカーポートを通り過ぎた。〈セコイア〉がないことをほとんど気にも留めなかった。

これからしようとしている旅に車は必要なかった。

18

ヘレンがジャイルズ郡の郡境を越える頃には、雨は横殴りになり、ほとんど視界が利かない状態だった。ヘレンはワイパーをフル稼働させたまま、ハザードランプを点灯させると六十四号線の路肩に車を停めた。

彼女はいっとき待った。心の一部では、雨が収まってこの旅を終え、自分を待っているものと対峙(たいじ)することを願っていたが、別の一部では、雨がこのまま降り続けることを祈っていた。そうすれば、車は水に飲み込まれ、どこか遠くまで運び去ってくれる。彼女が新たな人生を始められる場所へ。自分をここまで連れてきた過(あやま)ちを犯していないユートピアへ。

ヘレンは助手席にあった携帯電話を手に取った。農場にいたときからずっと電源を切ってあった。何も映っていない画面を見ながらためらった。雨は激しくなるばかりだ。永遠に先延ばしにすることはできないと悟り、ようやく電源を入れた。数秒後、何通かの新しいメールを受信していることを示すチャイムの音に迎えられた。息を止め、ヘレンはそれらのメッセージにすばやく眼を通した。

午後五時七分に受信した最初のメールは検事補のグロリアからだった。〝電話をください。話があります〟二通目もグロリアからで、午後五時三十八分に来ていた。〝どこにいるんですか？　メッセージを見たらすぐに電話をしてください〟

グロリアが勤務時間外に電話やメールをしてくることはめったになかったので、少しだけ不安になったものの、三通目ほどではなかった。それはハンク・スプリングフィールド保安官からのもので、午後六時ちょうどに受信していた。〝検事長、大至急話をする必要があります。あなたのオフィスに寄りましたが不在でした。自宅にも行きましたが見つけることはできませんでした。どこにいるんですか？　電話をしてください、緊急事態です〟

ヘレンはタップして、メッセージ画面を閉じた。自分がまだ息を止めていたことに気づいた。息を吐くと眼を閉じた。留守番電話の着信を示す別のチャイムが聞こえると眼を開けた。午後六時三分に受信していた。タップすると車内にハンクの声が響いた。「検事長、たった今、メールをしました。どこにいるんですか？　あちこち探しています。ブッチ・レンフローの捜査の件で。できるだけ早く電話をください」

ヘレンはため息をつくと、さらに何度かメッセージを再生してから留守番電話の画面を閉じた。それからメールの画面に戻ると、ブッチが前日に送ってきたメールをスクロールダウンした。

それらを読んだあと、ヘレンはふたたび眼を閉じ、ハンドルに頭をもたせかけた。彼女には、これら二通のメールが殺人の動機を示しており、彼女に不利な証拠として使われることがわかっていた。そしてグロリアとハンクからのメール、ハンクの留守番電話のメッセージから考えると、彼らはすぐそばまで迫っていた。

心臓の鼓動が速くなるのを感じながら、ヘレンは無理やり眼を開けた。雨は降りやむ気配すらなかった。カーステレオの時刻に眼をやった。午後十一時五十六分。

「知ったこっちゃないわ」と彼女は言うと、ハザードランプをつけたまま、ギアを入れた。ヘレン・ルイスは決して物事を先延ばしにするタイプの人間ではなかった。そして今さらそうなるつもりもなかった。

自分の直感が、昨晩もそうであったように、今晩も間違っていることを祈りながら、彼女はアクセルを踏み込んだ。黒の〈クラウン・ビクトリア〉は砂利を後ろに飛ばしながら、轟音をあげてハイウェイに戻った。

かろうじて一マイルほど進んだところで赤と青のライトがバックミラーに映し出された。心臓の鼓動が速くなるのを感じながら、彼女はふたたび路肩に車を停めた。保安官事務所のパトカーが一台彼女の背後に停まり、ほかの二台が前に停車した。少なくとも三人の制服警官が〈クラウン・ビクトリア〉に近づいてきた。ヘレンはほかにも何人かの警官が車のなかに残っていることに気づいていた。ウインドウを降ろすと、雨の水滴が車のなかに流れ込むなか、平静を保とうとした。

「どうしたの、保安官補？　濡れてしまうわ」

話しているると、保安官補のひとりが片手に傘を持って進み出てきた。ヘレンは彼がタイ・ドッジェンというベテラン警官であることに気づいた。彼の妻のシンディはジャイルズ・カウンティ高校で歴史を教えていた。ドッジェンは苦痛に満ちた表情でヘレンの顔を覗き込んだ。「検事長、保安官がすぐにお会いになりたいそうです」

「わかったわ」ヘレンは検察官としての口調を保って言った。「わたしも彼に会いたかったの。いったい何が起きてるの、タイ？　ハンクに会うように伝えるのに六人の保安官補が三台のパトカーに乗ってくる必要があったの？　それにそんなに話したいなら、なぜわたしの無線に何も入ってこないの？」ヘレンは政府支給の自分の車に搭載されている無線機器——保安官補のパトカーに搭載されているものと同じだった——を身振りで示した。そして冷たいうずきが腕を走るのを感じた。どうして無線を受信していないんだろう、とヘレンは思った。直感が的中したことを悟っていた。が、このまま進めることにした。「今日は長い一日だったの、家に帰って法廷用の服を着替えたい。ハンクには途中で電話をする」

「残念ですが、それはできません、マァム」とタイは言った。

ヘレンは警官の決意に満ちた青い瞳を見つめた。

「そんなことは言わせない」とヘレンは言った。「わたしはこの郡だけではなく、モーリー郡、ウェイン郡、ローレンス郡の地区検事長よ。家に帰るのにあなたの許可はいらない。さあどいて、保安官補」

ヘレンは車のギアに手をかけた。すると、ドッジェンは銃を抜いた。「検事長、車から降りてください」

「これはいったいどういうこと、タイ？」

タイ・ドッジェン——これまでずっとヘレンのお気に入りの警官だった男——は顎を突き出して、一歩も譲らなかった。「あなたに逮捕状が出ています、検事長」

「わたしの逮捕状？　なんのことを言ってるの？　何に対する逮捕状？」

ドッジェンが答える前に、ヘレンは別の人物が車に近づいてくるのを見た。保安官補はへレンに銃を向けたまま一歩下がった。ハンク・スプリングフィールド保安官が代わりにその場所に立った。保安官は制服の上にレインコートを着ており、帽子のつばから水が滴り落ちていた。

「ハンク」彼女はなんとかそう言った。無理に平静を保とうとした。「何が――?」

「ルイス検事長、フレデリック・アラン・レンフロー殺害容疑で逮捕します」とハンクは言った。その口調は低く、氷のように冷たかった。「車から出て、両手を頭の後ろに置いてください」

19

ヘイゼル・グリーンの農場に太陽が昇り始めると、ボーセフィス・ヘインズは首と顔、そして鼻に熱く、臭い息がかかり、その三カ所を舐める愛犬のざらざらとした舌の感触で眼を覚ました。眼を開けると、リー・ロイ・ジョーダン・マクマートリーの悲しげなまなざしがすぐそばにあった。犬は冷たい鼻をボーの頬に押しつけると、また舐め始め、白と茶色の頭をボーの首に埋めた。

「わかったよ、ちくしょう。わかった」ボーは体を起こそうとし、自分の顔が湿った泥だらけの地面に貼りついていることに気づいた。体をねじって起き上がると顔をこすった。濡れた土と草の間に合わせの枕がちくちくと痛む。前の晩に飲んだバーボンとビールのせいで、頭のなかに大理石がいくつもあるように重かった。眼をしばたたくと、自分のいる場所をたしかめた。彼は農場の北の端にある空き地に坐っていた。ほんの数メートルのところに大きな墓標がある。前かがみになって数メートルほど膝で這って進むと、コンクリートの墓標に手が届いた。今でも、ここに埋葬されている人物の名前を読むと、悲しみのさざ波に包み込まれるのを感じた。

「トーマス・ジャクソン・マクマートリー」ボーは声に出して言った。そのことばはまるで紙やすりをフィルターにして濾したように聞こえた。唾を飲み込むと、口のなかに苦い味がした。昨夜、吐いたのだろうか？　覚えていなかったが、今の胃の感じからするとまた吐き気が襲ってくる可能性が高かった。

「たしかにおれは何もかもめちゃくちゃにしちまったよ、教授」ボーはそう言うと墓標をやさしく叩いた。昨晩、ボーとリー・ロイは土砂降りのなか、この墓までの一マイル半を歩いた。だが、着いたときには、その日の出来事に疲れ果て、墓標の近くに倒れ込んだ以外、何も覚えていなかった。泣いたはずだが、それも思い出せなかった。

ボーは前の晩に検事長が言っていたことを思い出した。トムはあなたがそんな風になってしまったことを恥じているはずよ……

ボーは指にざらざらした感触を覚えた。ふと見下ろすとリー・ロイが手を舐めていた。犬もまた、墓標をじっと見ていた。リー・ロイは、かつてはトムの愛犬だった。教授の最後の願いのひとつがボーにこの犬を引き取って世話をしてもらうことだったのだ。

「リー・ロイはほんとうによくやってくれているよ、教授」とボーは言った。「あなたはおれのことは誇りに思わないだろうが、彼のことは誇りに思うだろう。この一年ちょっとのあいだ、こいつはおれのいい相棒になってくれた」

ボーは自分の服を見た。前の日、法廷に着ていったシャツとスーツのスラックスを今も着ていた。今は草や泥で汚れている。台無しだ、とボーは思った。自分の人生と同じだ。

彼は農場の新鮮な空気を吸い込むと、頭を垂れた。「教授、ここに住むことが一番の解決策だと思っていた。ヘイゼル・グリーンはプラスキとハンツビルのほとんど中間にある。ほんとうにうまくいくと思っていた」彼はそう言うと、激しく唾を飲み込んだ。「けどそうじゃなかった。おれは身動きが取れなくなっちまった」彼は顎をぐいっと引いた。「検事長の言うとおりだ。おれは元の自分に戻ることを恐れている。おれがおれになろうとすると、人々が傷つく。おれの愛している人たちが」眼の奥が熱くなるのを感じていた。「大事にしていた人々はみんな死んでしまったか、いなくなってしまったようだ」

ふたたび、指を舐められるのを感じ、かがみ込んでリ！・ロイの頭をなでた。「迷ってるんだ、教授」彼はため息をついた。「どうすればいいか、きっかけすらつかめない。だが、ひとつだけたしかなことがある……」彼は背筋を伸ばした。そして自分の手にキスをすると、やさしく墓標の上に置いた。

「もうここで自分の道を探すつもりはない」

20

ヘレンは取調室のなかを見まわし、幽閉されたすえたにおいを吸い込んだ。彼女は、数えきれないほどの容疑者が起訴され、裁判を受け、判決を受けるのを待ったのと同じ金属製の机の前に坐っていた。一・五メートル×二・一メートルの狭い部屋は、三方を黄色い軽量コンクリートブロックの壁に囲まれていた。そのひとつにミラーガラスの仕切りがあり、そのミラーガラスの向こうでハンク・スプリングフィールド保安官とおそらくは数名の保安官補が自分を見ていることをヘレンは知っていた。彼女は右手の中指を立てて、ミラーガラスの壁に向けてみせた。そしてコンクリートの床を見てから、プレキシガラスの小窓のついた鉄製のスライドドアに眼をやった。自分の顔が映っているのが見えたが、ありがたいことに映っているのは顔だけだった。未決勾留中の容疑者が着るオレンジ色のジャンプスーツに身を包んだ自分を見るのは耐えられそうもなかった。

窓の外に人影が見え、ヘレンは体が強張るのを感じた。そしてドアが開く音がした。ふたりの男が入ってきた。

保安官のハンク・スプリングフィールドは険しい表情をしていた。寝不足のせいか、眼が赤く、カーキの制服のシャツはボタンの上ふたつが外れていて、白い下着が見えていた。一日分の無精ひげが生えていて、そのひげをさすりながら、もうひとりの男が入ってこられるように左側に寄った。ヘレンはその男を認めると思わず立ち上がった。

「なぜ彼がここにいるの？」そう言うと彼女は保安官に眼を向けた。

ハンクは両手のひらを広げて彼女に向けると、何か言おうとしたが、もうひとりの男の声が割って入った。

「ペイジ判事がきみの……窮状を考慮して、わたしを地区検事長代行に任命したんだよ、ヘレン」南部訛りでゆっくりと話すレジナルド・〝サック〟・グローヴァーの甲高い声がコンクリートブロックの壁に反響し、ヘレンを思わず身震いさせた。

「あなたを？」ヘレンは吐き捨てるようにその質問を口にした。

「わたしを」とサックは言い、濃く赤い髪をなでながら、〈チャップスティック〉を塗ったばかりの唇を鳴らした。彼は平均的な身長ながら、五十代にしては引き締まった体型を保っており、いつも着ているオーダーメイドの服がその体格を際立たせていた。今日はライトグレーのスポーツジャケットに白いワイシャツ、ワインレッドのネクタイ、黒のパンツといういでたちだった。彼は金属製の机に近づくと、ヘレンの向かいのプラスチック製の椅子のひとつに坐った。彼女は彼の鼻にそばかすがあることに気づいた。彼は脚を組むと、ヘレンに微笑んだ。「きみの部下がきみを起訴するのはうまくないだろう」

「どうして彼が？」とヘレンは訊いた。サックを通り越してハンクを見ていた。彼は運動選手のような体格をコンクリートブロックの壁に預けていた。

「彼が言ったように、ペイジ判事が任命したんです、検事長」とハンクは言った。「わたしはその決定にはいっさい関与していません。おそらく彼に検察官としての経験があるからだと思います」

「十五年だ」サックが割って入った。コンクリートの床を見つめてそう言うと歯を食いしばった。「それからきみにはつらいことだろうが覚えておいてくれ、スプリングフィールド保安官。この事件に関して、この部屋のなかではわたしが検事長だ。わかったかね？」

薄暗い取調室のなかでも、ヘレンはハンクの顔が赤くなったのがわかった。保安官はその質問には答えなかった。

「ペイジはわたしのことを心底嫌いなのよ」ヘレンはそうつぶやいた。水が飲みたかった。

「いつもそう。あのなまけもののろくでなしが。あいつがあなたを任命した唯一の理由はわたしを怒らせることができるとわかってるからよ。あなたの経験とはなんの関係もない。あなたは凡愚な検察官だった。だからわたしは解雇した」彼女はそこまで言うと、サックをにらんだ。「あなたの任命には、長年にわたってペイジの選挙資金を潤してきたあなたの一家のお金が関係しているようね」

今度はサックが自分の髪の色と同じくらい顔を赤くする番だった。「まあ……理由はどうでもいい。きみを元夫の殺害容疑で起訴するのはわたしだ」彼は唇を舐めた。「いくつか質問させてもらおう」

ヘレンはあきれたと言うように眼をぐるりとまわすと、椅子に坐り込んだ。「ハンクには言ったはずよ、何も話さないって。弁護士が来るまでは」

「だれが引き受けると言うんだ」とサックは言った。「ディック・セルビー？」彼は鼻で笑った。「ルー・ホーンか？　街じゅうの弁護士が旧友を弁護しようと列を作ってることだろうな、ルイス検事長」

ヘレンは答えなかった。代わりに彼女はハンクの顔を覗き込むと言った。「このクソ野郎をわたしの視界から消してくれない？」

ハンクは壁から体を離した。彼はサックに何か言おうとしたが、横開きのドアがシュッと開く音に邪魔された。二十歳(はたち)そこそこにしか見えない保安官補が取調室に入ってきた。彼の眼は大きく見開いていた。「保安官、ルイス検事長の弁護士だという男性が来ています」

ヘレンは胃がぎゅっと締まるような感覚を覚えた。

「連れてこい」とハンクは言った。保安官補はドアを開けたまま部屋を出ていった。ハンクはヘレンを見て眉をひそめたが、彼女は何も言わなかった。

「どきどきして死にそうだよ」サックが悪意に満ちた口調で言った。取調室の外では、手錠をかけられた男が拘置所の看護師に診てもらうために、ホールに連れてこられる音が聞こえた。まさにこの取調室で容疑者を尋問したことのある経験から、彼女は医務室がこの部屋のふたつ先にあることを知っていた。しばらくすると、保安官補が取調室の戸口に戻ってきた。ヘレンからは保安官補といっしょにいる男は見えなかったが、ハンクには見ることができたようだ。彼女は保安官の顔が青ざめるのがわかった。「あなたが検事長の弁護士なんですか？」とハンクが訊いた。その声にはショックと驚き、そして何か別のものがあるとヘレンは思った。そしてわかった。

恐怖だ。

「ほかにだれがいる？」

彼女には部屋に入ってくる前から、その深いバリトンの持ち主がだれかわかっていた。彼が入ってくると、サック・グローヴァーは背筋を伸ばして立って腕を組み、思わず一歩下がって、その大きな男が入るスペースを作った。

ボーセフィス・ヘインズは白のボタンダウンシャツに色あせたジーンズ、黒のコンバットブーツという姿だった。「検事長」と彼は言い、彼女に向かってうなずいた。そしてサックを覗き込んだ。

「店じゃお前がいなくて、みんな寂しがってるんじゃないか？」

サックは微笑んだ。が、その眼は笑っていなかった。彼の家族は、最終的に〈ウィン・ディキシー〉に買収されるまで、長年にわたって〈グローヴァーズ食料品店〉を営んでいた。その家業のせいで、レジナルド・グローヴァーは高校時代の友人から〝ずだ袋(サック)〟と呼ばれるようになり、そのニックネームが定着したのだった。

　ジャイルズ郡法曹協会に所属している人間なら、サックが弁護士業務をする必要がないことをだれもが知っていたので、ボーのことばはよくあるジャブのようなものだった。ボーの質問を無視して、赤毛の検察官は手を差し出した。「久しぶりだな、ボー。街に戻ってきたのか？」

　ボーは男と握手をした。「みたいなもんだ」と彼は言った。それからハンクのほうを向くと、保安官と握手をした。

「会えてうれしいよ、ボー」とハンクは言った。

「おれもだ」とボーは言った。

「ミズ・ルイスの弁護士ということはテネシー州法曹協会の業務停止処分は解けたと考えていいのかな？」とサックは訊いた。

「そのとおりだ」とボーは言い、検察官のほうに向きなおった。「三月二十二日に復帰した」

「まあ……これ以上はその手のトラブルがないことを願ってるよ」とサックは言った。

「そう願いたいな」ボーは低い声でそう言うと、男に一歩近づき、そのパーソナル・スペースに侵入した。「よければ依頼人と少し話をさせてほしいんだが？」

　サックはまばたきをすると、もう一歩後ろに下がろうとしたが、コンクリートブロックの壁に止められた。「もちろん」と彼は言った。「ミズ・ルイスに弁護士と話す機会を与えよう」

「ここじゃだめだ」とボーは言った。「この部屋はミラーガラスの向こうから見ることができるし、きみらはおそらくビデオか、少なくとも録音することで会話をすべて記録することができる。面会室を使おう」彼はハンクを見た。「いいな?」

　ハンクはうなずくと、若い保安官補に身振りで示した。「わたしはミスター・ヘインズを連れていくから、きみはルイス検事長を頼む」

「了解しました」と保安官補は言った。

　ボーはハンクについていこうとしたが、サックの声が止めた。「きみが依頼人と話し合ったあと、ふたりで話そう」

「ああ、そうしよう」ボーは取調室を出ながらそう言った。「期待しといてくれ」

　五分後、ヘレンはジャイルズ郡拘置所の面会室に通された。部屋はクローゼットほどの大きさもなく、同じ軽量コンクリートブロックの壁に囲まれていた。小さなスペースの真ん中に四角い折りたたみ式のテーブルとアルミの椅子が二脚置いてあった。ボーセフィス・ヘインズは椅子のひとつに坐り、黄色いリーガルパッドとペンを前に体を乗り出した。

ヘレンは、部屋に入ると、脚を引きずって彼のほうに進んだ。拘置所支給のサンダルが歩きにくそうだった。

「保安官は必要なだけ使っていいと言っていました」と保安官補は言った。ドアが閉まると、彼は微笑んだ。

「ありがとう」とボーは言うと、立ち上がってヘレンを迎えた。ドアが閉まると、彼は微笑んだ。が、ヘレンにはそれが無理やり作ったものだということがわかっていた。「オレンジのジャンプスーツを着たあなたを見るとは思っていなかったよ」彼は手を差し出した。が、彼女はそれを無視した。

「あなたもこの日のためにドレスアップしたようには見えないけど」

ボーは眼を細めて彼女を見た。「おれは拘置所で依頼人に会うのにスーツは着ないんだ」

「だれがあなたの依頼人だと言った？　昨日の晩、あなたを雇わないことにしたって言ったはずだけど」

「昨日の晩は、いろんなことを言ってくれた」彼は唇を舐めた。「そのことは無視することにした」

「わたしを弁護することはできないと言ったことはどうなの。ゲームから離れすぎている。別の人間のほうがいい。わたしの弁護を引き受ければ、子供の親権を取り戻すのに不利になるとか、あーだこーだ、あーだこーだ言ってたじゃない。何が変わったの？」

ボーは彼女に一歩近づいた。「もう一度自分であることを始めるときが来たと思ったんだ」

彼女は顎をぐいと引くと言った。「わたしが農場で言ったように、あなたは自分自身であることを恐れている」

「いや、正確には違う。おれは自分であることが怖かったんじゃない。ほかの人々を傷つけることが怖かったんだ」と彼は言った。「おれはいつもみんなに迷惑をかける」

ヘレンは石炭のように真っ黒な彼の瞳を見つめながら、何かが体を満たしていくのを感じていた。アドレナリンだろうか？　それとも希望かもしれない。彼女は眼を閉じた。「それで今は？」

「子供のこと以外は、もうどうでもいい」

ヘレンは、彼の強いまなざしに耐え切れず、眼をそらすと壁を見つめた。あまり選択肢はない。ディック・セルビーやルー・ホーンを雇う気はなかった。ナッシュビルやノックスビルの弁護士を雇うつもりもなかった。そうしたところで、陪審員を選ぶために地元の弁護士も雇わなければならない。彼女はビル・ゲイツではなかった。いくらでも金が使えるわけではない。

必要なのはたったひとりの弁護士で、最高の弁護士でなければならなかった。

そして昨日の午後、雨のなかをわざわざヘイゼル・グリーンに行って彼女自身が言ったように、ボーセフィス・ヘインズこそが疑いようのない選択肢だった。自分を除いて、プラスキに彼以上優秀な法律家はいない……

ようやく彼女はボーのほうに向きなおると言った。「昨日の晩言ったのと同じ条件よ。一万五千ドルの着手金と一時間四百ドルの報酬でいい？」

ボーはうなずいた。「問題ない」

「弁護士業務に復帰するのは簡単なことじゃないわよ」

「おれの人生に簡単なことなど何もなかった。おれは雇われたのか、それともそうじゃないのか？」

ヘレンの口からかろうじて聞こえる嗚咽が漏れた。そして彼女はすばやくうなずいた。

「いいだろう」とボーは言い、坐ると自分の前の椅子を手で示した。「いったい何が起きてるのか、まずそこから話してくれ」

21

サック・グローヴァーが〈キャシーズ・タバーン〉に入ってくると、ルー・ホーンが奥のフロアの隅のテーブルに坐っていた。午後四時半だったものの、テーブルの上の〈クアーズ・ライト〉の空き瓶二本と、手に持っている半分しか入っていないボトルから判断すると、弁護士は彼抜きで始めていたようだった。暗い部屋でも、サックにはルーの顔がアルコールで赤らんでいるのがわかった。「酔っぱらうにはまだ少し早いんじゃないか、ルー？」

「サック」とルーは言い、ボトルからもうひと口飲むと、テーブルを見下ろした。彼は向かいの席を手で示した。「ビールをおごろうか？」

サックは席に着くと、弁護士を見た。「やめとくよ」

ルーがバーテンダーに合図をすると、茶色の髪をした小柄な女性が近づいてきた。

「お代わりは、ルー？」と彼女は訊いた。

「ああ、頼むよ、キャシー。チーズバーガーとフライドポテトもだ。サックの注文も頼む」

「ダイエット・コーク」とサックは言った。キャシーはさらに待っていたが、サックが黙ったままなので、大きな足取りで去っていった。

ルーはかすんだ眼でバーテンダーの背中を一瞬だけ見つめてから、サックの顔を覗き込んだ。「ペイジはきみを任命したのか？」

「ああ、数時間前に」

ルーはあざけるように笑った。「そうか……おめでとう、検事長殿」彼はビールを掲げて、敬礼するふりをし、もうひと口飲んだ。「ザニックの取引はいつになる？」

「少し時間が必要だ、ルー。わかってるだろ。見え見えなのはまずい。ペイジはわたしの言いなりだ。だが、彼でさえ、司法の失敗を見せびらかすつもりはない。彼もそのことはよくわかっている」

「彼は何か言ったのか？」

「具体的には何も。だが任命のあとにアドバイスをくれたので、それに従うつもりだ」

ルーは微笑んだ。数本のビールで彼の眼は少し焦点が定まらなくなっていた。サックは、ルーがもっと早くから飲んでいたのか、あるいはひょっとしたらこの老弁護士の血管には何か別のものが流れているのではないかと思った。「それでハロルド・ペイジ裁判長殿はきみにどんな知恵を授けてくれたんだ?」とルーは訊いた。

「慎重にいけと」とサックは答え、キャシーが飲み物を置けるようにテーブルの上から手をどけた。「ありがとう、キャシー」

「何か食べますか、ミスター・グローヴァー?」とキャシーは尋ねた。このバーテンダーは二十代半ばのほっそりした女性だった。テネシー・タイタンズ(NFL所属のプロアメリカン・フットボールチーム)のノースリーブのジャージに、カットオフジーンズ、前にVols(ヴォルズ)(テネシー大のスポーツチームの愛称)と筆記体で書かれたオレンジ色のキャップをかぶっていた。

「いや、大丈夫だ。お母さんはどうしてる、キャシー?」

バーテンダーはため息をついた。「元気です、たぶん。腰の滑液包(かつえきほう)炎がまだ痛むみたいで、先週も庭で転んだんです。無理しないように言ってるんですが、なかなか聞いてくれなくて」

「うちで手配したように、食料品の配達は届いてるかい?」

若い女性の顔に笑みがこぼれた。「はい、ありがとうございます」彼女は身を乗り出すと、彼の首に腕をまわしてハグをした。野草の香りがサックの鼻孔を刺激した。

「どういたしまして」

「ほんとうに何も食べなくていいんですか？」

「ああ」とサックは言った。彼女は静かに去っていった。

「きみが言えば、彼女はテーブルにまたがって股を開きかねないな」ルーは不明瞭なささやき声でそう言った。サックは椅子の背にもたれかかって、この男をよく見た。

「大丈夫か、ルー？　少し飲みすぎたんじゃないか？」

「事実を言ったまでだ。この街の若い女たちは、どうしてみんなきみと話したあとに椅子に湿ったしみを残していくのかね？」

　ようやくサックもニヤリと笑ったが、その質問に答える代わりに、自分も質問で返した。

「きみの依頼人は数カ月間、身を潜めていられるのか？」

　ルーはビールを飲み干すと、バーのほうに眼をやり、空になったビールのボトルを掲げて指さし、キャシーが気づくまで待った。それからテーブルの向かいのサックをにらんで言った。その眼はくぼんでいて、六十数歳の年齢よりもさらに老けて見えた。「正直いってわからない。忍耐力はザニックの最大の長所ではないからな」

「それはわかるが、今回はその忍耐力を発揮してもらわなければならない。そうすれば、エニス・ペトリーの仮釈放公聴会と同じようにうまくいくだろう」サックは〈ダイエット・コーク〉をひと口飲むと、眼を細めてルーを見た。「きみもわたしも知ってるように、エニスの仮釈放を認めさせることは、彼のKKKでの経歴や、彼が関わった恐ろしい犯罪を考えれば、簡単なことじゃなかった。特にヘレンが激しく反対していたとあってはね。だが、マイケル・ザニックがエニスの仮釈放を望んだ。だからわたしはそれを実現させた。あっちで勝ったんだから、こっちでも勝つよ。ザニックに対する起訴は取り下げられるか、軽いお仕置き程度の刑に軽減されるだろう。少し待ってもらうしかない」

ルーはビールのボトルをじっと見たまま、何も答えなかった。

「彼はきみについてどんな弱みを握ってるんだ？」サックはとうとう訊いた。

ルーは空(から)のボトルを見つめていた。「ノーコメントだ」

サックはもうひとりの法律家をじっと見た。彼はアルコールをチェイサーに、なんらかの向精神薬を飲んでるに違いないと思った。〈ザナックス〉か〈クロノピン〉だろう。「家まで送ろうか？」

ルーはぐいっと顎を引くと言った。「いや、だが訊かなければならないことがある」

「何だ？」

ルーはサックに、自分のほうに体を寄せるように身振りで示し、サックは渋々従った。ルーが話し始めると、彼の息はビールに覆われた、悪くなったコーヒーのようなにおいがし、サックの眼が潤んだ。「ほんとうに検事長(ゼネラル)がブッチを殺したと思うか？」

サックは椅子を後ろにずらし、肺にため込んでいた空気を吐き出した。そして悔しそうに歯がみをした。彼は以前から、だれもがヘレン・ルイスのことを、まるでダグラス・マッカーサーか何かのように、検事長と呼ぶことが嫌いだった。法廷で法律家たちがそう呼ばなければならないのは理解していた。だが、ルー・ホーンのような経験豊富な裁判弁護士がバーでまでその称号で呼ぶほど、ヘレン・ルイスの名声が高まっていることに驚いていた。「彼女が有罪だと確信していなければ、スプリングフィールド保安官がこんなに早く彼女を逮捕すると思うか？ ハンクはヘレンを崇拝している。保安官事務所のだれもがそうだ」

「そこまで固い事件なのか？」

サックはニヤリと笑った。「樫の木のようにな」

ルーはため息をつくと、テーブルを見下ろした。右手の親指が震え始め、両手でビールのボトルを握った。「ブッチは昔からの親友だった」

「知ってるよ」とサックは言い、コーラを飲み干すと立ち上がった。「わたしはヘレン・ルイスに自分のしたことの代償を払わせるつもりだ」彼は立ち去ろうとしたが、ルーの声が止めた。

「検事長は弁護士を雇ったのか？」

サックは胃が引き締まるような感覚を覚えながらうなずいた。「だれだと思う？」

ルーはもうひと口飲むと言った。「セルビー？」

サックは笑った。「まさか」

ルーは指を鳴らした。「アラバマの老いぼれ教授。マクマートリーか？　ふたりはできてるって噂があった」

「彼は死んだ」とサックは言った。「ほかにいるだろう？」

「ペリー・メイスン？　ベン・マトロック（テレビシリーズ《マトロック》の主人公。弁護士）？　F・リー・ベイリー（実在の弁護士。妻殺害の容疑で起訴された外科医サム・シェパードの裁判に関与し有名になった）？」ルーは自分で言いながら、クスクスと笑っていた。

「ならいいんだが」とサックは言った。もうひとりの男のおふざけには付き合わなかった。

「じゃあだれだ」

「ボーセフィス・ヘインズ」とサックは言った。

ルーは眼を細めると、ビールをボトルからゆっくりと飲んだ。そしてサックを見た。ルーの頬からはアルコールによる赤みは消えていた。「彼は街を出たと聞いた」

「戻ってきたんだ（ヒーズ・バック）」

22

ボーは法律事務所の入口を覆っている木の板を見つめていた。約三年前、テネシー州法曹協会から最初の業務停止処分を受けたあと、入口に板を打ちつけていたのだ。建物の所有者でいながら、バリケードを張って、ほかの弁護士や会社にスペースを貸そうとしなかった。

自分は心の奥底ではここに帰ってくることをずっと考えていたのだろうか。ボーはドアの脇に掛けられた埃まみれの板に手をやった。年月が経過していたが、看板の文字はまだ読めた。

ボーセフィス・ヘインズ法律事務所

彼は手を脇に下ろし、一丁目通りを見つめた。夕方七時、ジャイルズ郡裁判所のてっぺんにある古時計の上の西側に、明るいオレンジ色の太陽が沈んでいく。ボーは深く息を吐き出すと、その光景を眼に焼きつけた。美しいと認めざるをえなかった。過去二十年間、彼が数えきれないほどの裁判を闘ってきた荘厳な裁判所の先にある、そらんじることができるほどよく知っている通りやレストラン、商店などに眼をやった。

戻ってきてよかったのだろうか？　わからなかった。ボーとこの街のあいだには多くの歴史があり、その多くは悪いものだった。だが、それでもふたたび仕事をするのはいい気分だと認めざるをえなかった。なんでもいい、何かをすることが。自分自身を憐れむ以外の何かを。

「ケツの穴全開でいくぞ」ひとり静かに笑いながら声に出してそう言った。このことばは彼の弁護士としてのキャリアにおけるマントラのようなものであり、今朝、教授の墓標の前で目覚めて以来、ずっとそのことばどおりのスピードで動いてきた。リー・ロイを連れて一マイルほど歩いて家に戻ると、シャワーを浴びてひげを剃り、シリアルとコーヒーの簡単な朝食を取った。二日酔いで頭が痛かったので、〈アリーブ〉も三錠飲んだ。なんとか半分だけ生き返ったような気分になると、マクマートリーの土地を借りている農夫に街まで車に乗せてもらった。男は〈CTガービンズ・フィード・アンド・シード〉から機材や物資を受け取る必要があり、ダウンタウンはその近くだったのだ。〈セコイア〉がレッカー移動されることなく、前の夜に止めたのと同じ場所にあるのを見て、ボーはほっとした。農夫に礼を言い、握手をして別れると、ボブ・ウォレス通りにある〈グレンズ・フラワー・ショップ〉まで車を走らせ、ランの花を買って、別の墓地に向かった。

ジャスミン・ヘンダーソン・ヘインズは、ハンツビルのカリフォルニア・ドライブに隣接する広大なメイプルヒル墓地に埋葬されていた。ボーは花を墓標の上に置くと、指で彼女の名前をなぞることができるようにしゃがみ込んだ。

「ジャズ、これから自分がやろうとしていることが正しいことなのか、間違ったことなのかわからない」と彼は言った。「くそっ、おれにはもう善悪の違いさえもわからなくなってしまった」彼はことばを切ると、嗚咽をこらえた。「だが何かをしなければならないんだ、ハニー」彼は体を墓標に近づけてキスをすると、涙を拭いて、しっかりとした足取りで〈セコイア〉に向かった。

次に向かったのは、ハンツビル病院から八百メートルほどのメディカル・ディストリクトにあるヘンダーソン家だった。エズラが出かけていて、ジュアニータと話ができることを期待していたのだが、そううまくはいかなかった。

　ボーがノックする前に、エズラがドアを開けた。「自分が何をしてるかわかってるのか？子供たちは学校だ。たとえ家にいたとしても、お前が子供たちに会えるのは週末だと昨日、裁判所がはっきりと言ったはずだ」

「プラスキに戻ると言いに来た」必死で冷静さを保とうと努めながらそう言った。「有名な市民の殺人容疑の弁護を依頼された」

「お前がこの数年してきたことを考えたら、どんな有名な市民がお前を雇うというんだ？」

「ヘレン・ルイス検事長だ」

　エズラは眼を大きく見開いたが、それほど動揺しているようには見えなかった。「そうか……幸運を祈る」彼はドアを閉めようとしたが、ボーはその隙間に腕を入れた。「もうひとつ」とボーは言い、体を入れ、老人を一歩あとずらせた。

「ここはわたしの家だ、ボーセフィス。出ていかないと警察に通報する。どうなるかわかってるのか？　もうひとつ前科がつくぞ」

「言いたいことがある、聞いてくれ。おれはプラスキで仕事に復帰する。だが子供たちをあきらめるつもりはない。六カ月後、ウッドラフ判事の前に戻って、親権を取り戻す。わかったか？」

「夢でも語ってろ」

　ボーは身を乗り出して、相手の男をにらみつけた。元義父は、夫婦仲がよかったときでさえ、ボーのことをジャズにふさわしい男として認めたことはなかった。「そのあいだは、子供たちが安全に過ごし、学校に通い、するべきことをするよう見守ってくれ」

「だれにものを言ってる？　わたしが裁判所に親権を求めたのは、お前がそういったことをしないと思ったからだ。お前から説教される筋合いはない」

「あんたが親権を求めたのは、おれに復讐をするためだ。あんたは自分の問題を自分で抱えることができず、すべておれのせいにしようとしている小さな男だ」

「わたしの土地から出ていけ」とエズラは言い、手を伸ばしてボーの胸を強く押した。

　ボーは動かなかった。「また会おう、エズラ。次の週末、子供たちを迎えに来る」

　彼は去ろうとしたが、エズラが最後に言い放った。「お前の助けを乞うなんて、ルイス検事長はよほどの罪を犯して自暴自棄になってるに違いない」

　ボーは答えなかった。アスファルトを剝がすような勢いで元義父の家を出ると、まっすぐ農場に戻り、自分の衣類とリー・ロイの餌を手早くまとめた。そしてリー・ロイとともにプラスキに向かった。道中、教授の息子であるトミーに電話をしたが出なかった。医師の彼のことなので手術中なのかもしれない。来週末、T・Jとライラを訪れたときに、トミーと直接会う日を決めることにし、メッセージは残さなかった。

電話を切ったあと、ボーはジャイルズ郡までの道のりを、検事長が自分をまだ弁護士として雇ってくれることを願いながら車を走らせた。

彼女は雇ってくれた。だが、全容を話す代わりに、彼女が面会室で口にしたのは、「いずれすべて話す」という謎めいたことばだけだった。

「とりあえず、わたしに不利な証拠をすべて知る必要がある」

検事長の決意は固く、これ以上の質問は無駄だと悟ったボーは、フロントデスクにいた保安官補にこれまでに集めた証人陳述書のコピーを要求して、三時には拘置所を出た。その保安官補はニヤニヤと笑いながら、やってみるよと言った。もしこの事件がルイス検事長に起訴された依頼人の弁護をしたときのように進むなら、予備審問の前に州側の証拠の一部でも見ることができれば運がいいほうだろう。彼女ならそうしていたはずだ。

自縄自縛というやつだ。依頼人の皮肉な状況に、ボーは思わず頭を振った。

拘置所を出ると、ピーカン・グローブ・ドライブに行き、現場周辺の訊き込みを始めた。だが、ブッチ・レンフローの隣人たちはほとんど留守か、いても出てこようとしなかった。ひとりだけ、ボニータ・スペンサーという名の年配の女性がドアを開けてくれたが、まだ動揺しており、知っていることはすべて警察に話したと言って、事件について話すことは丁重に断られた。ボーが立ち去ろうとすると、ミズ・スペンサーはこう言って彼を驚かせた。

「あなたの奥さんのことを聞いて、ほんとうに悲しかったわ」

「ありがとうございます、奥さん」とボーは言い、二週間後にまたミズ・スペンサーを訪れることを心に書き留めた。

ボーがブッチ宅の周辺の訊き込みを終える頃には六時をまわっていて、さすがに疲れていた。だが、悲しいかな、疲れた者に休息はない。

ボーは袖をまくると、〈セコイア〉の助手席側の窓から手を入れ、ツールボックスを取り出した。後部座席ではリー・ロイが腹ばいになって寝ており、口から舌を出していた。起こす気にはなれなかった。プラスキに着いて以来、ボーと行動をともにし、ずっと車に乗っていたリー・ロイは、今日はかなり疲れているはずだ。ボーは、リー・ロイが涼しい空気を吸えるように、一日じゅう、後部座席の窓を少しだけ開けていたが、今は全部降ろしていた。四月の心地よい夜、ボーはSUVのボンネットの上でも眠れるかもしれないと思った。

だが、眠るわけにはいかなかった。彼はツールボックスの掛け金を外すと、ペンチと釘抜き付きのハンマーを取り出した。そしてオフィスの正面玄関を横切るように打ちつけられた四枚の板に眼をやり、最初に外す釘を選ぶと、仕事に取りかかった。

法律事務所を復活させるのだ。

23

「わたしは復活であり、命である」

エニス・ペトリーはそらんじていたそのことばをつぶやいた。ポケットサイズの聖書を右手に固く握っていた。ヨハネによる福音書第十一章二十五節のことばだ。イエスがラザロを死から甦らせたその話は、ペトリーがメシアの奇跡のなかでも一番好きな話で、特に不安なときや怖いとき、彼はこのことばをよく繰り返しつぶやいていた。

四年も刑務所にいると、神経をコントロールする方法を学ばなければ気が狂ってしまう。生き延びることだけが目的だった。食べる。眠る。トイレに行く。生き延びること。毎日毎日、同じことの繰り返しだった。

それはある種単調のなかにひそむ危険だった。水面下にヌママムシがいて、川岸でアリゲータに監視されているなかをいかだで川を下るようなものだ。一歩間違えれば、嚙まれてしまう。最悪の場合……。ペトリーはそれを目の当たりにしてきた。カメラのないシャワー室で襲われた男たち。殴られ、猿ぐつわをさせられ、レイプされた男たち。熱心すぎる刑務官が、黙ることを知らない受刑者のすねを警棒で殴ってうっぷんを晴らすこともあった。その男は一週間歩くことができなかった。ペトリーはときどき、川のなかに落ちて、毒ヘビに襲われてしまいたいと思うこともあった。だが人間の生きたいという意志は厄介なものだった。ペトリーは保安官だったこともあり、何度も恐ろしい目に遭ってきた。だが彼は賢く、運もよかったおかげでなんとか切り抜けることができた。

そして今、自分はまたヘビに囲まれている……

ペトリーは廃棄されたバスの後部座席に横たわっていた。外から砂利を踏みしめる音が聞こえてきたが、動かなかった。刑務所で学んだもうひとつのことは、心や体、そして呼吸さえも静かに保ち、死体のように動かずにいることだった。

ペトリーは眼を閉じ、耳を澄ました。スクールバスの車庫は、マーティン・メソジスト大学から丘を下った、西カレッジ通りからすぐの八丁目通りにあった。時折、ペトリーはキャンパスライフのかすかな音を聞くことができた。夜遊びに出かける男女の幸せそうな叫び声や笑い声。クラクションの音。バンドの練習で聞こえるトランペットの響きも。

だが今、夜はまだ若いにもかかわらず、ペトリーに聞こえたのは近づいてくる足音だけだった。そしてバスのドアが開き、ヒンジがきしむ音が聞こえた。数秒後、人影が体の上に現れ、左手に大きなブリーフケース、右手に角材を持った男が見えた。「よくやった、ペトリー、金を持ってきてやったぞ」

ペトリーは起き上がると、バスの窓に背をもたせかけた。彼は自分に覆いかぶさるようにして立っている男をじっと見た。フィン・パッサーは、殺し屋のように冷たく、死んだような眼をしていた。テネシー州ジャイルズ郡の元保安官として、そして自らも刑務所に服役した経験から、ペトリーは犯罪者たちのさまざまな表情を知っていた。虐待を繰り返す夫の、荒れ果てて向こう見ずな表情。麻薬中毒者の、むくんでかすみがかかったような表情。そして売人の神経質でぎこちない動き。フィンの態度は、ほかのどのタイプよりもペトリーの印象に残った。

「ケースを床に置いていけ」

「数えないのか？　十万ドルは大金だぞ」

「必要ない。ミスター・ザニックはわたしを騙そうとはしないはずだ」

フィンは微笑んだ。「それどころか、彼はきみに引き続き給料を払うと言っている」

ペトリーはゆっくりと首を振った。「彼に伝えてくれ、遠慮しておくと。わたしは彼が頼んだことをした。その見返りに彼はわたしを仮釈放させ、約束した金を払ってくれた」ペトリーはことばを切った。「これでおあいこだ」

フィンは角材を右手から左手に持ち替え、また戻した。そして微笑んだ。「好きにしろ。だが、覚えておけ、ペトリー」フィンは一歩踏み出すと、ペトリーの顔から一センチのところに角材を突きつけた。「ミスター・ザニックの友人でいるほうが賢明だぞ」

ペトリーはフィンがバスをあとにするのを見ながら、ゆっくりとそして少しずつ息を吸った。窓の外に眼をやると、灰色のセダンが走り去っていくのが見えた。セダンの窓には薄い色がついていたが、車内にはほかにも男たちがいることがわかった。フィン・パッサーはマイケル・ザニックの用心棒だったが、どうやらこのアイルランド人は助っ人を連れてきているようだ。

車が見えなくなると、ペトリーはしゃがみ込んで、ブリーフケースに手を伸ばして開け、百ドル札の束を見つめた。神様お赦(ゆる)しください。そう思いながら、四十八時間前に起きたことの映像が脳裏をよぎった。自分が見たもの。自分がしたこと。

ペトリーはブリーフケースを閉じると歯を食いしばった。そしてポケットのなかの聖書を握りしめた。

「わたしは復活であり、命である」

24

最初の釘を抜いてから一時間後、ドアの脇には板が積み上げられていた。ボーは鍵穴に鍵を差し込んだ。夜の涼しさにもかかわらず、作業のせいで汗びっしょりになり、ボタンダウンを脱いでいた。白のタンクトップの裾で額の汗を拭い、鍵を強く左にまわした。しばらく使っていなかったので固くなっていたが、やがてまわり、ドアが開いた。なかに入るとさまざまな記憶が甦ってきた。

すべて最後に訪れたときのままだった。ロビーとして使っていた応接間には、革張りのソファと椅子が二脚、そして部屋の左側にはコーヒーテーブルが置かれていた。テーブルの上に三年前と同じ雑誌が置いてあるのを見て、ボーは微笑んだ。そのなかに、背番号四十二番のアラバマ大フットボール・ジャージを着たエディ・レイシーが表紙の『スポーツ・イラストレイテッド』があった。その右側には桜材の机があった。そこでエリー・マイケルズは二十年間、彼のアシスタントとして事務所を切り盛りしてくれた。

エリーはボーのパラリーガル、秘書、受付係をすべてこなす非常に有能な存在だった。二〇一二年にボーが最初の業務停止処分を受けたあとに引退し、今はシカゴの長男の家の近くに住んでいる。ボーが最後に彼女に会ったのは、ジャズの葬儀のときだった。彼はエリーにプラスキに戻ってくるよう話そうかと思った。エリーには充分な報酬を払っていたし、五人の子供たちが小学校や大学で必要なものがあるたびに、タイミングよくボーナスも払ってきた。彼女の優れた能力と忠実な仕事ぶりに比べると、どれだけ支払ってもわずかなものに思えた。

もし懇願すれば、おそらく彼女は戻ってくるだろう、とボーは思った。

だが、それはできなかった。エリーはもう新しい道を歩み、今は孫との生活を愉しんでいる。だれかを新たに雇わなければならない。かつての人生で得た数々のトロフィーが並ぶ、埃っぽいロビーを歩きながらボーはそう思った。一九八八年に起きたSUVの横転事故の裁判で、初めて百万ドル単位の評決を得たことを記念する、署名入りの書類が、ソファの上の大きな額に入れて飾られており、依頼人候補が玄関を入ると必ず眼にするようになっていた。ボーはその額縁を見つめ、キンバリー・カーデンという陪審員長が署名した書類を見た。ボーは今も彼女の顔を覚えていた。ブロンドの髪に鋭い目つきをしていた。そして眼を輝かせてボーをじっと見ると、大きな声ではっきりとこう言った。「われわれ陪審員は原告を支持し、補償的損害賠償額を百五十万ドル、懲罰的損害賠償額を五百万ドルとします」懲罰的損害賠償額は、テネシー州最高裁判所によって半分に減額されたが、残りの評決は支持された。ボーの依頼人ヘンリエッタ・ステインはその事故により下半身不随となったが、残りの人生の医療費を支払うことができ、家族に未来を与えることができた。

そしてボーセフィス・ヘインズはテネシー州南部で最も恐れられる法廷弁護士となった。今にも爆発しそうな人種差別の過去を持ちながらも、プラスキ、ローレンスバーグ、さらには北はナッシュビル、東はノックスビルに至るまで、陪審員たちは、ボーのことを気に入ってくれた。彼は法廷に立つと輝いて見え、居心地がよさそうで、陪審員や裁判官、さらには敵に対しても自信に満ちあふれて見えた。それに加え、バリトンボイスの巨漢であり、ポール・〝ベア〟・ブライアント・コーチの下でアメリカン・フットボールをプレイしていたという事実も、彼をほかの弁護士とは異なる存在にした。その体格、黒人であること、そして苦悩に満ちた生い立ちが、彼を特異な存在にしていたのだ。裁判という名のカーニバルの世界では、ときにはひとりの人物の特質が有利に働くことがある。彼はトム・マクマートリー教授から、最も重要な教訓としてこのことを学んでいた。

南部じゅうの法廷できみは際立った存在になる。相手とは違う存在になる。それを利用するんだ。自分が何者であるかを知り、きみのやり方で依頼人のストーリーを陪審員に伝えるんだ。そうすれば成功する。保証する。

額縁に入った判決文を親指でなでながら、ボーは眼に涙が浮かぶのを感じていた。教授は彼を信じていた。いつも。ボー自身が信じていなかったときでさえも、トム・マクマートリーは信じていた。彼は今、その信頼を胸に進もうとしていた。

彼の思い出の小道の旅は、ノックの音にさえぎられた。彼は戸口のところに立っている女性のほうを見た。

「開いてたわ」彼女は拳をドアから離しながら、神経質そうな笑みを浮かべてそう言った。

ボーは眼を拭いながら、百八十センチはあろうかというその女性を眼を細めて見た。彼女はジャイルズ郡保安官事務所のカーキ色の制服を着ていて、襟には〝主任保安官補　ストーム〟とあった。

「フラニー?」とボーは訊いた。口を歪めるとニヤリと笑った。「フラニー・ストームか?」

「はい、そうです」と彼女は言い、手を差し出した。その手にはマニラ封筒があった。

ボーはその封筒を受け取ると、眉をひそめた。

「これまでに得た証人陳述書の写しです。今日、カヌップ保安官補に頼んだでしょ？」

「彼はおれの頼みを聞くのにあまり乗り気じゃなかったようだったが」

「彼はハンクに話しました。ハンクは今夜じゅうにこれをあなたに渡したいと思ったみたいです。わたしの捜査報告書もそのなかにあります」

ボーは彼女に向かって首を傾げた。「なぜだ？」

「今日がサック・グローヴァーの検事長代行としての初日だから。ハンクはサックが予備審問のあとまで情報を提供しようとしないとわかっていた」彼女はそう言うと、彼に一歩近づいた。「ハンクはあなたに今これを渡したかったんです」

ボーは同じ質問を繰り返すしかなかった。「なぜ？」

「あなたが直面しているものを見ることができるように。ハンクは検事長のことをとても尊敬していて、彼女が公正な裁判を受けられるようにしたいと思っています」フラニーはことばを切ると、唇を舐めた。「でも証拠は圧倒的で、加重事由も考慮すると、ハンクはサックが死刑を求刑すると考えています」

「加重事由？」

「被害者の遺体はリボルバーのようなものでひどく殴られていました。それに現場から盗まれたものもあります」彼女は、今はボーが右手に握っているマニラ封筒を指さした。「全部そこにあります」

ボーは封筒をちらっと見ると、フラニーに視線を戻した。「ハンクにありがとうと伝えてくれ」

「わかりました」と彼女は言うと去ろうとして背を向けた。

「ヘイ」

彼女は肩越しに彼を見た。

「最後に会ったのはきみが高校を卒業したときだった。きみの叔母さんのエリーはとても誇らしげだった」

「叔母はあなたのために働くのが好きでした、ミスター・ヘインズ」

ボーは鼻を鳴らすと、クモの巣だらけのオフィスを見まわした。「おれも彼女のことが好きだった。今、彼女のような人物を必要としている。それから、おれのことはボーと呼んでくれ、いいな？　何歳になった？　二十六か？」

彼女は眼を細めた。「二十九」

ボーは頭を振った。「信じられない。リップスコーン大に四年通ったあと、ＷＮＢＡに行ったんだったよな」

彼女はうなずいた。「速攻のときに膝を怪我（けが）しました。一歩踏み外してしまった。あの世界では一歩がすべてです」

　ボーは顔をしかめた。「ああそうだ。おれも膝を怪我した。三年生のとき――」

「アラバマ大で」と彼女がさえぎった。「シーズン最初のゲーム、違います？　あなたはプレシーズン・オールアメリカンに選ばれ、マーティ・ライオンズやバリー・クルーゼ、E・J・ジュニアと同じ道を歩むはずだった」

　ボーは眼を細めて彼女を見た。フラニーは笑った。「叔母さんはあなたのことならなんでも話してくれました、ミスター・ヘインズ。フットボールのキャリアを絶たれたことも、弁護士として歩み始めたこと、そしてもちろん、大きな判決を勝ち取ったことも」彼女は壁の額縁を顎で示した。「ボーセフィス・ヘインズは世界一の法廷弁護士だよ」フラニーは叔母の南部訛りをまねて言った。「叔母はあなたのために働けることをとても誇りに思っていました。あなたが戻ってきたことを喜んでいるでしょう」そう言うとフラニーはため息をついた。「たとえそれが見込みのない闘いであっても」

「きみは検事長がやったとそこまで確信してるのか？」

　フラニーはうなずくと、ふたたび去ろうと背を向けた。「彼女がやったのは明らかです」まさにドアノブをまわそうとしたとき、振り向いて燃えるような眼で彼を見つめながらそう言った。ボーはフラニー・ストームのプレイを何度か見たことがあったが、攻撃的でタフなプレイスタイルだった。リバウンドを取りに行ったり、ルーズボールを取りに飛び込んだりすることを恐れず、勝つためならどんなことでもするタイプだった。ボーは今、彼女の表情からその雰囲気を読み取り、自分のアドレナリンが高まっていくのを感じていた。

「今日、彼女は中絶のことを話しました?」とフラニーは訊いた。

「なんだって?」

フラニーはポーカーフェイスを保ったままだった。まだボーの顔をじっと見ていた。「一九七七年に彼女が中絶したこと。彼女は話しました?」

ボーは首を振り、かろうじて声を振り絞って言った。「いいや」

「訊くべきです」とフラニーは言った。「それが検事長の秘密です」彼女はそう言うと眉をひそめた。「わたしの勘は、ブッチ・レンフローは彼女の秘密を明かそうと脅して殺されたんだと言っています」

25

「一九七七年十月十五日」とヘレンは言い、面会室のコンクリートブロックの壁を見つめた。そしてボーを見た。彼は黒曜石のような激しい瞳で彼女をじっと見ていた。彼はスラックスにブルーのボタンダウンシャツという姿で、茶色のスポーツジャケットをアルミの椅子にかけていた。午前八時半。彼女は逮捕された日の夜、ほとんど眠れなかった。眼を閉じるたびに、最後に会ったときのブッチの姿が眼に浮かんだ。ピーカン・グローブ・ドライブの彼の家で、ヘレンは自分のリボルバーをしっかりと握っていた。その後、すべてがあいまいになった。ヘレンは、いつ、どうやってブッチの家を出たのか、ザニックの裁判が始まるまでの数時間に何をしていたのか思い出せなかった。その時間帯の記憶がすっかりなくなっていた。以前セラピストに診てもらったことがあり、そのセラピストによると、人はときとして最も暗い瞬間の記憶を完全に消し去ってしまうことがあるのだそうだ。戦争から戻った兵士が、自分が関わった多くの殺人を思い出せず、それについて話したり、考えたりすることをいやがるように。PTSDの典型的な症例だった。

ヘレン・エヴァンジェリン・ルイスは心的外傷後ストレス障害（PTSD）についてはよく知っており、二〇一五年四月一日の元夫の家での経験が初めてではなかった。

「その日のことを覚えてる?」とヘレンは訊いた。「一九七七年十月十五日……」

ボーは眼をしばたたいた。「フットボールのシーズン中だ」と彼は言った。彼女はボーが一生懸命考えているのがわかった。

「それだけじゃない」とヘレンは言った。「十月の第三土曜日よ」

これを聞いて、ボーは微笑んだ。「アラバマ大対テネシー大のおれの最初の試合だ」

「レギオン・フィールド」とヘレンは言った。その声には苦々しさがにじんでいた。「南部のフットボールの中心」彼女はあざけるようにそう言った。「少なくともスタジアムの横にはそう書いてあった」

「そこにいたのか？」

「ええ、いた」と彼女は言った。「いっしょにいた友人に43番の選手を知ってるか訊いたことを覚えている。テネシー州プラスキのジャイルズ・カウンティ高校出身、ボーセフィス・ヘインズ」

「おれは一年生だったから、試合にはあまり出ていなかった」

「あなたの出番はなかった。たしか最後は二十四対十でアラバマ大が勝った」

ボーはうなずいた。「いい思い出だ。で、この話はどこに行くんだ、検事長？　ストーム主任保安官補は、捜査の結果、あなたが一九七七年に中絶していたことがわかったと言っていた。それがブッチを殺した動機だと。ほんとうに中絶したのか？」

ヘレンはまた壁を見つめた。「今それを話しているのよ。もし聞きたくないなら出ていって。あなたが決めればいい」

ボーは腕を組むとため息をついた。「ここにいるよ」

「その頃、わたしはブッチと付き合っていたけど、ちょうど喧嘩をしていた。わたしはロースクールの三年目で、彼はわたしが勉強に時間を費やしすぎて、いっしょにいる時間が少ないことを怒っていた。そのとき、彼はもうロースクールを卒業していて、ナッシュビルの法律事務所で働き始めて二年目のアソシエイトだった。彼はわたしにいっしょにアラバマ大とテネシー大の試合を見に行かないかって誘ったけど、断った。でも女友達のひとりから、アラバマにいる彼女の姉がその試合のいい席を取ったからって誘われた。それならたまには遠出をするのもいいかなって思った。

愉しかったわ。テネシー大(ヴォルズ)は負けてしまったけど、ストレスとは無縁の若い人たちといっしょに過ごすのはとても愉しかった。友達のお姉さんがウィスキーのフラスク瓶を試合会場に持ち込んで、わたしたちは時計がゼロになる前から〈ジャック ダニエル〉をコーラに入れて何杯か飲んでいた。試合が終わる頃にはいい感じに酔っぱらっていて、わたしたちのグループはスタジアムの隣にある〈タイド&タイガー〉というバーに行った」

ヘレンはそこでことばを失い、唇を震わせた。そして続けた。「わたしは愉しんでいた。グループには何人か男性もいたけど、だからどうだっていうの? わたしは何も悪いことはしていなかった」彼女は胸の前でしっかりと腕を組んだ。「後ろめたさを感じる必要はなかったのに、今でもそう感じてしまう」

「何があったんだ?」ボーはやさしく尋ねた。彼はこの話がどこに向かっているか気づき始めている。エレンはそう思った。

「最初はすべて順調だった。わたしたちは何杯か飲んだ。男性たちは親切で、おごってくれた」彼女はふたたび口ごもった。「そのうちのひとりがわたしに夢中になっているようだった。彼はわたしの黒い髪が好きだってずっと言っていた。とても魅力的だと言って」彼女はため息をつくと身をすくめた。「ブッチとの付き合いが長かったので、ほかの男性からそんなふうにちやほやされるのにワクワクしていた。ただ無邪気にいちゃついていただけで、それ以上のことに関心はなかった」

「男のほうはどうだったんだ？」

ヘレンはボーに一瞥（いちべつ）をくれると、また壁に視線を戻した。「しばらくしてわたしはトイレに行きたくなった。戻ってくると飲み物が新しく注文されていた。この時点で、友人はわたしの腕を引っ張って、そろそろ帰ろうと言っていた。けどわたしはまだいたかった。とても愉しかった」ヘレンは泣きだしていた。「グラスを半分くらい飲んだところで、少しふらふらし始めた。わたしはその男性に気分が悪くなったと言って、数分後、ふたりでバーをあとにした」

「そいつはあなたの飲み物に何か入れたのか？」

ヘレンはうなずいた。「ＧＨＢ（デートレイプドラッグのひとつ）」

「どうやってそのことが――」

「あとで。次の日の朝、眼が覚めてから病院に行った。薬物検査をしたらそれが出てきた」

ボーは息を吐いた。ヘレンには部屋が急に狭くなったように感じた。咳払いをした。何が起きたかを話し終えなければならないとわかっていた。「バーを出たときのことはあまり覚えていない。画像の映らなくなったテレビの画面のような漠然としたイメージしかない。彼がわたしの上に乗って……後ろから……わたしのなかに」彼女は唇を嚙むと、ようやくボーを見た。彼女の弁護士はコンクリートの床を見つめながら、ゆっくりと頭を振っていた。

「検事長、ほんとうに悲しいことだ」彼はしわがれた声でなんとかそう言った。彼が顔を上げて彼女を見たとき、彼女にはそれが心からのことばであることがわかった。

「わたしもよ」と彼女は言い、涙を拭うと拳を金属製の机に叩きつけた。「でも事実は変わらない。一九七七年十月十五日、わたしはドラッグを飲まされて……そして、レイプされた」


「妊娠がわかったのはいつだ？」ボーは数分待ってからその質問をした。ヘレンはその気遣いがありがたかった。疲れていた。彼女がこれまでにこの話をしたのは、何年も診てもらっているナッシュビルの精神科医ローズマリー・サーヴィックだけだった。

「六週間後。感謝祭のあとの月曜日」彼女は壁から自分の弁護士に視線を戻した。「翌朝のことは知りたくないの？」

ボーは何も言わなかった。まばたきをして待った。

「わたしは彼の家の居間で服を着たまま眼を覚ました」

「なんだって？」とボーは訊いた。明らかにもっと恐ろしい光景を想像していた。

「あのろくでなしは朝食を食べるかどうか訊くほど厚かましかった」

「何ごともなかったかのように」

彼女は指を鳴らした。「そう、何も」

「警察にレイプを通報したのか？」

彼女は声に出して笑った。「一九七七年のアラバマ州バーミンガムでのことよ。レイプ犯はマウンテンブルックの名家の出身だった。その地域のことは聞いたことある？」

ボーはバーミンガムのジョーンズ&バトラー法律事務所で夏休みにインターンをしたことが何度かあり、パートナーのひとりがマウンテンブルックのしゃれた高級住宅街にマンションを持っていた。「ああ、ある」

「何を言えというの？　薬を飲まされてからはほとんど何も覚えていない。デートレイプドラッグと呼ばれる理由はそれよ。大学のキャンパスでその手のレイプが当たり前になる前のことだった」と彼女は言った。「訴えても負けていたでしょうね。人生の大半を検察官として過ごしてきて、今、ここにいるわたしだからわかる。有罪を勝ち取るための証拠はなかった」

「そいつがグラスに薬を入れるのをだれか見ていなかったのか？」

「ノックスビルに戻る途中で友人に訊いた。彼女は何も見ていないと言い、逆に何かあったのかと訊いてきた」

「話したのか？」

ヘレンは顔をしかめてみせた。「いいえ」

「じゃあ、レイプのことはずっと秘密にしてきたのか？」

「ええ、そうよ。わたしを裁こうとしてるの？」

彼は首を振った。「いや、違う。ただ、だれかに話したのか知りたかっただけだ」

彼女はため息をついた。「何年か前からナッシュビルの精神科医に診てもらっていて、彼女には話した。それが助けになるかと思って」

「なったのか？」

「いいえ」と彼女は言った。

ボーはテーブルに肘をついた。この距離だと、ヘレンには彼のひげそりあとのどこかかび臭いようなにおいまで嗅ぐことができた。それはどこか心地よく、父親が床屋に行くのについていったときのことをヘレンに思い出させた。「検事長、話してくれてありがとう。差し支えなければ、あなたに起きたことについて気分を楽にするのに役立ったことはあるか教えてくれないか？」

彼女はその質問と、その質問をしている男のことをよく考えた。ボーセフィス・ヘインズは五歳のときに残忍な殺人を目撃していた。彼はこの卑劣な人種犯罪を犯した男たちから、殴られ、蹴られ、虐待されるような日々を送ってきた。最近では、妻が暗殺者の銃弾に倒れるのを目の当たりにし、彼女の血にまみれた姿を抱いてその死を看取（みと）った。彼はまた自分自身の生い立ちや遺産について、普通の人なら気が狂ってしまうような真実を知らされていた。

この男――彼女の弁護士――は痛みを知っていた。痛みとともに生きてきた。毎朝、毎晩、痛みを浴びてきたのだ。エレンは彼の手にそっと触れた。

「仕事だけがわたしを救ってくれた。しばらくのあいだ――三年半――警察に勤めた。この世の悪人を逮捕することが自分の痛みを和らげてくれると思っていた。けれど、自分のほんとうの才能は法廷にあると気づいた。そしてわたしをレイプしたあの男のような犯罪者に対し、法の下に最大限の罰を与えることができるのは、地区検事長だと知った」

ボーはうなずいた。自分のことのように思えた。「あなたは事件を手がけているときだけ平和な気持ちだった」彼は彼女を見上げた。「おれもそうだった」

彼女はボーの手を握った。「わかるわ」

部屋はとても静かで、ヘレンにはコンクリートブロックの壁を通してでさえ、部屋の外の電話の音がかすかに聞こえた。

「検事長、妊娠を知ったあと、どうしたんだ?」ボーは訊いた。

彼女はため息をついた。「そのとき、わたしはブッチと婚約していた。わたしがノックスビルに戻ってきたとき、彼が指輪を持って玄関で待っていた。わたしはとても動揺していて、罪悪感も感じていた。信じられる?レイプされたことに罪悪感を感じて、プロポーズを受けたのよ」彼女はうつむいた。「もう一度、自分が普通だと感じたかったんだと思う」

「ブッチには妊娠のことを話したのか?」

彼女は嗚咽をこらえ、立ち上がった。「ええ」

「いつ？」

「一九七七年のクリスマスの一週間前」

「どう話したんだ？」

彼女は腕を組んで強く胸に押し当てた。息をするのも難しいのではないかと思えるほどだった。「わたしが妊娠していたと……」声はしだいに小さくなり、言い終えることができなかった。

「していた？」

ヘレンはうなずいた。そして短く、途切れがちの息を吐き出した。

「ほかには何か言わなかったのか？」

ヘレンは顔を上げてボーを見た。彼の顔に恐怖が貼りついていた。

「わたしたちの子供を中絶したと」

足を伸ばしたいと思ったのはボーのほうだった。彼は両手をポケットに入れて狭い部屋のなかを歩いた。「ブッチに赤ん坊の父親が自分だと思わせたのか？」ヘレンは、彼の声にどこか責めるようなニュアンスを感じ、それが気に入らなかった。歯を食いしばると、両手を脇に下ろした。「ええ、そうよ」

ボーは何も言わなかった。そのまま部屋のなかを歩き続けた。

ヘレンは沈黙を非難と受け取った。「あなたは、彼にすべて打ち明けて真実を話すほうがよかったと言うのね」

ボーは立ち止まって彼女を見た。「おれがどう思っているかは重要ではない」と彼は言った。「それに二〇一五年四月一日の出来事からだいぶそれてきた。話を戻そう」

「検察側は、中絶を殺人の動機だと主張するつもりなんでしょ、違う？ あなたがここに押しかけてきて、そのことについて詳しく知りたいと言ったとき、そう言ったじゃない」

ボーは彼女を見つめていた。

「彼らはそれを利用するつもりなのね？」

ボーはうなずいた。

「だから詳しく知る必要があるのね」

「検事長、おれがほんとうに知りたいのは……」彼は口ごもった。「……三日前の夜にあなたの元夫の家で何があったかだ」

ヘレンはまばたきをしながらも、彼の視線を受け止めた。「ブッチにとって、わたしがレイプされたことを知っていたほうがよかったと思う？ わたしたちの子供が実はバーミンガムの社会病質者（ソシオパス）を父に持っていると知るほうが？」

「あなたは薬を飲まされていたんだ。彼だって――」

「彼だって、何？　理解してくれた？　わたしがあのヤッピー野郎にひと晩じゅうファックされていたのを覚えていないことを理解してくれたと？」

「あなたはレイプされたんだ、検事長。そんな言い方は――」

「上からものを言わないで、ボーセフィス・ヘインズ。一九七七年当時、わたしのレイプがブッチやほかの人たちにどう映ったかはわかっているはずよ。今でさえ、公正な裁判を受けられるかどうかわからないのに、あの頃はもっとひどかった。レイプ犯の弁護士が今もよくする主張は、七〇年代のあの古きよき時代にはもっと重みがあった。彼らはわたしが男の誘いに乗るべきじゃなかったと言うでしょう。酒を飲むべきじゃなかった。愉しむべきじゃなかった。自業自得だと」

　ボーは顔をしかめた。

「間違ってる？」彼女はそう言うと壁に視線を戻した。「ブッチは最終的に理解してくれたかしら？」彼女は肩をすくめた。「可能性はあったと思う。若い頃はいい人だったから。弱い人だったけど、それを知ったのはもっとあとになってからだった。でもいい人であることには変わりはない。ブッチはいずれ事実を受け入れたかもしれない。でも彼はわたしに罪はないと判断するだけの合理的な疑いを持っていたかしら？」

　ボーは無表情だった。

「あなたは、彼が理解してくれたはずだと考えるのね」ヘレンは続けた。「そして陪審員も」

「正しいこととは思えない」とボーは言った。「彼に話さなかったことは間違っていた。あなたがドラッグを飲まされ、レイプされたのも間違っていた」彼はため息をついた。「そしてあなたがブッチを殺していないのなら、あなたがここにいることも間違っている」

ヘレンは崩れ落ちるように椅子に坐り込んだ。疲れ切っていた。

「検事長?」

ヘレンは彼を見た。

「月曜の夜、ブッチの家で何があったのか話してくれ」

彼女は唇を噛んだ。「だめよ。彼らの手のうちがすべてわかるまでは」

「それは予備審問まで無理だろう。わかっているはずだ」

「ええ、でも、あなただって、検察側の証拠を見るまでは何も証言しないよう、これまで依頼人に話したことがないとは言わせないわよ」

ボーは眼を細めてヘレンを見た。「もちろんあるよ、検事長。だがそれは通常……」彼は口ごもり、テーブルを見つめた。

「続けなさい、弁護士さん、全部吐き出して。あなたは依頼人が有罪だと思うときは、依頼人からすべての話を聞くことはしない。勝つために知らなくてもいいような情報を彼らに話させたくはないから。ほんとうは有罪の依頼人に対する無罪を勝ち取るために、ある種倫理的な板挟みに遭うような情報。でも、わたしたちはふたりとも、被告人が証人席に着く必要のないことも、そもそも論証する必要もないことを知っている」ヘレンは鼻を鳴らした。

「わたしは検察側に立証責任があることを充分すぎるほど知っている。検察が犯罪の要素を合理的な疑いを越えて立証できなければ、被告人は無罪放免となる。彼または彼女が実際に犯行を犯したか否かにかかわらず」

　ボーは顔を上げた。「それがほんとうにあなたのしたいやり方なんだな」

　彼女は息を吐き、うなじを掻いた。

「検事長、おれは信じているが、あなたが無実なら、早く話を聞けば聞くほど、早く弁護戦略を立てることができる」と彼は言った。「話してくれ」

　ヘレンは椅子にもたれかかると、自分の弁護人の強いまなざしを受け止めた。「わかったわ……。その夜、わたしはブッチの家に行った」

　ボーは安堵の息を吐いた。「何があった？」

「わたしは何も盗んでいない」

　ボーは首を傾げた。「なんだって？」

「フラニーの報告によると、ラップトップＰＣとブッチの財布が家から盗まれていた」と彼女は言った。「わたしは盗んでいない」

「なんだってそんなところから話を始めるんだ？」

「あなたの知りたいことを話している。検察側の理論はつじつまが合わない。わたしは何も盗んでいないのだから」

「中絶の事実を隠そうとしたなら、彼のPCを奪うのも理にかなっている」

「そうね。でもわたしは盗んでいない。わたしはブッチの家から何も持ち出していない」

「わかった、ほかには？　なぜ彼の家に行った？　そこで何があった？」

ヘレンは疲れた笑みを浮かべた。「今のところはそこまでよ、いい？」ボーが抗議しようとすると、彼女は彼の手をつかんだ。「お願い。わたしを信じて。ブッチを殺した人物が彼のPCと財布を盗んだのよ。真犯人はブッチが財布かPCのどちらかに自分に害を与える何かがあると思い、その情報を隠すために彼を殺したと見るのが理にかなっている」彼女はことばを切った。「それにもうひとつ。あなたが言っていたわたしの中絶に関して陳述できる証人はひとりもいないはず。フラニー・ストームはどうやってそのことを知ったの？」

ボーは腕を組んだ。「わからないが、彼女は知っていた。開示されているものよりも多くの証拠を彼らは持っているんだろう。それが何なのか、心当たりはあるか？」

ヘレンは顎をこすり、首を振った。「いいえ」

ボーは立ち上がると、ジャケットを着た。「まあ、予備審問でわかるだろう」

「それまでどうしてるつもり？」

「ブッチの家の通りの隣人たちへの訊き込みをもう一度やってみる。死体の第一発見者のテリー・グライムスに会う必要がある」

「ほかには何か？」

「被害者について徹底的に調査をする。殺害される前の数日のブッチの足取りも。友人。敵。同僚。いずれにせよ調べるつもりだったが、PCと財布が盗まれたことで、それはさらに重要になった。事務所を再開して、少なくともアシスタントと私立探偵を雇う必要がある。今日じゅうに応訴通知と予備審問の申立てを提出する。それにお決まりの証拠開示請求だ」彼はクスクスと笑った。「あなたがいつも無視していたやつだよ、検事長」

ヘレンはニヤリと笑った。「テネシー州では、刑事事件において大陪審が起訴状を発行し、被告人が罪状認否手続きを受けるまでは証拠開示は行なわれない。そんなことはあなたもよくわかってるでしょう、ボー。もし起訴したのがわたしだったら、あなたはこんなものを持っていなかったはずよ」彼女は、ボーがファイルケースに戻そうとしている証人陳述書を手で示した。

「ああ、あなたがこの事件の検察官でないことに感謝すべきなんだろうな」彼はドアのほうを向いた。「二、三日したらまた来る」彼はドアをノックして、外にいる警官に面会が終わったことを知らせた。

「ボー、もうひとつしてほしいことがある」

「なんだ？」

「マイケル・ザニックについてできるだけ詳しく調べてほしい」

「ザニック？」彼は首を傾げた。「彼について知っている人物がいるとしたら、あなたじゃないのか？　ブッチが殺された翌日、彼との裁判に行ったんじゃなかったか？」

「ええ。でもわたしの知識はレイプ事件の事実に限られている。もっと詳しく知る必要がある」彼女はことばを切った。「わたしが逮捕されたことで得をした人物がいるとしたら、ザニックしかいない」

ボーは理解したというようにゆっくりとうなずいた。「彼の裁判は継続している」

「それだけではない。新しい検事長代行の最大のスポンサーはだれだと思う？」

「なんてこった」ボーは顎を掻きながら言った。「ザニックが仕組んだと思ってるのか？」

ドアがすーっと開き、保安官補が入ってきた。ふたりきりではなくなったので、彼女はあえてその質問には答えないことにした。

代わりに、両方の手のひらを上に向けて肩をすくめた。

そうかもしれないし、そうじゃないかもしれない……

26

ボーは混乱したまま事務所へ車を走らせながら、検事長から聞いた話を頭のなかで整理しようとした。ヘレンじゃなかったら、ボーは有罪の依頼人を弁護していると思っていただろう。

だが彼女はほかのだれでもない。彼女は検事長(ゼネラル)なのだ。

ボーはヘレン・ルイスのことを三十年近く知っていた。ロースクールの学生だった頃に、バーで男といちゃつく姿は想像できなかった。それに物語の一部はまだ欠けていた。中絶のことを知らされたブッチはどう反応したのだろうか？　動揺したのだろうか？　結婚をキャンセルしたのだろうか？　どうやら最終的には結婚したようだが、中絶はふたりの関係にどんな影響を与えたのだろうか？　それになぜヘレンは中絶した子がレイプ犯の子だと確信していたのだろう？　実際にはブッチが父親である可能性はなかったのか？

ヘレンは元夫の殺害容疑で逮捕されたのだから、すべての過去を知ることが重要だった。

ボーは、全体像がつかめないことに苛立ちを覚え、思わずハンドルを叩いた。

それに彼女はまだ殺人の夜のことを話してくれていない。彼の家に行ったことと、何も盗んでいないということは調査のきっかけにはなったが、浮かんでくるのは答えよりも疑問のほうが多かった。輝いて見えるものはどこか見え透いているように思えた。

ヘレンはなぜブッチが殺された夜に彼の家に行ったのか？　ボーが事務所の前に車を止めたとき、考え事をしていたせいで、玄関のドアが大きく開いていて、オレンジ色の長い延長コードがビルの脇のコンセントから事務所のなかに伸びていることにあやうく気づかないところだった。いったいどうなってるんだ？　彼はそう思い、〈セコイア〉から飛び降りると玄関のほうに走った。近づくと、掃除機の音と、興奮したイングリッシュ・ブルドッグの鳴き声が聞こえてきた。

戸口に着く前に、リー・ロイが走ってきて、彼の胸に飛びついた。犬は口から泡を吹いていて、前足を地面に下ろしたときには、かなりのよだれがボーの手についていた。「落ち着くんだ、ボーイ」彼はそう言いながら、事務所のなかに入った。そのとき、額に鈍く重いものがぶつかり、ボーは痛みのあまり声をあげた。

掃除機の音が消え、眼を凝らすと、掃除機の取っ手を握った女性が汗まみれの顔でイライラした表情を向けていた。「マジでエアコンを入れたほうがいいんじゃない」と彼女は言った。

「何をぶつけた？」ボーは額をなでながら言った。

「何も。あんたが掃除機の取っ手の後ろに向かって突っ込んできたのよ」そう言うと彼女はニヤリと笑った。「ちゃんと前を見て歩いてよ」

ボーは眼を細めて女性を見た。彼女は頭を赤いバンダナで覆い、グレーのアスレチック・ショーツに黒のタンクトップ、白一色のテニスシューズを履いていた。そして彼女越しに部屋のなかを覗き込むと、事務所のあちこちに張っていたクモの巣がなくなっていた。すえた、埃っぽいにおいはなくなり、代わりにレモンの芳香剤の香りがしていた。水を入れてモップを突き刺したバケツがソファに立てかけてあり、ロビーの絨毯は掃除機できれいになっていた。「なんで——」

「悪気はないんだけど、あなたのオフィスは豚小屋みたいだった。奥のほうはだいぶきれいになった。書斎はペンキを塗り直したほうがいい。よかったら週末にやってあげる」

「マァム、きみはいったい——」

「ロナ・バークス」と彼女は言い、手を差し出した。ボーはその手を握った。手のひらにごつごつしたタコがあるのを感じた。

「ボーセフィス・ヘインズだ」

「知ってる。何年か前に事件の調査で、〈サンダウナーズ・クラブ〉のダンサーに訊き込みしたことがあったでしょ」と彼女は言った。「そのときにわたしと話したの覚えてない？」

ボーはモップがけされたばかりのフローリングの床を見つめ、ふたたび顔を上げてその女性を見た。数年前、教授を手伝ったトラック事故の件で、重要な証人が〈サンダウナーズ・クラブ〉のストリッパーだったことを思い出した。

「ウィルマ・ニュートンといっしょに働いていたのか？」とボーは訊いた。

彼女はうなずいた。「わたしのこと覚えてる？」

ボーは首を振った。「すまない。長いことこの仕事をしてると、何もかもごっちゃになってしまうんだ。あの事件のことは覚えてるが、きみと会ったことは覚えてない」

彼女は肩をすくめた。「無理もないね。わたしはそんなに役に立てなかったから。当時は覚醒剤（メス）やコカインとウォッカとで、いつもハイだったし」彼女はため息をついた。「あの事件はどうなったの？　たしかアラバマ州ヘンショーでトラックの事故があったのよね」

ボーは微笑んだ。「長い話になる」そしてその女性に近づいた。「ミズ・バークス、ここをきれいにしてくれたことには感謝するが、なぜここに？　掃除業者は呼ぼうと思っていたが、まだ先のつもりだった」

彼女は口元を引き締めて微笑んでみせた。「まあ、わたしはどんな掃除業者よりも優秀よ。一生懸命働くし、モップがけや掃除機がけ以外にもできる」

ボーは微笑んだ。「求職中なのか？」

「そうとも言うね」

ボーはしゃがんで、リー・ロイの耳の後ろをなでてやった。彼が来てからは、犬は落ち着いてきちんと坐っていたが、なでられているあいだもボーに気づいていないようだった。代わりに、リー・ロイは疑わしそうな眼でその女性を見つめていた。まるで自分がだれを、あるいは何を見ているのかわからないというように。

犬の視線を追って、ロナ・バークスに眼をやった。ボーは自分も同じようなまなざしをしているのだろうと思った。「ミズ・バークス、なぜここへ？」

「言ったでしょ。仕事を探してるの」

「どうしてわたしの下で働きたいんだね？」

「あなたはルイス検事長の弁護士でしょ、違う?」

ボーはうなずいた。彼はいつもプラスキでニュースがいかに早く伝わるかに驚かされてきた。ボーの知るかぎり、彼が検事長の代理人になったことはまだ報道されていないにもかかわらず、ロナ・バークスはあたかもそれが常識であるかのように話していた。小さな街では……

「実は……」ロナは、バンダナを外し、腕で額を拭いながら続けた。バンダナを取った彼女の髪の毛はストロベリーブロンドで、サイドとバックを短く刈り整え、前髪は額のところで切りそろえていた。「……マイケル・ザニックという男がわたしの娘をレイプした。ルイス検事長は今週、そいつを起訴するはずだった」彼女は自嘲気味に笑った。「それなのに、今は彼女のほうがしてもいないはずの罪で拘置所にいる」

「どうしてそう思う?」とボーは訊いた。

「わたしは検事長のことを知ってる。彼女はタフで、扱いにくくて、そして公正な人よ。わたしが麻薬所持で二回目の起訴をされたとき、彼女はわたしが罪を認めれば、治療を受けさせてくれると言った。わたしはそうした。そして彼女は自分の言ったことを守ってくれた」

「きみはクリーンなんだな」

ロナはうなずいた。「来月でクスリを断って三年になる」

「おめでとう」

「褒められたいわけでも、わたしがそれに値するわけでもない。わたしは仕事が欲しいの」

ボーはふたたびオフィスを見渡した。彼は三時間ほど留守にしていただけだが、そのあいだにロナ・バークスはこの場所を完全なごみためから、見苦しくないと思える程度に変えていた。やることはまだたくさん残されていたが、彼女は見事にやってくれた。ボーは彼女を見た。「ここをきれいにしておくのにきみを雇ってもいい」と彼は言った。「ほかにも何かできるか？」

彼女はフローリングの床を見つめると、リー・ロイをなでようとかがみ込んだ。犬は一瞬緊張したが、ロナの指が耳の後ろをなで始めるとリラックスした。「わたしのこと知らないでしょ？」と彼女は言い、顔を上げてボーを見た。「電話に出ることができるし、裁判所の電子システムで文書を提出する方法を学ぶこともできる。裁判所の事務員に教えてもらうことができるから。覚えはいいんだ。一生懸命働く」

ボーはふたたび部屋のなかを見まわした。「そのようだな」

「で、どうする？」

「ひとつ教えてくれ。きみはそのザニックという男がブッチ・レンフローの殺害とルイス検事長の逮捕に関係していると思うか？」

ロナは迷わず答えた。「疑う余地はないわ」

ボーは拘置所を出ようとしたときに、ヘレンがマイケル・ザニックについてできるかぎり調べてほしいと必死に訴えていたことを思い出した。ヘレンはザニックが彼女の逮捕を仕組んだのかどうかはあいまいにしていたが、ロナ・バークスの激しいまなざしにはそのようなあいまいさはみじんもなかった。「きみを雇おう」

27

〈イエロー・デリ〉はプラスキのダウンタウン、三丁目通りにある歴史的な建造物ヘリテージ・ハウスのなかにあった。一九七〇年代初めに生まれたキリスト教カルト組織である十二支族教団（トゥエルブ・トライブス）によって設立されたこのレストランは、チャタヌーガにその一号店を持ち、プラスキにやってきてからは、地元の人々や観光客、マーティン・メソジスト大学の学生たちに人気のランチ&ディナースポットになっていた。日曜から金曜までの二十四時間営業で、コーヒーがおいしく、居心地のよい雰囲気だったので、試験のための一夜漬けや論文執筆のために徹夜をする学生にとっては理想的な場所だった。

マイケル・ザニックは、〈イエロー・デリ〉の料理を愉しんでいたが、それ以上にその雰囲気とそこに集まる多様な人々が気に入っていた。木曜日の正午過ぎ、ザニックは二階のいつものテーブルに坐り、眼の前にラップトップPCを開いていた。彼はジーンズに、黒とグレーのパール・ジャム（米国のロックバンド）のTシャツ、ハイトップの赤の〈コンバース・チャックテイラー・オールスター〉に白い靴紐を合わせていた。ツイードのスポーツジャケットを椅子の背もたれにかけ、集中したまなざしでPCを見つめていた。すでにいつものデリ・ローズ――ローストビーフ、コンビーフ、ペッパージャック&プロヴォローネチーズ、オニオン、トマト、スパイシーレッドソースを自家製オニオンロールに挟んだサンドイッチ――を頼んでいて、今はその日二回目のツイートをしているところだった。

〝ルイス検事長、元夫の殺害容疑で逮捕。#政治腐敗〟

〝でっちあげのレイプでわたしを告発したルイス検事長、今は元夫の殺害容疑で裁判に。#自分のことは棚に上げて　#大掃除〟

〝選挙で対立候補のサック・グローヴァーが検事長代行に就任。#正義　#そのまま検事長に〟

ザニックは矢継ぎ早に投稿した自分のツイートを調べ、予想どおりの結果が得られていることを確認した。〝ツイートする〟のアイコンをクリックしてから十五秒のあいだにそれぞれ七件もリツイートされていた。百二十万人ものフォロワーがいれば、そういうこともよくある。ジャイルズ郡は世界で最もソーシャルメディアに精通した場所というわけではなかったが、若い有権者――〈イエロー・デリ〉で徹夜勉強をしている若者たち――は注目していた。

「ハイ、マイク」数冊の本を小脇に抱えて通りかかった青年が言った。

「やあ、サッド。学校はどうだ？」

「死にそうです」マーティン・メソジスト大学の二年生であるその青年は、内気そうにザニックに微笑んだ。「金曜日締切りの歴史のレポートがあって、月曜日には微積分のテストがあるんです。この先、何日かはここで何度も会うことになりそうです」

「頑張れよ」

サッドが顔をしかめて言った。「裁判が続いてるって聞きましたけど」

ザニックはうなずいた。「検事長が殺人容疑で逮捕された。信じられるか？」

「どうせ今頃、あなたの起訴も取り下げられていますよ」とサッドは言った。「カジミールズ・ヴァインのブログは読んでますか？」

街の創設者カジミール・プラスキにちなんだそのブログを書いているのは実はザニック自身なのだが、彼は戸惑うふりをして眉をひそめた。「あれは大学がやってるのか？」

「いいえ、だれがやってるのかはわかりませんが、基本的にはプラスキやジャイルズ郡、大学で起きていることが取り上げられています。ルイス検事長とあなたを訴えた人物を糾弾する記事がたくさん載ってますよ」

「それは見てみないとな」

「早く起訴が取り下げられることを願っています」サッドはそう言うと階段に向かって歩き始めた。

「ありがとう」

　ザニックはPCに眼を戻した。今や彼のツイートには数百件もの反応があった。カジミールズ・ヴァインのブログには、ルイス検事長の逮捕と警察の捜査状況が、今夜遅く、さらに大きな爆弾発表とともに投稿される予定だ。彼は上唇の傷痕を人差し指でなぞり、自分のフェイスブックのページを開いた。彼個人のページには三千人の〝友達〟がいた。また〈Z銀行〉、〈ザニック・ストレージ〉〈ザニック建設〉の三つのビジネスページには、それぞれ千人以上のフォロワーがいた。個人ページの〝投稿を作成〟を開くとザニックはメッセージを書き始めた。

〝どう考えたらいいんだ？　犯してもいない罪で悪意をもってわたしを起訴したジャイルズ郡の地区検事長が、今度はわたしの友人であり、弁護士、そして同僚であるブッチ・レンフローを残忍にも殺害した容疑で逮捕されたことに非常に驚いている。ブッチ、安らかに眠りたまえ（RIP）〟

　ザニックはメッセージを二度読み直してから、〝投稿〟アイコンをクリックした。反響が積み上がるには時間がかかるが、最終的には数百の〝いいね〟と数件のコメントがあるだろう。彼は、その投稿を銀行、倉庫会社、建設会社のビジネスページでも共有してからログアウトした。

彼がPCを閉じると、ウェイターが料理をテーブルの上に置いた。「ありがとう、ヘンリー」と彼が言うと、顎ひげを首のあたりまで垂らし、髪を後ろでポニーテールにしている男はうなずいた。

「ほかにご用は、ミスター・ザニック」

「大丈夫だ」と彼は言った。ウェイターは背を向けて階段を下りていくとき、重い足取りの肉づきのよい人物とすれ違った。

ザニックは、ルー・ホーンが近づいてくると、作り笑いを浮かべた。ルーは正午に彼とランチの約束をしていたが遅れて到着した。「どうした?」ザニックはルーが席に着く前に訊いた。

「きみの審理は五月二十八日に延期になった」ルーはそう言うと音をたてて椅子に坐り込んだ。一メートル近く離れた距離からでも、ザニックは男の息からアルコールのにおいを嗅ぎ取った。ルーは咳払いをすると、両肘をテーブルの上に置いた。「そのときはまだサックが地区検事長だろうから、しばらくしたら、もう一度和解を持ちかけてみよう。昨晩、彼にその話をしたら、司法取引の話をするのはまだ時期尚早だと言っていた」

「司法取引だって？」ザニックは訊いた。その声には何がしかの苛立ちがにじんでいた。「無条件の取り下げはどうなった？」

ルーは顔をしかめた。「ここは我慢して、どうなるか見守ろう」

「我慢だと？」ザニックは声を荒らげて、弁護士をひるませた。「よく聞け、ルー。わたしはおしまいにしたいんだ。終わり。以上。取り下げだ。これには〈ホシマ〉による数百万ドルの投資が懸かっている。わかってるのか？」

ルーは後ろを見て、それから二階を見まわし、周囲の客に声が聞こえないことをたしかめてから言った。「マイク、失礼を承知で言うが、きみは十五歳の少女とセックスをした。たとえ彼女がヤッてくれと頼んだんだとしても、テネシー州の法律では法定強姦に当たるんだ」

「わたしは証人席には着かない。裁判の行方は、母親が有名な街娼（がいしょう）である十五歳の尻軽のガキの言うことを陪審員が信じるかどうかにゆだねられることになる」

ルーは小声になった。「ロナ・バークスは三年間麻薬を断っている。それにマンディの男子更衣室での〝課外活動〟の目撃者はひとりしかいないし、レイプ被害者保護法によって証拠から排除されるだろう」ルーはもう一度、部屋のなかを見まわした。「マンディ・バークスについて知っていることは、わたしたちがゴングに救われなかったら、検事長が火曜日にはあの少女の話をわたしたちのケツに突き刺す準備をしていたということだけだ」

今度は詰め寄ったのはザニックだった。ルーの鼻先数センチまで迫ると言った。「そのゴングとやらは、わたしの顧問弁護士であり、わたしの銀行の頭取だった男のことだ。少しは死者に敬意を表したらどうだ」

ルーはぽかんと口を開けてザニックを見た。「死者に敬意を表す？　きみはブッチを脅迫していた。わたしとテリーもだ。彼が死んできみが悲しんでるとわれわれが思っているとでも言うのか？　それに彼が殺されてから起きたことはすべてきみに利益をもたらすものじゃないか」

「わたしたちにとってだろ？」

ルーは椅子にもたれかかると、ナプキンにくるまれたナイフとフォークをつかんだ。ナプキンを外すと、それで額の汗を拭った。「ああ、わたしたちにとってだ」彼はようやくそう言った。「いいかマイク、ブッチ・レンフローは三十年来の友人だった。彼が死んだなんてまだ信じられないんだ」

「だから酒のにおいをさせてるのか？」

ルーは顔にしわをよせた。「ひどい咳と喉の痛みに悩まされてる。〈ジャック ダニエル〉を少しだけ飲むと痛みが和らぐんだ」

「フィンが言うには、きみはこの一カ月、毎晩〈キャシーズ・タバーン〉で数時間、喉の治療をしてるそうじゃないか」

事を終えてきた。きみがこの街に土地を買うずっと前からね」

「そうかもしれないが、わたしだったら自重するよ。多くのものが懸かっているんだ。レイプ容疑が取り下げられるまでは気を抜くつもりはない」とザニックは言った。「わたしがやられるときは、きみとテリーもいっしょだ。きみたちの小さな売春グループのことも表沙汰になり、残りの人生を刑務所で過ごすことになる。わかったか？」

　ルーはザニックが手をつけていないサンドイッチを見つめていた。「わかってるよ、マイク」と彼は言った。「〈ホシマ〉の連中はブッチが死んだことを知ってるのか？」

「ああ、彼らは心配している。だが、ルイス検事長がわたしに恨みを抱いているというわたしの訴えを信じ始めているようだ。サックが検事長代行になり、今夜爆弾が落とされれば、ヘレン・ルイスは二度と検事長にはなれないだろう」

「爆弾とはなんだ？」

「聞いてないのか？」

　ルーはゆっくりと首を振った。

「すぐにわかる」

　ルーは二分後、別の約束に遅れていると言い残して去っていった。老弁護士はやたらと恐縮していたが、正直なところザニックは彼がいなくなったことに感謝していた。あの男は時代遅れの恐竜だ。簡単に操れるパズルのピースだ。ザニックは知っていた。この狂った世界で大事なことは常にだれかの弱みを握っていることなのだ。秘密の情報を知っていれば、その人物の人生を狂わせることができ、その人物はほとんど言いなりになる。

ザニックはひとりでサンドイッチを食べた。最後のひと口を食べようとしたとき、テーブルの上の携帯電話が鳴った。見慣れた番号を見ると、彼は口を拭きながら電話に出た。

「やあ、フィン」

「いいニュースと悪いニュースがある」

「いいほうから聞こう」

「保安官事務所の関係者によると、家を捜索していた際にブッチ・レンフローの金庫からプレスリリースが見つかったそうだ」

ザニックは傷痕を人差し指でこすった。「爆弾発表について触れていたのか?」

「ああ、まさにそのとおりだ」

「いいだろう。じゃあ、カジミールルズ・ヴァインもその線で進めて大丈夫だな?」

「ああ」

「悪いほうのニュースは?」

電話の向こうで一瞬の間(ま)があり、苛立たしそうなため息が続いた。

「フィン？」

「われわれの友人、ミスター・ロウが、最近強制退去を命じられたにもかかわらず、まだ不法占拠を続けている。また保安官事務所に連絡しようか」

少なくとも十五秒間は沈黙が続いた。ザニックは紅茶をひと口飲むと、リュックを肩にかけて階段を上がってくる小柄な女性に向かってウインクをした。「いや」ザニックはようやくフィンにそう言った。そして強調するように間を置いてから続けた。「保安官補にはまだ充分にメッセージが伝わっていないようだ。きみのほうで対処してくれ」

また一瞬の沈黙があった。そして冷たくしっかりとした声でフィンは答えた。

「了解だ」

28

ボーが六十四号線沿いにある、かつて従兄弟の農場だった場所の砂利敷きの私道に車を入れたとき、家の灯りは消えていた。昨日の午後、プラスキに戻ってきてから、ボーは何度もブッカー・Tにメールを送り、電話をかけていたが、ようやく三十分前に、この場所で会おうという謎めいたメールを受け取っていた。ボーは、農場が最近差し押さえられたことを考えて、ブッカー・Tがその土地に入る許可を得ているのかどうか尋ねるメールを送ったが、返信はなかった。

あいつはおれに怒っている、とボーは思った。それも当然だった。おれは一年以上も音信不通だったのだ。

秘書のエリー・マイケルズと同様、ボーがブッカー・Tに最後に会ったのは、ジャズの葬儀のときだった。葬儀場の外で見守るボーに、ブッカー・Tがハグをし、お悔やみのことばを述べたのだった。

それ以来、十六カ月以上、ふたりは一度も会うことも話すこともなかった。ブッカー・Tは何度か電話をしてきたが、ボーは取ろうともせず、メールも無視した。いつしかブッカー・Tも連絡してくるのをやめた。

ボーは暗い納屋の前に車を止め、差し押さえられるまでの四年間、従兄弟の家だった平屋建てのランチハウスを見つめた。その家と農場は、従兄弟が農家としてのキャリアにおいて成し遂げた最高の証(あか)しだった。ボーは今、その土地を眺めながら、悲しみと罪悪感に襲われていた。納屋に取り付けられたバスケットボールのゴールで、ブッカー・Tの息子のジャーヴィス――九年生だがすでに長身で、フットボールの奨学金のオファーを受けていた――とボーの息子のT・Jがプレイをしていたことを思い出していた。眼を凝らしてその方向を見ると、ネットのないゴールは、だれかがダンクを決めたあとにずっとぶら下がっていたかのように曲がっていた。

ボーは〈セコイア〉のダッシュボードの時計を見た。午後九時三十分。弁護士業務に復帰した初日は長く、体をへとへとにさせたが、かなり実りのある一日だった。ロナの助けで、その日の午後には電話や電気、水道も使えるようになった。その上、彼女の知り合いのIT技術者がコンピューターも見てくれた。「メトシェラ（旧約聖書に出てくる族長。九百六十九歳まで生きたとされる）なみに古いけど、ワープロやインターネット検索には充分使えるはずだ」とその男は言った。ボーは昨日の晩にフラニー・ストームから渡された証人陳述書を見直し、マイケル・ザニックに関するあらゆる情報をインターネットで検索した。そのあとは、応訴通知、証拠開示請求、迅速な予備審問の実施を求める申立てを口述してロナに書き取らせることに残りの時間を費やした。ロナはその日の午後、ロビーに置かれたコンピューターで申立書を作成した。彼女はエリーほど速くはなかったが一生懸命働いた。そして何よりもヘレン・ルイス検事長の弁護チームに是が非でも必要なものを持っていた。

情熱だ。

午後六時三十分、彼女は、家に帰ってマンディに夕食を作ってやらなければならないと言って事務所をあとにした。ボーはマンディに会いたいと言いかけたが、それはあとまわしにすることにした。もしマイケル・ザニックがなんらかの形でヘレンに濡れ衣（ぬれぎぬ）を着せようと仕組んだのなら、ボーはザニックに対するレイプ事件の起訴についてもあらゆることを知っておく必要があった。それには被害者と話すことも含まれていた。ロナは明日裁判所に行き、事務員から書類の提出の方法を教えてもらって、昼までにはすべて提出すると言った。

それが終われば、約三十日後に予備審問が開かれる。そこで裁判官が逮捕に対する相当な理由があると判断すれば、事件は大陪審にまわされる。その後、大陪審が起訴状を出し、裁判所が罪状認否の日を決める。罪状認否でヘレン・ルイス検事長は無罪を主張し、そして……


……裁判だ。

ボーはこの事件の影響力の大きさをあらためて理解し、ため息をついた。検事長は第一級殺人の容疑で逮捕されていた。サック・グローヴァーは死刑を求刑するかどうかはまだ知らせてきていなかったが、フラニーが昨日話していた加重事由を考えると……

……死刑を求刑するだろう。

ボーはウインドウを降ろすと、涼しい夜風を車内に入れた。聞こえてくるのは、コオロギの音(ね)と、遠くで鳴く牛の声だけだった。空気中には、セイヨウスイカズラの香りとかすかな肥料のにおいがした。彼は、途中で買った六本パックのビールを手に取り、キャップを開けた。ひと口飲んだとき、散弾銃を発射する音に驚いて、口に入れたビールの半分を首と胸にこぼしてしまった。

「くそっ……」

彼はグロックを入れてあるグローブ・コンパートメントに手を伸ばしたが、開ける前に、不意をつかれて口元にパンチを食らった。口を大きく開けて息を吸う。体勢を立て直す間もなく、大きな手でシャツをつかまれ、車のウインドウから引きずり出された。そしてまるでバーベルを持ち上げるように、宙高く持ち上げられた。

こんなふうに彼を扱える人間は地球上でひとりしかいなかった。「降ろすんだ、この野郎」

「望みどおりしてやるよ、兄弟」

突然、ボーは宙を舞い、肩から激しく着地したが、アメリカン・フットボールのラインバッカーとして教わったとおり、転がりながら立ち上がった。ボーは眼の前に立っている巨大な男をにらんだ。

ブッカー・タリアフェロ(T)・ワシントン・ロウ・ジュニアは身長百九十八センチ、体重百三十キロをはるかに超える、山のような大男だった。冷蔵庫のような体格で、ジャイルズ・カウンティ高校、そしてその後アラバマA&M大学で強力なオフェンス・ラインマンとして恐れられていた。

「いったい何をしやがる？」ボーは地面に血を吐きながらそう言った。

「お前のケツを叩いてるんだ……このクソ野郎」ブッカー・Tが大股で近寄ってきた。ボーは従兄弟の眼がどんよりとしているのに気づいた。アルコールと体臭の強い香りが空気中に充満していた。

「やってみろ」とボーは言い、左足を前にしてファイティングポーズを取った。

ブッカー・Tは微笑みながら、ボーの顔に向かって荒々しい弧を描くように拳を振るった。ボーがかがんでよけると、空振りしたパンチの風を切る音が頭の上から聞こえてきた。左ジャブを放って従兄弟の顎を捉え、さらに右のクロスを鼻の付け根にヒットさせた。

大男はそのパンチの強さに思わず膝をついた。ボーはあとずさりすると言った。「話をしに来たんだ。殴り合いをしに来たんじゃない」

ブッカー・Tは立ち上がると、ボーをにらみつけた。「話し合いをする気分じゃない。一年前ならそうしただろうが。くそっ、六カ月前でもな。だが今は……」彼はあざけるように笑うと、前に踏み出した。両手を上げて、つぶれた鼻をガードしながらも、やる気満々だった。「よく何ごともなかったように街に戻ってこれたな。この一年半、おれやお前の土地、お前の子供時代や過去のすべてを無視してきたことを忘れたかのように」

「妻が殺されたんだ」

ブッカー・Tはさらに近寄った。「それは知ってる。葬儀に行った。覚えてるだろ？　お前のヒーローも死んだ。マクマートリー老教授もとうとうくたばった」ブッカー・Tはボーに向かって唾を吐きかけた。唾はボーの足元から数センチ離れた場所に落ちた。「お前は自分の身内よりも、あの白人のことを大事に思った。彼の農場を借りて、犬まで引き取ったそうじゃないか」

「口を慎め、デブ野郎」とボーは言った。気がつくと拳を握りしめて、ブッカー・Tに近づいていた。

「どうしておれのためにその拳を握らない？　お前の家族はどうなんだ？　お前の親戚はどうなんだ？」彼はまた唾を吐いた。「お前があの老教授の世話をしてるあいだ、おれの人生は坂道を転げ落ちていった。農場を失った。テルマは子供たちを連れて出ていった。息子のジャーヴィスはもう口もきいてくれない。もう破産を申請するしかないんだ」

「なぜ助けを求めなかった？」

ブッカー・Tは前に踏み出すと、もう一度右手で荒々しいパンチを繰り出したが、また外した。が、ボーがジャブを繰り出すと後ろに体を反らしてかわした。ボーは、バランスを崩してよろめいたところにブッカー・Tの蹴りを受け、右膝頭に爆発するような痛みを感じた。ボーは膝をつき、従兄弟のブーツがふたたび自分に向かってくるのを見た。今度はみぞおちにヒットした。腹から空気が抜けていき、必死で息を吸った。それから持ち上げられ、今度はブッカー・Tの肩に乗せられた。大男はボーを数歩運ぶと、警告なしに、納屋の隣に置かれたごみ箱に投げ入れた。

「そこがお似合いだ」

ボーはほとんど空（から）のごみ箱のなかで空気を求めてあえいだ。肉が腐ったような強烈なにおいが鼻孔をついて息が詰まりそうになり、さらに呼吸しづらくなった。ガンという音がした。ブッカー・Tがさらに蹴りを入れ、ごみ箱の側面がへこんだ。

「一年以上もおれを無視した。おれが一番お前を必要としていたときに、おれを放ったらかしにして白人の面倒を見ていたんだ」またガンという音がし、ごみ箱が壊れ始め、プラスチックの割れる音がした。ボーはごみ箱が横倒しになるようになかで動いた。また腹から空気が抜けていった。

ブッカー・Tは、今はごみ箱を何度も何度も蹴って樽のように転がしていた。ボーはごみ箱の側面に叩きつけられた。世界が回転しているようだった。内側にへこんだ部分がボーのあばらに食い込み、痛みにうめき声をあげた。

「どんな気分だ、ボーセフィス？　ケツ叩きを愉しんでるか？　ざまぁ見——」

彼の声はだれかがテレビのスイッチを切ったかのように突然消えた。

いっとき、ボーは眼をしばたたいて、気を落ち着かせようとした。何か言おうとしたが、そのとき従兄弟の声を聞いた。「口をつぐんでいろ、ボー。話すな。動くんじゃない」

ボーは、砂利道を踏みしめるタイヤの音と、車のドアを開け閉めする音が聞こえたような気がした。彼はごみ箱の端に這って進んだ。だがごみ箱の口は納屋のほうを向いていたので、何が起こっているのか見ることはできなかった。砂利道を歩く足音がした。複数の足音。おそらく異なる種類の靴。そしてやっと声がした。

「ひとりか、ロウ？」アイルランドか、ボストンの訛り。あるいは両方が混じっているのかもしれない。

「ああ」

「女房と子供はどこだ？」

「出ていった」とブッカー・Tは言った。

「休暇か？　それとも永遠に出ていったのか？」

一瞬の間。「お前には関係ない」とブッカー・Tは言った。

「チッ、チッ、チッ、金のトラブルがお前の家庭生活に影響したんじゃなきゃいいがな」

反応はなかった。ボーは心臓の鼓動が速くなるのを感じていた。めまいも治まり、懸命に耳を澄ました。

「また不法侵入をしてるぞ」ブッカー・Tが何も言わないので相手の男が続けた。

「時間が必要だ」

「時間切れだ、ロウ。時間切れなんだよ。銀行が差し押さえた。立ち退き通知を送った。ドアにも貼って、一カ月以内に出ていけと言った。それが四十五日前だ。何度か見て見ぬふりをしたが、保安官にも二度通報した」

「今夜は通報したのか？」

「まだだ。今夜はおれ自身でメッセージを伝えようと思ったんでな」

ボーは、まぎれもない、銃の撃鉄を起こす音を聞いた。

「頼む、フィン。ここはおれの土地なんだ」

「いいや、違う。この土地はZ銀行のものだ。そうだな……こんなのはどうだ？　おれは銀行の保安部門のトップなので、ここに様子を見に来て、お前を発見した。明らかに酔っぱらって手に負えない状態だ。お前がショットガンをぶっ放したので、勇気を出して自衛のためにお前の――」

「やめろ！」ボーが叫んだ。拳銃の撃鉄を起こす音を聞いてごみ箱から這い出し、今はその横に立っていた。長髪の男がブッカー・Tの膝に九ミリセミオートマチックらしき拳銃を向けているのを見て、鼓動が速くなった。その後ろに黒っぽい服を着たふたりの人影が見えた。男か女かわからなかったが、ふたりとも銃を持っていてボーに向けていた。

「さてさて、おれたちはまだ正式に自己紹介してないんじゃなかったかな」長髪の男がブッカー・Tに銃を向けたまま、ボーを見て言った。「ミスター・ヘインズだな？」

「ボーセフィス・ヘインズだ」

「今日、あんたに関するニュースを聞いたよ、ミスター・ヘインズ。最近、新しい事件を引き受けたそうだな？」

「お前はだれだ？」とボーが訊いた。

「おっと、これは失礼。おれの名前はフィン・パッサー。Z銀行の保安部門の責任者だ」彼は銃をブッカー・Tに向けたままそう言った。「あんたとミスター・ロウは銀行の土地に不法侵入している」

「もう帰ろうと従兄弟に話していたところだ」とボーは言った。

フィンは鼻で笑った。「ミスター・ヘインズ、その顔の様子では、どうやらミスター・ロウはあんたの忠告を聞かなかったようだな。この土地には近づくなという保安官事務所の命令に従わなかったのと同じように。そろそろ彼にも理解できるようなメッセージを送る頃だ」彼はことばを切った。「どうやら正当防衛を行使する必要があるようだな。黒いの（ボーイズ）がここで怒りだし、ひとりを縛りあげ、平和的に立ち去るようにというおれの懇願に銃声で応えようとした」

ボーは、ジャイルズ・カウンティ高校でフットボールをしていた十代の頃、白人だけの相手チームのコーチに〝黒いの（ボーイ）〟と呼ばれて以来、感じたことのない怒りで頬と首が紅潮するのを感じていた。「おれたちを何と呼んだ？」低い声で彼は訊いた。

フィンは銃をボーの胸に向けて言った。「興奮していて思い出せないな」

「クマをつついちまったな」ブッカー・Tが言った。その声はしゃがれて乾いていた。

ボーセフィス・ヘインズは凶器を無視して、フィンのほうに一歩踏み出した。アドレナリンが顔から爪先まで満ちていた。「警察を呼んだ」彼はうなるように言った。

「いや、嘘だ」とフィンは言った。「お前の携帯電話は車のなかだ。だれにも電話はしていない。ここにはビデオもない。テープレコーダーもない。お前らは櫂（かい）なしで入り江に出ちまったようなもんだ」

ボーはさらに一歩フィンに近づいた。彼とブッカー・Tは並んで立っており、彼には従兄弟の息遣いが激しくなってくるのが聞こえた。「おれたちを殺すつもりはないんだろ、ミスター・パッサー。Z銀行のような新しい金融機関の保安責任者が夜中にふたりの地元市民を射殺したとあっちゃ、銀行の体裁に傷がつくんじゃないか？　特に被害者がふたりともプラスキの古くからの住人で、ジャイルズ・カウンティ高校ボブキャッツの元プレイヤーだとしたら。街の外から来たから知らないかもしれないが、この街の連中はこと高校フットボールに関しちゃ記憶力がよくてね。それにおれの人種差別的な過去から、この小さな殺人は、国全体とは言わないまでも、南東部のすべての新聞やメディアの一面を飾るだろうな」ボーは呼吸を整えると、声を小さくし、穏やかな声で言った。「立ち退きのために武力を行使することはできない。違法行為だ。だからもし傷つけられたら、今夜のうちに保安官事務所に報告する。そして明日の朝一番に、お前とZ銀行に対し訴訟を起こし、地元の新聞のインタビューを設定して、おれがこの街の新しい銀行の保安責任者から受けた人種差別的発言について話すつもりだ」彼は一瞬、間を置いた。「それともおれたちを解放して、そういった面倒は避けるか？」

フィンは眼を細めてボーを見た。「ミスター・ヘインズ、あんたは恐ろしく弁が立つな。きっと優秀な弁護士なんだろう」そして銃口をブッカー・Tの左のすねに向けた。「少し痛むぞ、ミスター・ロウ」

んだ。

「やめろ！」ボーが叫び、従兄弟の前に突進した。撃たれることを予想して思わず身がすく

だが銃声が聞こえたとき、それは拳銃でも、フィンの後ろにいたふたりが持っていたセミオートマチックのどちらでもなかった。

代わりに、十二番径の散弾銃の銃声が空気を切り裂いた。一発……二発……三発。フィンの黒の〈キャデラック・エスカレード〉のフロントガラスが砕け散る。そして後部ガラスも。長髪の男の後ろにいた人影が地面に伏せた。

フィンもしゃがみ込むが、銃はボーに向けていた。「人様のことに鼻を突っ込むな」

さらに銃声が響くと、フィンが痛みに叫びながら銃を落とした。隙を見て、ボーは両手両足をついて、銃のほうに這い進んだが、従兄弟に先を越された。

ブッカー・Tが拳銃をつかみ、フィンに向けた。彼は地面の上で痛みに身をよじっていた。

彼の仲間は散弾銃の銃声がした暗い農場のほうを必死で見ていた。

「お前と決着をつけるべきだな」ブッカー・Tがうなるように言った。「お前とお前の銀行がおれの人生を台無しにしたんだ。お前たちのためにすべてを失ってしまった」

「だめだ」とボーは言った。落ち着いた口調で話そうとしたが、興奮と少し前に突進したことで息が切れていた。「こいつにそんな価値はない」

緊張した数秒間のあと、ブッカー・Tはフィンに銃を向けたまま、一歩後ろに下がった。

「ここから出ていけ」

フィンはひざまずき、血まみれの腕を抱えていた。「お前らふたりとも刑務所行きだ」彼はあえぐようにそう言った。そして立ち上がると、〈エスカレード〉のほうに向かって歩いた。仲間のひとりがシートに飛び散ったガラスを払うと、フィンは助手席に乗り込んだ。三十秒後、車は去り、SUVが出ていく際に撒き散らした砂利が起こした埃だけが残された。

いっとき、ボーとブッカー・Tの浅い息遣いしか聞こえなかった。コオロギさえ、銃声に驚いて逃げたようだった。

「助っ人を連れてきてくれて助かったよ」ブッカー・Tはようやくそう言い、納屋の後ろと東側に広がる森に眼をやった。「だれだか知らんが、呼んだらどうだ?」

ボーは無言だった。「だれも連れてきていないんだ、兄弟」

ふたりは互いに見つめ合った。「じゃあ、おれたちを救ってくれたのはだれだ?」

ボーは森の方角を見つめた。「わからん」そして額の汗を拭い、砂利の上に血の混じった唾を吐き出すと、従兄弟をじっと見た。「ブッカー・T、いったい何に巻き込まれたんだ?」

29

翌朝、ボーはコーヒーのいい香りに包まれて眼を覚ました。従兄弟との殴り合いのせいで体のあちこちが痛んでいた。上唇は分厚く腫れ上がり、腹は蹴られたあとであざだらけだった。

疲れた眼を開けると、ウォルトン農場が視界に飛び込んできた。約四百万平米のうち、三分の一が畜産、残りがトウモロコシ畑に使われている農場は、朝日に照らされ、荒涼としたオレンジ色がかった赤に輝いていた。ボーは散弾銃を胸に抱えて、ポーチのロッキング・チェアに坐ったまま眠り込んでいた。体を起こして、木製のコーヒーテーブルの上に散弾銃を置くと、絶景に息を吞んだ。ボーの生物学上の父、アンディ・ウォルトンが〝ビッグ・ハウス〟と呼んだこの家は、このあたりの土地の一番高いところにあり、四方八方どこまでも見渡せるように思えた。

「お前は番犬には向いてないな」ブッカー・Tが湯気の立ったマグカップをふたつ手にしてポーチに出てきた。

「コーヒーなんてどこにあった？」ボーは痛む肋骨（ろっこつ）をさすりながら、うめくように言った。

「台所に〈キューリグ〉（カプセル式のコーヒーマシン）がある」ブッカー・Tはボーにカップを手渡すと、もう片方のカップからひと口飲んだ。彼は前の晩よりも元気そうだった。しらふで澄んだ眼をしていた。「そいつとコーヒーのカプセルを置いてあるんだ。そうすれば畑仕事をするときに気分転換になるからな」彼は手すり越しにうなずいた。表情はやわらかだった。「ボー、おれのごたごたに巻き込んでしまってすまなかった」

ボーはコーヒーをひと口飲んだ。その熱さが喉を焦がし、腫れた唇が火傷しそうになった。それでもカフェインが必要だった。木製のポーチの床に眼をやると、昨晩持ってきてすべて飲み干した〈イングリング〉のボトルが六本あった。さらに床には四分の一ほど残った、ジンの〈ボンベイ・サファイア〉が置いてあった。「昨日の晩はかなり飲んだのか?」とボーは尋ねた。フィン・パッサーとの対決のあと、細かなことは霧がかかったようにあいまいだった。パッサーとふたりの手下が去ったあと、ボーは泊まることができる場所についてクレイジーなアイデアがあると言った。そしてブッカー・Tの車を従えて六十四号線を四百メートルほど進んだところにあるこの農場にやってきた。ここはボーがアンドリュー・デイヴィス・ウォルトンの唯一の〝遺児〟であるという理由で相続した土地だった。

ブッカー・Tは静かに笑うと言った。「お前が来る前に、おれはクイーンメリー号を浮かべることができるほどジンを飲んでいた。お前は持ってきたビールを飲み干した。あんなことが起きたあとでかなり動揺していたのか、おれが自分の悲しい話をするあいだの三十分ほどで六本パックを全部飲み干してしまったよ」

ボーはマグカップからひと口飲むと、痛む胸をさすりながら言った。「細かいところが間違っていたら訂正してくれ。お前はZ銀行から二十万ドルのローンを借りて、自分の農場とここを含む賃借している農場の灌漑設備の支払いにあてた」ボーはポーチの手すり越しに見える広大な土地を指さした。「そして昨年のトウモロコシの収穫が減り、行き詰まった」

ブッカー・Tはうなずいた。「〈FNB〉から追加融資を受けようとしたが、穴に深くはまり込んでもう身動きがとれなかった。従業員に給料を払えなくなり、みんな辞めてしまった。この農場を除いて、借りていた農場もすべて失った。この農場も失うところだったが、オーナーはそのことに気づきもしなかった」彼はボーをにらむと穏やかながらも、どこか苦々しげな口調で言った。「たまたま金持ちになった従兄弟であるオーナーに電話したが……そいつは自分の問題を抱えていた」

「すまない」とボーは言い、うつむいた。「ほんとうにすまない」彼はため息をついた。「だがブッカー・T、もう不法侵入するわけにはいかないぞ。フィン・パッサーが昨晩言っていたことは間違いじゃない」

ブッカー・Tはその豊かな胴回りを手すりにもたせかけ、広大な土地を眺めながら言った。「わかったよ、じゃあどうすればいい、ボー？　おれには仕事もない、金もない、住むところもない」

ボーはコーヒーをもうひと口飲むと、腫れた唇を触った。「今、何時だ？」

「午前六時三十二分だ」

ボーは眼を閉じた。「事務所に行かなければならない」

「お前はどこに泊ってるんだ？」

「事務所だ」

「なぜここに泊らない？　つまり、ここはお前のものだろ」

ボーは彼を見上げると言った。「わかるだろ、ここにはいられない」

ブッカー・Tは眼をしばたたくと、うつむいてポーチを見た。「ああ……そうだな。ばかなことを言った」

ボーはかまわないと言うように手を振ると、椅子から立ち上がった。マグカップをテーブルに置くと、疲れた手足を伸ばした。「ブッカー・T、今どこに住んでるんだ？」

「トラックだ」彼は悔しそうにため息をついた。「どうしてこんなにこんがらかっちまったのかな、ボー？　おれは自分の土地が欲しかっただけなのに。自分の労働の成果で生きていきたかっただけなのに」彼は首を横に振った。「それがおれにとってのアメリカンドリームだったんだ」

「人生は見た目ほど単純じゃない」とボーは言った。「実例が見たけりゃ、おれの狂った人生を見ればいい」ボーは手すりから身を乗り出した。痛む胸をあまり強く押しつけないように注意しなければならなかった。「ブッカー・T、ここに住んだらどうだ？」

ブッカー・Tはボーを見ると眉をひそめた。「ここに？　ビッグ・ハウスに？　だめだ、兄弟。それは無理だ。お前ほどここを嫌ってるわけじゃないが、それでもアンディ・ウォルトンの家には住めないよ」

「しばらくのあいだだけだ」とボーは懇願した。「お前の足が地に着くまで、無料（ただ）で住んでいい。それに農作業のほかにも仕事を頼みたいんだ」

「それはなんだ？」

「この土地で何かをしたいんだが、手がかりすらない。それを見つけるためのコンサルタントとしてお前を雇いたい」

ブッカー・Tが声に出して笑った。「ボー、おれは農家で、不動産開発業者じゃない。お前がこの土地でやるべきことはすでにやっていると思う。それにお前の農場で働くことだけが、今のおれに残された唯一の仕事なんだ」

ボーは唇に指を走らせると、両手をポケットのなかに入れた。「辞めた従業員は、お前が給料を払うことができるようになれば、戻ってくると思うか？」

「すぐにでも」とブッカー・Tは言った。「みんなそもそも辞めたくはなかったんだ」

「借りていた農場はどうだ？　オーナーはまたお前に土地を貸して農業を始めさせるだろうか？」

ブッカー・Tは親指の爪を嚙みながら言った。「何人かはそうしてくれると思う」

「道具は残ってるのか？」

彼は南のほうの百メートル先を指さした。「コンバイン一台とトラクター二台が納屋のなかにある」

ボーは従兄弟の腕をつかんだ。「いいか、お前のすべてが狂ってしまったとき、おれはそこにいて助けてやれなかった。お前の農場を取り返すのを助けてやれなかった」彼はことばを切り、ブッカー・Tの腕を強く握りしめた。「だが今助けたいんだ。農業を再開するのにいくら必要だ？」

ブッカー・Tは眼をしばたたいた。「ボー、施しは受けられない」

「施しじゃない、兄弟。お前に金を貸す。だが条件は家族特別待遇だ」ボーは微笑んだ。

「利息なしで、返せるときに返せばいい。さあ、いくらだ？」

ブッカー・Tは木の床を見つめながら、顎をさすった。「五万ドル？」

「それじゃ足りないはずだ。わかってるだろ」

彼はまた親指の爪を噛んだ。「十五万ドル？」

「決まりだ（ダン）」とボーは言った。「明日、金を振り込む」

ブッカー・Tの眼は潤んでいた。「ありがとう、兄弟」

「どういたしまして」とボーは言った。「それからウォルトン農場をどうするか考えるのを手伝ってくれたら、五万ドルのコンサルタント料も払おう」ボーは手すり越しに手で示した。

「まだそのことを言ってるのか？　今はもうお前の農場なのに」

ボーは木の手すりを握って、トウモロコシ畑を眺めた。「何かほかのことができるようになって初めて、この土地がおれのものになるような気がするんだ」

数分後、ふたりはそれぞれの車のそばに立っていた。ブッカー・Tはピックアップトラックのドアを開けながら、ボーのほうを見た。「昨日の晩は来てくれてありがとう、ボー。おれは……お前に眼を覚まさせてもらう必要があった」

「それではすまないところだった。もしあの助けが来なかったら……」ボーは口ごもりながら、〈セコイア〉の向こうの北にある、従兄弟のかつての農場の方向を見た。

「あの守護天使がだれなのか心当たりはないのか？」ブッカー・Tは訊いた。

「いや、お前は？」

彼は顎を引いた。「いいや、だれであろうと、おれのすねはその彼だか、彼女に一生感謝することになるだろうな」彼はことばを切った。「ボー、約束する。お前がおれにしてくれたことにちゃんと応える。借金は返す。そして……」彼はそう言うと、農場を見まわした。

「……ここをどうするか考えよう」

「ああ、そうだな」ボーはそう言うと、従兄弟の背中を叩き、車に乗り込んだ。彼はキーをまわしてから、ウインドウを降ろし、ドアに大きな手を置いて従兄弟を見つめた。

「しばらくはここにいるのか？」とブッカー・Tが訊いた。「そういえば、お前が街に戻ってきた理由を訊きもしなかったな」

「話す機会がなかった。お前にケツを蹴られるのと、殺されそうになるので忙しかったからな」

「で、どうしてなんだ？」

「ルイス検事長を弁護する」

「検事長？」彼は顔にしわをよせた。「彼女は何かトラブってるのか？」

ボーは顔をしかめた。「最近のニュースには関心がないようだな？」

「ずっと落ち込んでたんだ。昨日見ただろ」

ボーは咳払いをすると、唇をこすった。「元夫のブッチ・レンフロー殺害容疑で逮捕された。彼のことは知ってたか？」

ブッカー・Tはうつむくと砂利敷きの私道を見た。「知ってた」

「Z銀行との取引でブッチとも接触があったのか？」

彼はうなずいた。まだ下を向いたままだった。「ああ」

「どんな？」

「彼がローンを斡旋してくれた」ブッカー・Tはボーに向かって眉をひそめた。「なのに何度頼んでも延長を認めてくれなかった。マイケル・ザニックが情けをかけてくれるとは思わなかったが、ブッチとは長い付き合いだった。彼なら助けてくれると思ったんだが、頑として譲らなかった」

「最後に彼を見たのは？」とボーは尋ねた。肋骨と唇の痛みを忘れていた。

「月曜日だ」

「この前の月曜日？　四月一日か？」

「エイプリルフールの日だ」ブッカー・Tはそう言うと、ボーの横を通り過ぎ、自分のトラックを見つめた。

「彼はその夜殺された。知ってたか？」

「最後に会ったときはピンピンしてたよ」

「どこで会った？」

ブッカー・Tはトラックから眼を離さなかった。「おれを疑っているように聞こえるが」

「そうか？」

彼は首を傾げると歩きだした。「助けてくれてありがとう、ボー」

「おい、話はまだ終わってないぞ！」

彼は肩越しにボーを見ると言った。「今はここまでだ」

30

ボーが事務所の前に車を止めると、入口の前にサック・グローヴァーが立っているのが見えた。ダッシュボードに眼をやると、午前七時三十五分だった。彼は〈セコイア〉から降りると、地区検事長代行の顔をじっと見て言った。「ずいぶんと早いな、サック」

「ボー」サックはそう言うと手を差し出し、握手を交わした。「ひどいありさまだな。もうすでに面倒に巻き込まれてるんじゃないといいが」

ボーが腫れた唇をこすりながら、自分のシャツとスラックスに眼をやると、固まってこびりついた血の筋はもちろんのこと、土と草の染みまでついていた。一瞬、死にそうになった昨晩の体験について検察官に話すべきか考えた。フィン・パッサーのしたことは、暴行未遂も含めて、おそらくいくつかの犯罪に該当するだろう。だがサック・グローヴァーを見上げ、彼のオーダーメイドのネイビーのスーツと、完璧に整えられた髪を見て、ボーはこの新しい地区検事長がマイケル・ザニックの掌中にあることを思い出した。もしブッカー・Tの農場であったことを報告するとしても、この男ではないと思った。「何か用か、サック？」

検察官は事務所の窓を通してちらっとなかを見てから、ボーに視線を戻した。「なかにいるのはロナ・バークスか？」

彼が視線を向けていた先を追うと、エリーの古い机の後ろにロナが坐っているのが見えた。彼女は険しい表情をして、すごい勢いでコンピューターをタイプしていた。ボーはロナがこれまでにリラックスしたことはあるのだろうかと思い、彼女が〈サンダウナーズ・クラブ〉のダンサーだった頃、ドラッグとアルコールに依存していたと話していたことを思い出した。ずっと警戒してきたのだろう。ボーはそう思った。

「そうだ」とボーは言った。「ロナを知ってるのか？」

「そういうわけじゃない」とサックは言ったが、ボーには彼が嘘をついているのがわかった。

「じゃあ、さっきも言ったが、用件は何かな？」彼は近づくと、封筒を指さした。「おれのためのステーキでも入ってるのか？」

サックは微笑んだ。「逮捕令状と昨晩のカジミールルズ・ヴァインのブログで触れられていた手紙の写しだ」彼は封筒をボーに手渡した。

「カジミールなんだって？」

「ヴァイン。地元の匿名のグループが書いているブログだ」とサックは言った。「昨日の投稿を見ていないのか？」

ボーは首を振り、胃のあたりに強張ったような痛みを覚えた。「教えてくれ」

「どういうわけか、カジミールルズ・ヴァインは、被害者の書いた手紙がわれわれの捜査によって発見されたという情報を得たようだ。普通ならこんなに早く証拠を開示することはないし、フラニー・ストームが証人陳述書と彼女の報告書の写しをきみに渡したことにも腹を立ててるところだ」彼は肩をすくめた。「だがどうやら保安官事務所のなかにスパイがいるようなので、この手紙の写しもきみに渡しておくのがフェアだと思った」

「ご親切に」とボーは言った。

「それを読んでから、話をしよう」サックはボーの横を通って自分の車――銀色の〈ポルシェ911〉のセダン――に向かって歩いた。普通の公務員が乗るような車ではなかった。

「待ってくれ」

サックは車のドアを開けたが、なかに入るのを待った。「なんだ？」

「死刑を求刑するのか？」

サックは眼を細めた。「選択の余地はない。証拠は明らかだ。彼女は被害者を処刑し、激しく殴った。メルヴィン・ラグランドは殴ったのが殺害の前かあとかについてはまだ結論を出していない。彼の家からPCや財布などを含む財産が盗まれていた」

ボーはうなるように言った。「きみはヘレン・ルイスがそんな残酷な犯罪を犯すことができると思ってるのか？」

サックは、漂白された白い歯を見せて微笑んだ。「〝思う〟じゃない、ボー。〝知ってる〟んだ。証拠は圧倒的かつ決定的だ」彼は少し間を置いてから続けた。「予備審問でわかると思う。検事長やプラスキの街、そしてジャイルズ郡にとってベストなのは、きみの依頼人が罪を認めて司法取引に応じることだ」

「条件は？」

「仮釈放なしの終身刑」

ボーは鼻で笑った。「さっさと出ていけ、サック。検事長の席でくつろいでる暇はないぞ。彼女はすぐにその場所に戻る」

「そう思ってるのか？」サックは訊いた。顔には大きな笑みが貼りついていた。「その封筒の中身を読んでみろ」彼はことばを切った。「それからきみの意見を聞かせてくれ」

しばらくして、ボーは事務所に入った。

「なんてこと、何があったの？」

ボーはその質問を無視した。「事務所の前の歩道でサック・グローヴァーに会った」

「あのクソ野郎はなんて？」

「仮釈放なしの終身刑で検事長を説得しろと」

「夢精でもしてんじゃないの」

ボーは笑わずにはいられなかった。

「ノーって言ってくれたのよね」とロナが迫った。

「おれは何も言っていない。有罪答弁取引の条件は依頼人に伝える義務があるんだ。だが検事長がその申し出を拒否することは眼に見えている」

「取引の条件がそれなら、あいつは死刑を求刑するってことになるのね？」

ボーはうなずいた。「彼はカジミールズ・ヴァインとかいうブログの投稿について言っていた」

「カジミールズ・ヴァイン。カジミール・プラスキ伯爵みたいだよね」ロナは机の上から一枚の紙をさっと取ると、ボーに手渡した。「もうプリントアウトしてある」

　ボーはその紙を手に取った。タイトルを見ただけで胃のなかに感じていた強張りが激しい勢いでまた襲ってきた。「ああ、なんてこった（ジーザス・クライスト）」とつぶやいた。それからそのタイトルを声に出して読んだ。「〝被害者はルイス検事長の中絶を暴露すると脅して殺されたと見られる〟」ボーは紙から顔を上げてロナを見た。

「ほんとうなの？　ルイス検事長は中絶をしたことがあるの？」

　ボーは紙を机の上に置き、両手をぎゅっと握りしめた。「どれだけの人がこれを読んでるんだ？」

　ロナは顔をしかめた。「そのウェブサイトによると一万二千人以上のフォロワーがいるそうよ」

　郡の人口の半分だ、とボーは思った。眼を閉じ、歯を食いしばった。もうすべて毒されてしまった……「まずいな」

31

「すばらしい」とサックは言い、ブログの投稿のコピーを机の上を滑らせて差し出した。

　グロリア・サンチェスはその紙を見つめていたが、触れようとしなかった。すでにその記事は読んでいて、胃のあたりの具合が悪くなった。「どうしてこの情報がヴァインの手に渡ったんでしょう？」

サックは両手のひらを上に向けて言った。「さあね。だがいただき物の詮索はするな。この郡が堕胎についてどう考えているかは知ってるだろ」

グロリアは両手を胸の前で組んだ。「あなたがリークしたんですか？」

サックが答える前に、地区検事長室のドアが大きく開いた。主任保安官補のフラニー・ストームが侮蔑に満ちた表情でずかずかと入ってきた。「あんたがスパイなのか？」とフラニーは言いながら、グロリアを押しのけて、サックの前に立つために机をまわり込んだ。

「わたしは知らない――」

「答えるのよ！」とフラニーは言い、サックの襟をつかんで立ち上がらせた。「われわれがブッチの家で見つけたプレスリリースに関する情報をヴァインに渡したのか？」

「してない」とサックは言った。声に冷静さを保つのに必死だった。「手を離すんだ、主任保安官補、さもないときみを暴行罪で訴えるぞ」

「やってみな」とフラニーは言い、握った手を離し、一歩後ろに下がった。彼女はグロリアのほうを向くと言った。「このことについて何か知ってたの？」

「いいえ」とグロリアは言った。首筋と顔が熱くなるのを感じていた。「わたしもあなたと同じようにこのことには頭に来てる」

フラニーは右手で拳を作り、左の手のひらに激しく叩きつけた。そのはじけるような音にグロリアは思わず飛び上がった。「スパイの正体を突き止めてやる、見つけたらタマを切り取って瓶に入れ、エルク・リバーに流してやる」

「それは性差別的な言い方じゃないかね？」笑みを浮かべるふりをしてサックが言った。

「くそったれが」とフラニーは言い、背を向けて去ろうとした。「ちょっといい、サンチェス？」


部屋の外の廊下で、フラニーは歯を食いしばるようにして言った。「あいつはこの状況を愉しんでる、違う？」

「泥のなかの豚みたいにね」とグロリアが言った。

「だれが手紙についてリークしたか心当たりはある？」

グロリアはドアに眼をやり、それからフラニーに視線を戻した。「一番得をするのは、あそこにいる間抜けね」

フラニーがふたたびドアに向かいだしたが、グロリアがそれを止めた。「やめて、いい？なんにもならない」グロリアはことばを切った。

フラニーは眼を細めて彼女を見た。「この裁判で検事長の補佐を務めるの？」

グロリアは唇を噛んだ。「まだ担当については話していないけど……」彼女は口ごもった。

「けど、何？」

グロリアは口を開きかけたが、何かを言う前に閉じた。顔は青ざめていた。

「どうしたの、サンチェス？」

グロリアは眼をそらすと、天井を見上げた。「ただ……ここで長く働けるとは思わない。噂では、サックは〝代行〟が外れると同時に大掃除をするつもりらしい」そう言うとため息をついた。「皮肉じゃない？ ルイス検事長を有罪にすることに成功したら、わたしは職を失うことになる」

フラニーは首を振った。「仕方ないよ」彼女は去ろうとしたが、肩越しにグロリアを見た。「それがほんとうにあなたを悩ませていることなの？ 今にも吐きそうな顔してるよ」

グロリアはまた下唇を噛んだ。彼女はブッチ・レンフロー殺害を知ってからずっと吐き気を覚えていた。「ええ、そうよ」

32

二〇一五年四月一日
即時リリース用

関係者の皆様へ

一九七七年十二月、当時わたしの婚約者だったヘレン・ルイスは中絶をしました。ヘレンはロースクールの三年目で、子供がいると、キャリアが始まる前に終わってしまうと考えたのです。彼女は中絶手術が終わるまで、そのことを子供の父親であるわたしに話しませんでした。

わたしは婚約、結婚、そして最終的に離婚に至ったあとも、三十八年間、彼女の希望でこの事実を秘密にしてきました。

この郡の人々は真実を知るべきです。

Frederick A. Renfroe
フレデリックA・レンフロー

ボーは手紙を読んだあと、その紙を滑らせて、テーブルの向かい側に坐るヘレンに差し出した。「タイプで打たれた名前の上にあるのはブッチのサインか？」

ヘレンはその紙に眼をやると、もう一度プレスリリースを読み、うなずいた。

「彼がこんなことをしようとしてるのを知っていたのか？」とボーは訊いた。その声には抗議の色がにじんでいた。

ヘレンはまばたきもせずボーを見つめた。「これはなんの証明にもならない」

「おれの質問に対する答えになっていない」

「あなたに話せるのはそれだけよ」

「オーケイ、ならブログを見てみよう。昨晩、投稿されたもので、もう少し詳しく書いてある」彼はファイルケースからホッチキスで留められた何枚かの紙を取り出すと、悠然とした口調で読みだした。「〝被害者はルイス検事長の中絶を暴露すると脅して殺されたと見られる。ジャイルズ郡保安官事務所の情報筋によると、月曜日の晩に自宅で惨殺されたフレデリック・アラン・〝ブッチ〟・レンフローは、元妻である被告人ヘレン・ルイス検事長の秘密を暴露すると脅したために殺されたことが明らかになった。一九七七年にヘレン・ルイスは中絶し、胎児の父親であるブッチ・レンフローがこの秘密をマスコミと、十一月の検事長選挙でルイス検事長の対立候補になるレジナルド・〝サック〟・グローヴァーに明かすと脅迫していたようだ。またわれわれの情報源は、被害者がルイス検事長の中絶を確認する手紙を残していたと述べている。もしほんとうなら、これは殺人につながる強力な動機となる。なぜならこの暴露によってルイス検事長の職が危機にさらされる可能性が高いからだ。現状では彼女が職を失うことは避けられない模様である。問題はルイス検事長が元夫を殺害したのかどうかということだ。論争の的となっているこの事件の続報をヴァインがお届けするのを愉しみに待ってほしい〟」

　ボーはその紙を金属製のテーブルに叩きつけ、依頼人を見た。「この情報はどこから来たんだ、検事長？」

　ヘレンは息苦しくなり、両手でテーブルをつかんだ。ようやく息を吐き出せるようになると、無理に平静を保とうとした。「ブッチの署名入りの手紙は伝聞証拠よ。ブログもそう。どちらも証拠にはならない。けど彼らは今、陪審員候補を毒そうとしている」彼女は首を振った。「じゃあどの葬儀屋を利用すればいい？〈カー＆アーウィン葬儀社〉はどう？　父も母も彼らに埋葬されたし、彼らはとても――」

「検事長、今はそんなことはどうでもいい」

「じゃあ、何が重要だというの？　サック・グローヴァーが裁判にその証拠を持ち出せるかどうかはともかく、ジャイルズ郡の半分はわたしが中絶したことを知っている。この郡の人たちがどう投票するかはわかってるでしょ」

　ボーはコンクリートブロックの壁を見た。

「まあ、とにかく教えてあげる」とヘレンは続けた。「バラク・オバマが地滑り的な勝利を収めた二〇一二年の大統領選挙で、テネシー州はミット・ロムニーを圧倒的に支持し、ジャイルズ郡では約七十パーセントが共和党に投票した」彼女は途切れがちな息を吐き出した。

「政策に関係なく、この郡は中絶には賛成しないし、どんな状況であれ、中絶した人物を決して支持しないという現実がある。わたしは自分の職にさよならのキスをすることになるだろうし、裁判はこの時点では形式的なものでしかない。死刑のための注射器を用意したほうがましよ」

「裁判地の変更を求めることもできる」

ヘレンは笑った。「どこへ？　カリフォルニア？　テネシー州はどこだろうとわたしたちには不利なのよ、ボー。南東部全体がそう。八方ふさがりなのよ。あなたにもそのことはわかっている」

ボーは両膝を叩くと立ち上がった。「気をしっかり持つんだ、検事長」そう言うとドアのほうに向かって歩きだした。「おれたちはまだすべての証拠を眼にしたわけじゃない。それにあなたの言うとおりだ。プレスリリースとブログの投稿は伝聞証拠だ。それらは証拠には採用されないし、その情報をマスコミにリークすることは典型的な二流どころのやることだ」と彼は言った。「予備審問が終わるまではパニックにならないようにしよう」彼は立ち止まった。「いいな？」

ヘレンはうなずいたが、その眼は不安に満ちていた。「ボー、あなたがひどく興奮してやってきたから、あなたの顔について訊くチャンスがなかった」

「どうかしたか？」

「乱闘で間違った側についたような顔をしてる」

ボーはニヤリと笑った。その朝、ウォルトン農場から戻ってきてから、彼はシャワーを浴び、ひげを剃り、カーキのチノパンツと青いボタンダウンシャツ、ネイビーブルーのブレザーに着替えていた。ネクタイはしていない。唇はまだ腫れていたが、それだけはどうしようもなかった。「おれのことは心配いらない」そう言うと、ドアを三回叩いた。

「これからどうするつもり?」

ボーの眼は怒りを放っていた。「ひと騒ぎやらかすさ」

33

ボーはノックもせずに保安官ハンク・スプリングフィールドのオフィスに押し入った。ハンクとフラニーが立ったまま、何かを話し合っており、彼を見て眼を大きく見開いた。

「いいか、ボー」とハンクが始めた。「きみが怒っている理由はわかっている。きみにはあらゆる権利が――」

「わかったようなことを言うな。それに権利についてもだ」ボーはゆっくりと部屋のなかに入ってきた。「おれの依頼人には公正な裁判を受ける権利があり、きみらの事務所のリークによってそれはほとんど不可能になった」彼は保安官をにらみつけ、それから若い保安官補にも同じ視線を送った。

「おれは裁判地の変更を申し立てるつもりだった。だがおれの依頼人はそんなことをしてもこの州ではなんの役にも立たないと言った。人々が中絶についてどう考えていようが、この問題は怒りを呼び起こす。中絶に賛同しない人々は彼女に対して偏見を持つだろう」

「だから陪審員の選定があるんだろう、ボー」とハンクは言った。どこか守勢にまわった口調だった。

「言いたいのはそれだけか？」彼はフラニーに一瞥をくれた。「きみはどうだ、主任保安官補（チーフ）？このリークの重大さがわかってるのか？」

フラニーは唇を噛み、彼の眼を見た。「いずれにしろ裁判で明らかになっていたわ」

ボーは鼻で笑った。「そこが間違ってるんだ、新人（ルーキー）。きみらがこれまでにリークした情報はすべて伝聞証拠にすぎない。中絶の事実とブッチがそれをばらすと脅している事実がなければ証拠にはならないんだ。だが今、ジャイルズ郡のだれもがすでに中絶のことを知っている。この事務所は井戸に毒を入れたんだ」彼はハンクのほうに向きなおった。「ハンク、保安官になってこれまで何をやってきた。エニスが保安官だった頃は腐敗だらけだったと思ったが……」そう言うと彼はドアのほうに向かった。

「ミスター・ヘインズ」フラニーはしっかりした口調でそう言った。「今回起きたことはほんとうに残念に思っている。スパイがだれなのかわかったら、個人的にはそいつが二度とこの事務所で働けなくなるようにするつもりよ」

ボーはニヤリと笑った。「それはいいことだ、チーフ。きっと依頼人も満足するだろう」

彼はふたりの返事を聞く間もなく、音をたててドアを閉めた。

34

保安官事務所の駐車場に着いたとき、ボーはポケットのなかで携帯電話が振動しているのに気づいた。腹が立っていたので、番号も見ずに出た。「ボーセフィス・ヘインズ」

「昨日の晩に起きたことを話し合う必要がある」アイルランド訛りが彼を立ち止まらせた。

「どうやってこの番号を知った？」

「それは重要じゃない」とフィンは言った。「重要なのは、ミスター・ザニックが今日お前に会いたいと言っていることだ。それどころかすぐにでも会いたいそうだ」

「忙しい」ボーは言い放った。「新しい事件で緊急事態が発生したんだ」

「なるほど、じゃあ、正午に六十四号線沿いにある〈サンダウナーズ・クラブ〉でおれとミスター・ザニックに会わなければ、別の緊急事態が発生することになるぞ」とフィンは言った。「不法侵入罪はあんたの子供たちの親権争いにどんな影響を与えるかな？」

胃がぎゅっと締まるような感覚を覚えた。ヘンダーソン家との親権争いは公的に記録されているとはいえ、フィン・パッサーがそのことを知っていることに唖然(あぜん)とした。ボーは携帯電話の一番上に表示された時刻を見た。午前十一時三十分。正午に銀行に行って、ブッカー・Tに対する融資についての条件を確認することになっていたが、あとまわしにするしかない。フィンに、〝地獄に落ちろ〟と言ってやりたかったが、怒りを押し殺した。「わかった」彼はようやくそう言った。すると手のなかの携帯電話はプツッと音をたてて切れた。

ボーは深呼吸をして、携帯電話をポケットに戻した。彼は振り返ると保安官事務所のビル――そこには拘置所とハンクのオフィスがあった――の色あせたレンガ造りの正面玄関に向かって引き返した。やはりフィン・パッサーのことを保安官に報告しようと思った。彼は昨晩、おれたちを殺そうとしたのだ。そして今、おれを脅迫している。

だがボーは、頭に浮かぶと同時にその考えを打ち消した。脅迫であろうとなかろうと、ボーとブッカー・Tが昨夜、私有地に不法侵入したことは事実だった。それにブッカー・Tは最近何度も不法侵入を繰り返していたようだ。ボーはこれ以上従兄弟をトラブルに巻き込みたくなかった。また今朝の出来事のあととあっては、保安官事務所を信用してよいかどうかもわからなかった。

それにマイケル・ザニックに拝謁する機会を得ることが愉しみでもあった。

ボーは、昨晩自分とブッカー・Tの命を救ってくれた謎の人物のことを考えながら、きびきびとした足取りで車に向かった。その人物のことをじっくりと考える時間はなかったものの、従兄弟と同様、彼もその人物に感謝していた。また知りたくもあった。その人物は昨日彼を尾行していたのだろうか？　あるいはブッカー・Tを尾行していたのだろうか？　それともそのヒーローはフィンに仕返しをしようとしていたのだろうか？

彼は車のドアを勢いよく開けた。浮かぶのは疑問ばかりだったので、答えを考えるのはあとまわしにするしかなかった。差し当たっては、やるべきことがあった。

数秒後、彼は六十四号線に向かって車を走らせていた。

35

午前十一時五十五分、ボーは〈サンダウナーズ・クラブ〉の砂利敷きの駐車場に車を止めた。日中のこの時間、駐車場にはほかに車は二台しかなく、いずれもピックアップトラックだった。ボーは、グローブ・コンパートメントを開けて、グロックを取り出すと、カーキのチノパンツの前に挟んだ。

砂利の上を歩いて店の入口に向かうと、思わず鳥肌が立ちそうになるのを感じた。この場所とは多くの因縁があった。そのほとんどは悪いもので、ストリッパーがらみではなかった。二〇一一年八月十八日、アンディ・ウォルトンが〈サンダウナーズ・クラブ〉から出てきたところを殺された。その四十五年前、ボーは、アンディ・ウォルトンと九人のKKKの仲間たちがウォルトン農場の空き地で、ボーの父ルーズベルト・ヘインズをリンチするのを目撃していた。プラスキのほとんどの住民は、ボーが父親を殺した男たちを裁くために人生を費やしてきたことを知っていたので、アンディが無残に殺されたと聞いて、だれもがボーが犯人だと思った。

ボーは起訴されたが、トム・マクマートリーとリック・ドレイクに助けられ、潔白を証明することができた。今、彼は〈サンダウナーズ・クラブ〉のコンクリートの壁とビールのネオンサイン——日中はくすんで見えるが、陽が落ちると明るく輝きだす——を見ながら、胸のなかに憎しみを抱いていた。ジャズとルーズベルト、そして彼の母親をあまりにも若くして奪ってしまったこの世界に対する憎しみを。四十五年間ものあいだ、悪の権化だと信じてきたアンディ・ウォルトンが自分の父親であることを知ったこの世界。

保安官事務所が、非常に著名ですぐれた市民のひとりに対して、陪審員に偏見を持たせるために、中絶のニュースを流すような世界。

そして金持ちのゲス野郎が小さな街にやってきて銀行を開業し、善良な人々に払いきれないほどの融資をして彼らの財産を差し押さえ、その人々が生涯をかけて働いて築いてきたものをすべて奪ってしまうような世界。そしてそのゲス野郎は十五歳の少女をレイプしておいて、逃げられるものなら逃げようとしている。なぜだ？

それがおれたちの住む世界だからだ。

ボーは砂利に唾を吐くと、銃のグリップに触れ、重い正面扉を押し開けた。

ボーセフィス・ヘインズがなかに入ると、〈サンダウナーズ・クラブ〉にはバーテンダーを除いて三人しか客はいなかった。フィン・パッサーは奥のテーブルにいた。彼は黒一色の服を着ているようだ。彼の隣に見覚えのない小柄な男がいた。その見知らぬ男がザニックに違いないと思った。ボーはフィンとアイコンタクトをした。長髪のZ銀行の保安責任者は、彼に近づくように仕草で示した。ボーはクラブのテーブルを縫ってジグザグに進みながら、中央の大きなステージにダンサーがひとりだけいることに気づいた。がっしりとした、胸の豊かな女性で、ステージから身を乗り出し、唯一の見物人に胸を擦りよせていた。ステージの横を通るとき、その客に見覚えがあることに気づき、思わず笑ってしまった。「クリート、あんたなのか?」

クリート・サーテインはダンサーから離れると眼を細めてボーを見た。テーブルの上のボトルから判断して、彼はこの店に到着してからもう何本もの〈ナチュラル・ライト〉を飲んでいるようで、その眼は輝いていた。彼は雪のように白いひげをなでた。ボーの記憶にあるかぎりでは、クリートは、そのひげと同じような色のふさふさした髪のおかげで、十二月にプラスキのダウンタウンで開催されるクリスマス・フェスティバルで、毎年サンタクロース役に選ばれていた。昔ほど太ってはいなかったが、もう八十歳を超えているはずだ。彼の顔を覗き込みながら、ボーはそう思った。

「ボーセフィス・ヘインズ」とクリートは言うと、微笑みながら立ち上がった。「こりゃ驚いた」

ボーはその男の手を握った。「ここで長い時間を過ごしてりゃ、そういうこともあるさ」

ボーがそう冗談を言うと、クリートは温かい笑い声をあげた。

「そのとおりだ」

「今も〈ジョンソン・フードタウン〉で働いてるのか？」

クリートは長年にわたって食料品店の店員を務め、その店の一部になっていた。「いや、去年の十一月に退職した。掃除をするのに背中が耐えられなくなったんだ」彼はひげをなでた。「カミさんと旅行でもしながら何年か過ごせると思っていたんだが、カミさんが一月に脳動脈瘤（りゅう）で倒れちまった」彼は顎を引いた。「地面に倒れ込む前に死んでいたよ」

「なんと言ったらいいか……」とボーは言った。「気持ちはわかるよ」

「ああ、知ってる」クリートはボーの肩をつかんだが、その力は弱々しかった。「ジャスミンのことは残念だった。彼女は店でいつも親切にしてくれた」

ボーはうなずくとステージに向かって微笑んだ。「よかったら教えてくれ、クリート、ここで何をしてるんだ？」

彼は顔をしかめた。「もうこの街にはだれもいない。息子の家族はここにいるが、わしのことなんか気にも留めていない。エドナがいなくなってしまって、話し相手がだれもいなくなったんだ」彼はステージをちらっと見た。「ジェスはいい話し相手だ」

「あまり話をしてるようには見えなかったがな」

「話してるさ」クリートは言い、またひげをなでた。「彼女がくるくるまわってるのは見せかけなんだ」彼は後ろのほうに首を傾げた。「ときどき、わしの顔におっぱいをこすりつけないと、ボスが怒るんだそうだ」彼は首を振った。「無駄なこった。ジョージ・W・ブッシュが大統領になったときから、少しも勃起しやしないんだから」彼は体を近づけ、声を低くして言った。ひげからビールのにおいがした。「後ろのふたりと何かあったのか？」

「まあそんなところだ」

「いいか、気をつけろよ。この街のだれもがあのガキのことを褒めそやすが、おれは、あいつは厄介者だと思っている」クリートは、今はささやくような声で話していた。「あいつがバークスの娘をレイプしたことに〈ナッティ・ライト〉を一ケース賭けてもいい」

ボーはクリートの肩を軽く叩いた。「アドバイスありがとう」彼は立ち去ろうとしたが、別のことを思い出した。「クリート、ここにはよく来てるのか？」

彼はまるで高度な計算でもするかのように天井を見上げた。そして、灰色の瞳を輝かせてボーを見た。「毎日だよ。日曜日は除いてだが。安息日は営業してないからな」

「わかった」とボーは言った。「また会おう、いいな？」

ボーは奥へと進んだ。歩きながら、スピーカーから流れてくる音楽がサー・ミックス・

ア・ロットの『ベイビー・ガット・バック』だと気づいた。肩越しに見ると、ストリッパーのジェスが八十歳のクリート・サーティンの前で尻を振っていた。

テーブルまでたどり着くと、ボーは立ち止まってふたりの男を見下ろした。昨夜のフィン・パッサーの言動と、三十分前の電話での脅迫を思い出し、アドレナリンが血管を駆け巡るのを感じていた。

フィンもうひとりの男も立ち上がらなかった。ふたりとも脚を組んで坐り、くつろいでいるように見えた。そのリラックスした様子がさらにボーを苛立たせた。

「来てくれてうれしいよ」とフィンが言った。右手にギプスをしており、左手でそれをいじくっていた。ボーのパンツの前から見えるグロックに眼をやったが、武器を見ても気にしていない様子だった。「ちょっと坐ってくれ、ミスター・ヘインズ。ミスター・ザニックが少し話があるそうだ」

ボーはためらいながらも、フィンに一番近い椅子に坐った。この位置からだと、テーブルの向かいにいるもうひとりの男を直接見ることができた。「じゃあ、あんたがマイケル・ザニックなのか？」とボーは訊いた。「あんたのことはよく聞いてるよ」

「わたしもです、ミスター・ヘインズ」ザニックは握手する素振りを見せなかった。代わりに、まるで生物学者が外来植物を観察するような眼でボーを見た。

「それでおれをここに呼びよせたのか」慎重にことばを選びながらボーは言った。「何が望みだ?」

　ザニックは何も隠すことはないというかのように両手のひらを広げた。その男の上唇には口唇裂の手術痕と思われる傷が残っていた。ボーは以前、口蓋裂の手術に失敗した医師を訴えたことがあった。そのとき、手術後に残る傷痕の写真を何千枚も見ていた。ザニックの傷痕もその例にあてはまるものだった。彼は茶色のブレザーの下にグレーのピンク・フロイドのTシャツを着ていた。服装だけ見ると二十代に見えたが、額のしわからはもっと年配であることがわかった。「昨晩、六十四号線沿いのわたしの土地で起こったことについて話し合いたい」

　ボーは右足を左足の上に置いて組んだ。「議論するほどのことじゃない。あの土地は以前はおれの従兄弟のもので、おれは彼がまだ所有していると思ってそこで会った。自分の間違いに気づいて立ち去ろうとしたら、そこの殺し屋に殺されかけた」ボーはことばを切った。「それにそいつは、おれのことを黒い(ボーイ)のと呼んだ。それはこの地域では侮辱的で人種差別的でもある」ボーはフィンをにらんだ。「そいつが武装していなくて、同じく武装したふたりの仲間を連れていなければ、おれはこいつの頭をこじ開けて、小便をしていただろう」

　ザニックは指先でテーブルを叩いた。「フィンの話だと、あなたとミスター・ロウは、だれかに武装をさせて助けさせたそうじゃないですか?」

　ボーはザニックの顔を覗き込んだが、その虚ろなまなざしからは何も読み取れなかった。

昨晩、だれが自分と従兄弟を助けてくれたのかは見当もつかなかったが、ここでそれを告白するつもりもなかった。「うまくいったよ」

「まあ……」ザニックはテーブルから体を離した。微笑んでいたが、その眼は生気がなく、なんの感情も抱いていないようだった。ボーには彼が怒っているのか、苛立っているのか、あるいは喜んでいるのかわからなかった。「どうやらわたしたちのあいだには、意思疎通の上での大きな齟齬があったようです」と彼は言った。「たしかにあなたの従兄弟のミスター・ロウがわたしの土地への侵入を繰り返してきたことを考えると、警察に訴えることもできますが、あなたがフィンの……強引な行為に眼をつぶり、新聞やメディアにもいっさい話さないことを条件に、こちらも眼をつぶることにしました」

ボーがフィンに眼をやると、長髪のけだものの首が真っ赤になっていることに気づいた。

「取引成立だ」ボーはザニックに眼を向けるとそう言った。気に入らなかったが、でっち上げの犯罪をまたひとつ記録に残したくないのもたしかだった。

「すばらしい」とザニックは言った。「ところで六十四号線沿いにあるあなたの土地のことを話しませんか。四百万平米の広さがあると理解していますが」

ボーは頭を振って、この若者が百八十度話題を転換したことに感心して見せた。「その前になぜここで会おうと思ったのか教えてくれないか？」ボーは人差し指で大きく円を描くように店内を示した。

「わたしが〈サンダウナーズ・クラブ〉を所有しているからです」ザニックはそう言うと、ほとんど人のいないスペースを見渡した。「そしてフィンがわたしに代わって経営しています」

「お忙しいようだな」ボーはフィンを見て言った。「さて、行くとしよう」とボーは言い、立ち上がった。

「六十四号線沿いの土地はいくらですか?」

ボーは眼を細めて小柄な男を見た。「売り物じゃない」

「すべては売り物です」とザニックは言った。

ボーは両手をテーブルの上に置くと身を乗り出して言った。「そう言えば、クールに聞こえるとでも思ってるのか?」

ザニックは自分の傷痕に指を走らせた。ボーの侮辱に気分を害していたとしてもそれを表には出さなかった。「あなたはうちの銀行の頭取を殺した女性の弁護をしてるんでしたよね」

「ああ、そのとおりだ」とボーは言った。「それにブッチはあんたの顧問弁護士だったそうじゃないか」

「彼もお忙しかったようですね」ザニックがボーのことばをまねて言った。

「銀行のブッチのオフィスを見せてくれないか? おれの事件に関する重要な証拠が見つか

るかもしれない」

　ザニックは顔をしかめた。「残念ですが、それは認めることはできません。保安官事務所の捜査には喜んで協力しますが、ルイス検事長の弁護士に便宜を図るつもりはありません。彼女の大ファンというわけじゃありませんからね」彼は椅子から立ち上がった。「土地を売る気になったら知らせてください」

　ザニックの隣で、フィンも立ち上がった。

　ボーは立ち去ろうとしたが、数歩歩いたところで立ち止まり、振り返ってふたりを見た。

「ミスター・ザニック、ブッチ・レンフローが殺された夜はどこにいた？」

「おっと、刑事弁護人殿はわたしにアリバイがあるか知りたがってるんですね」彼は両手を擦り合わせた。「《ロー＆オーダー》（米国の刑事・法廷ドラマ）みたいだ」

「どこにいた？」ボーはもう一度尋ねた。

「あなたの質問に答える義務はありません」ザニックはそう言うとテーブルをまわり込んだ。

「ですが今回は答えましょう」彼はボーに近づいた。今はテーブルとテーブルのあいだに立っていた。ザニックは身長百七十五センチ、体重は七十キロにも満たず、ジーンズに〈コンバース・チャックテイラー・オールスター〉という姿だった。「九時頃までここで飲んで、それから三十一号線沿いにある自宅で若い女性と飲んでいました」

「だれと？」

「キャシー・デュガンという女性です」

ボーは眼をしばたたいた。その名前には聞き覚えがあったが、すぐには思い出せなかった。

「ああ、あなたはキャシーを知ってるはずですよ」とザニックは言った。「ヒントをあげましょう」彼は間を置いた。明らかに愉しんでいた。「〈キャシーズ・タバーン〉です」

ボーは一瞬床を見下ろしたが、すぐに思い出した。キャシー・デュガンは〈キャシーズ・タバーン〉に長年勤めるバーテンダーだった。魅力的で、親切で……

……そして街のほとんどの人に知られている。ザニックにとってはこれ以上のアリバイはないだろう。

「ほかに質問は?」とザニックは訊いた。唇を歪めて満面の笑みを浮かべていた。

ボーは、この十六カ月間でプラスキの半分の土地を買い占めた男を見定めながら、自分のなかで憎しみが燃え上がってくるのを感じていた。「今はない」


ボーが〈サンダウナーズ・クラブ〉を出ていったあとも、マイケル・ザニックは立ったままだった。やがてフィンが近づき彼の横に立った。

「やつのことをどう思う?」とフィンが訊いた。

「災いの元だ」とザニックは言った。「だが計画をぶち壊すことはないだろう」彼はことばを切った。「それでもこの先しばらくは監視しておくのが一番だ。いろいろとつついてまわりそうだからな」

「わかった」とフィンは言い、ギプスをした手を上げた。「おれもやつには借りがある」

「仕返しの機会もあるだろう。だが今はまだ、監視するだけだ」

36

〈サンダウナーズ・クラブ〉から八百メートルほど車を走らせると、ボーはウォルトン農場へと続くゲート付きの私道に車を停めた。黒いゲートの正面には、金メッキの〝W〟の文字が今も残っていた。

　この土地をマイケル・ザニックに売るつもりはまったくなかった。彼がブッカー・Tにした仕打ちを知ったとあってはなおさらだった。だが、同時にこの土地をなんとかしなければならないとも思っていた。そしてできれば従兄弟が最善の活用方法を考え出してくれることを願っていた。

　ボーは深呼吸をした。この三日間で、彼は法律事務所を再開し、自身のキャリアで最も重要なものとなるであろう事件の弁護を依頼されていた。彼が検事長の弁護に成功すれば、世間の注目を浴びることだろう。彼の事務所も生まれ変わることができる。だがもっと重要なことは、尊敬する女性の容疑を晴らせることだった。ボーにはもうあまり友人はいなかったが、ヘレン・ルイスはそのひとりだった。

　だがはたして勝利することができるだろうか？

　ボーは車のギアを入れると、マイケル・ザニックのうぬぼれに満ちた表情を思い出した。助けが必要だ。ボーはそう思った。ロナ・バークスは今のところいい仕事をしてくれているが、ザニックやほかの容疑者候補の調査を手伝ってくれる人物が必要だった。

　五年間のブランクで、彼が当時使っていた私立探偵は、みな引退したか、この世を去っていた。このような大きな事件では、旧友のレル・ジェニングスを好んで使っていたが、レルも一年半前に殺されていた。

「ちくしょう」ボーは声に出してそう言うと、六十四号線に引き返した。が、三十一号線との交差点に差しかかったとき、何かを思い出した。パンツの後ろのポケットから財布を取り出すと、紙幣のあいだに名刺が挟まっているのが見えた。数日前から札入れのなかに入っていたので、文字が少し薄くなっていたが、名前と電話番号は確認できた。

　ボーは三十一号線に入ると路肩に車を停めた。電話をかけると、指でダッシュボードを叩いて待った。

　男は四回目の呼び出し音で出た。「フーパー」

　ボーは微笑んだ。「言ってたよな。お前さんを雇えばファーストネームを教えてくれるって」

37

ヘレンはレイプされた記憶を抑圧するためにできることをすべてやってきた。

自分自身を罰するのは人間の自然な姿ではない。警察官や検察官だった彼女は、愛する人に性的虐待を受けた子供たちが、そのような、卑劣で防ぎようのない犯罪の犠牲者であるにもかかわらず、性的虐待者との関係を維持しようとする現象を見てきた。子供たちのなかには、自分たちの純真さを奪った怪物に忠誠心や愛情を示す者さえいた。

セラピストはそういった〝閉合〟（不完全な対象を完全なものとして知覚する傾向のこと）について話してくれた。おそらく何人かの人は実際にそう感じるのだろう。だがヘレン・ルイスやそのほかの恐ろしい残虐行為の犠牲者の多くにとっては、生き延びるということは、〝否認〟に多くを依存しなければならないことを意味していた。その悲劇が、まるで他人に起きたかのように心を操作することだ。あるいはまったく起きなかったかのように。

それは健全なのだろうか？　ヘレンにはわからなかったし、気にもしなかった。性犯罪や中絶について意見を持つことは簡単だ。

つまり、自分や身近な人が被害者になるまでは。

もしトム・マクマートリーが生きていたら、自分は一九七七年の秋に起きたことを彼に話したろうか？　彼女はそんなふうにトムのことを考えるのが好きだった。彼女はトムを愛していた。彼は彼女が会ったなかで、最もやさしく強い男だった。

そして彼もまたわたしを愛していた……


ヘレンは折りたたみ式のベッドに横たわって天井を見つめていた。頬が涙で濡れていたが、拭おうとしなかった。

人生はこんなにも早く変わってしまうものなのか。

突然。あっという間に。文字どおり一瞬で。彼女は二十五年間の検察官生活でこのことを目の当たりにしてきた。ひとつの決断。ひとつ道を間違えることで。一枚の胸部X線写真で。

パチン。世界は反転する。

ヘレンは歯を食いしばると、今朝ボーに見せられたプレスリリースのことを思い出した。ふたりの秘密のはずだった。絶対に言わないとブッチは約束してくれていたのに……

ヘレンが子供を堕ろしたと告げ、ふたりは別れた。ブッチは、二度とヘレンをこれまでと同じようには見られないと言い、少なくとも自分に告げることもせずに中絶したことが信じられないと言った。彼は怒り、自分の子供なのかどうか疑った。性的な交渉を持ったときは必ず避妊していたのだ。彼は特にバーミンガムへの旅行について尋ね、そこでだれかと会ったのではないかと問い詰めた。

〈ヘレンは彼に真実を話したかった。その夜の記憶はぼんやりとしていたが、レイプ犯がコンドームを使わなかったことはわかっていた。

だがどうしても話せなかった。

一九七八年一月、彼女は一学期を残してロースクールを去った。卒業するための単位はすでに取っていたので、卒業式には出なかったものの無事卒業した。卒業証書は自宅に送られてきた。

数カ月間、旅をした。夏のインターンシップで貯めた金で、〈フォルクスワーゲン・ビートル〉に乗ってニューヨークに行った。一週間ほどマンハッタンに滞在し、ブロードウェイで《セールスマンの死》を観た。ヤンキースの試合を観戦し、レジー・ジャクソンがホームランを二本打つのを見た。最初で最後のディスコに行き、ニューヨーク大学の大学院生と踊った。

ディスコからホテルに帰る途中、路上でふたりの男に声をかけられた。ひとりがナイフを突きつけ、もうひとりが彼女のハンドバッグを奪おうとした。レイプ事件以来、ヘレンは必ず拳銃を持って外出していたので、男たちに銃を突きつけた。拳銃を眼にした凶悪犯ふたりがあとずさってひるむのを見て、彼女はバーミンガムに旅行して以来、初めて自信を覚えた。

ニューヨークのあとはラスベガスへ行った。自分にギャンブルの才能も情熱もないことを悟るまで愉しんだあと、カリフォルニアに車を走らせ、そこに一カ月間滞在した。ロサンゼルスの気候やエネルギーを存分に味わい、女性の社会進出に対してリベラルなこの州を好ましく思った。アパートメントを探そうと思うことも何度かあったが、結局はそうしなかった。その代わりに、ロサンゼルスからフロリダのキーウェストまで国を横断して車を走らせた。その道中、射撃場のある街では射撃の練習をし、アリゾナ州フェニックスから、フロリダ州マイアミまでのホテルの部屋ではテレビで《ダラス》のファーストシーズンを観た。

旅にも飽き、金も底をついたヘレンは、一九七八年の十一月にプラスキに戻った。ニューヨークでふたりの強盗を撃退したときの力を求めて、また父親の足跡をたどりたいと考え、彼女はジャイルズ郡保安官事務所に就職した。三年半のあいだで彼女はヒラの保安官補から巡査部長まで昇格した。拳銃の扱いに長(た)け、勘も鋭かったので、優秀な警官として勤め上げた。女性であることで軽んじられたり、見下されたりすることもあったが、その仕事が好きだった。バッジをつけたことを後悔したことは一度もなかった。それもあって、のちに検察官になってからも警察官への感謝を忘れることはなかった。だが自分が逮捕した容疑者の多くが不起訴になったり、起訴が取り下げられたりするのを見るうちに、組織の官僚的な側面に不満を抱くようになっていった。真の力は、裁判にかけるかどうかの判断を下す者にある。

地区検事長だけが正義を果たすことができるのだ。

一九八二年、ヘレンはノックスビルに戻り、テネシー州の司法試験を受けて合格した。数カ月後、彼女は第二十二司法管轄区検事事務所に検事補としての職を得た。

一九八三年、彼女はプラスキに戻ってきたブッチと偶然再会した。その後も何度か偶然出会う機会があったあと、彼は、ヘレンのことを忘れられないでいると告白した。ヘレンはレイプ事件以来、男性と付き合ったことはなく、献身的なブッチに好意を抱いた。正直なところ、ほかの男性といっしょになったらどうなるのだろうと恐れている面もあった。

一九八四年、ふたりは結婚した。だが、彼女には結婚式のときから自分たちがうまくいかないとわかっていた。

ブッチは誠実だったが、意志が弱く、人に操られやすかった。

結婚期間中、中絶について話すことはなく、子供を授かることが難しいとわかったときに、何度かほのめかすことがあっただけだった。ブッチの弱さにもかかわらず、ヘレンはふたりの離婚の原因の多くは自分にあるとわかっていた。彼女は検事長として力を得ることを渇望していたが、法廷での支配欲がやがて結婚生活にも及んでいったのだ。結局、ブッチはこの〝覇権争い〟を繰り広げることに耐えられなくなった。酒に溺れるようになり、やがて浮気をするようになった。

ヘレンはため息をついた。この孤独な思い出の連鎖によって自分を苦しめるのにもうんざりしていた。彼女はベッドに腰かけると、向かいのプレキシガラスの窓に映る自分の姿を見つめた。

二〇一五年四月一日の夜、ブッチの家にいたときのことを考えようとするものの、レイプのときの記憶と同じように、映像が浮かんだり消えたりした。ブッチが酔っぱらって、力なくソファに坐っている姿が眼に浮かんだ。血管のなかにそのときの怒りと苦々しさを感じることができた。手にした銃の金属の冷たさを感じることができた。

リボルバー、と彼女は思った。殺害のあった日の翌日、彼女のグローブ・コンパートメントにその銃がなかったことを思い出した。彼の家に置いてきたのだ。彼女はそう思った。そしてそのことが予備審問で明らかになったら……

……終身刑ならまだましかもしれない。

監房のなかを見まわし、憂うつな気分になっていた。自分が一九七七年にした選択のことを考えた。自分がついた嘘。自分が傷つけた命。そして横向きに寝転がり、眼を閉じた。

わたしは自分のいるべきところにいるのだ。

38

二〇一五年四月五日午後四時五十五分、業務終了の五分前、グロリア・サンチェスはジャイルズ郡保安官事務所に入ってきた。彼女は検事長に、自分の犯した罪を自白させるために丸三日を与えた。その間、彼女のヒーローであり、師でもある人物はずっと拘置されていた。

彼女はそろそろヘレン・ルイスも裁判に勝つという望みをあきらめる頃だろうと予想して

いた。彼女の弁護士ボーセフィス・ヘインズ——街で一番の弁護士として広く知られていた——が進むことの無益さを彼女に納得させたことだろうと。

　だが自白の代わりに被告側から届いたのは、証拠開示と予備審問の申立てだけだった。どう考えても、検事長は裁判で闘う気でいるようだ。

　グロリアは、ルイス検事長の首席検事補として仕えた三十六カ月間に知り合った保安官補、巡査部長、警部補にうなずきながら、受付デスクを通り過ぎて狭い廊下を大きな足取りで歩いた。ヘレン・ルイスからは多くのことを学んでいた。事件の見極め方。その強み。弱み。そして最も重要なのはテーマだった。その事件は何に関するものなのか？　多くの犯罪ではテーマは犯行動機と一体である。復讐。強欲。憎悪。愛。

　グロリアはまた、検察官に求められる労働倫理も学んだ。何時間もかけてテーブルの上にある事件の事実関係やあらゆる証言および資料の内容を記憶した。知識だけではだめだ。検察官が仕事をするためには、何ひとつ漏らすことなく、充分な準備をしなければならないのだ。

　最後にヘレン・ルイスは決断することの重要性をグロリアに教えてくれた。司法取引をするか、裁判をするか。証拠開示の要求に応じるか、自身の立場を譲らないか。難しい証人に反対尋問をするか、パスをするか。準備をしなければならない。必死で働かなければならない。そして必然的に、それぞれのケースで選択を迫られる。行動指針を決めるのだ。そこから逃げることはできない。隠れることもできない。結局のところ自分で選択しなければならないのだ。

グロリアは検事長の厳しい声を心のなかで聞きながら、廊下を進み、主任保安官補のオフィスに向かった。ドアの前に着くとためらうことも、ノックをすることもしなかった。ドアノブをまわしてオフィスに入ると、フラニー・ストームがしかめっ面で彼女と眼を合わせた。主任保安官補は電話をしていた。彼女は受話器を手で押さえた。「何の用、サンチェス?」

「わたしがスパイよ」とグロリアは言った。その声は揺るぎなかった。

「なんですって?」とフラニーは言った。別れも告げずに電話を切っていた。

グロリアは胸の鼓動の速まりを感じながら、フラニーのデスクに一歩近づいた。「わたしがスパイよ」彼女は繰り返した。「プレスリリースをカジミールズ・ヴァインにリークしたのはわたしよ」

第三部

39

テネシー州プラスキ、二〇一五年五月二十四日

「全員起立!」とリカルド・キャシディが言った。ひどい風邪のせいかかすれ気味の声だった。

ボーとヘレンは弁護側席で立ち上がり、スーザン・コナリー裁判官が判事席へと大きな足取りで歩くのを見ていた。彼女はダークブラウンの髪色をした四十代後半の小柄な女性だった。裁判官になる前はやり手の刑事弁護人で、ヘレンとも何回か法廷でやりあったことがあった。ヘレンはこれまでもずっとコナリーの労働倫理と抜け目のなさを高く評価していた。安堵のやわらかなため息をつきながら、ヘレンは、自分の事件の裁判官にコナリーを引き当てたことは、ハロルド・ペイジを引き当てるよりははるかによい結果だと思った。この地区には裁判官はふたりしかおらず、有能で公正な裁判官か、怠惰で頭の弱い間抜けのどちらに当たるかは、コインを投げて決めるようなものだった。ヘレンはこのコイントスに勝てたことを喜んでいた。

判事席に着くと、コナリー判事は青いファイルフォルダーをつかみ、その表紙をちらっと

見てから、しっかりとした声で言った。「テネシー州対ヘレン・エヴァンジェリン・ルイス」彼女は顔を上げた。「当事者は全員揃っていますか?」

「はい、裁判長」とサック・グローヴァーが言った。彼の甲高い、ゆっくりとした話し方に、ヘレンは思わず歯を食いしばった。彼女は検察席を覗き込み、保安官ハンク・スプリングフィールドと主任保安官補フラニー・ストームが検察側チームの一員として参加しているのを確認した。ヘレンは、いつも彼女の最高のアシスタントであり、検事局のなかでも抜きんでて優秀な検事補であるグロリア・サンチェスの姿がないことに驚いた。

グロリアのわたしへの忠誠心が仕事の邪魔になるとサックは考えたのだろう、とヘレンは思った。

「はい、裁判長」ボーが立ち上がり、ジャケットのボタンをかけながら言った。大きくはっきりとした彼のバリトンボイスが響き渡る。

「いいでしょう」判事はそう言うと、立ち上がって訴訟当事者たちの後ろの傍聴席を見た。

「今朝はかなりの数の報道陣や傍聴人が来ているようですね」ヘレンが裁判官の視線の先を追うと、法廷の一階の席はほとんど埋まり、バルコニーにも何人か傍聴人がいた。「覚えておいてください」とコナリーは続けた。「この予備審問では写真の撮影は禁止されています。そしてもし電話が鳴ったり、振動したり、どんな音でもたてた場合は、サンダンスに携帯電話を没収してもらい、持ち主を法廷侮辱罪で投獄します」彼女は一瞬間を置いた。「理解いただけましたね」

周囲を見まわし、数秒間の沈黙を認めたあと、コナリー判事は検察席を見た。「グローヴァー検事長、始めてください」

その後、七時間にわたってサック・グローヴァーはヘレン・ルイスに対する検察側の証拠を展開した。ボーはそれを見ながらメモを取った。サックが事務所の外の歩道でヘレンに対する証拠は〝圧倒的〟だと警告していたのを思い出さずにはいられなかった。

そのとおりだった。

被害者の胸腔（きょうくう）内に留（とど）まった銃弾の破片から、郡の検察医メルヴィン・ラグランドは、ブッチ・レンフローの死因が44マグナム・リボルバーによる二発の銃創、すなわち頭部と胸部への各一発であるとの見解を述べた。ラグランドはさらに、遺体の温度と死後硬直の度合いから、被害者の死亡推定時刻が二〇一五年四月一日の午後九時から二日の午前零時までのあいだであると証言した。ラグランドはまた、ブッチ・レンフローの顔、肩、胸に赤紫色のあざが多数あり、これがリボルバーによるものだとの見解を述べた。彼はその傷が、被害者が撃たれる前につけられたものか、あとにつけられたものかを特定することはできないと語った。

スプリングフィールド保安官は、保安官事務所による被告人の自宅、車両、事務所に対する捜索と彼自身の個人的な知識から、ルイス検事長が44マグナム・リボルバーを所有していたが、その所在が不明であると証言した。さらに被害者の家ではいかなる種類のリボルバーも見つかっていなかった。ブッチ・レンフローが持っていた銃は散弾銃一丁とライフル二丁だけだった。

次に登場したのは、ボー自身もときどき利用したことのある地元の射撃場のオーナー、ダグ・ブリンクリーで、殺人のあった夜に検事長が射撃場に来たことと、それまでに何度もしてきたように、彼女のために営業時間外に射撃場を開放したことを証言した。検事長が44マグナム・リボルバーを持っていたかどうか尋ねられると、ブリンクリーは引きつった笑顔で答えた。「スミス&ウェッソン四四口径。銃身の短いスナッブノーズであることを除けばダーティ・ハリーみたいなやつだ」

傍聴人の笑いはなかった。ボーはクリント・イーストウッドの映画は全部見ていたので、ブリンクリーの言ったことはよくわかっていたが、無表情を保った。相手に汗をかいているところを見せるなと、教授はいつも言っていた。ブリンクリーは検事長が銃を撃つところを何度か見たことがあり、彼女がリボルバーで恐ろしく正確な射撃をしていたと証言した。

「二〇一五年四月一日の夜、彼女は四四口径を撃っていましたか？」

ブリンクリーは咳払いをすると、大きく見開いた眼で弁護側席を見た。「はい。翌朝戻って、彼女が撃った標的を見ましたが、彼女が撃ったのはすべて四四口径だったようでした」

次の証人はボニータ・スペンサーだった。彼女は、午後九時過ぎから十時前までのあいだに、ブッチ・レンフローの家の外に黒い〈クラウン・ビクトリア〉が停まり、ルイス検事長が車から降りて、家の横にまわり込むのを見たと証言した。また彼女は三十分後に窓の外を見たときには車はなくなっていたと証言した。

反対尋問でボーは、午後九時以降にミスター・レンフローの家の近くの通りでほかに車や人を見かけたか尋ねた。

「えーと、ニュースのあとに十時三十分には寝てしまったの。ほかに覚えているのはブッチの家の前をトラックがのろのろとしたスピードで走っていたことくらいかしら」

「それは何時頃でしたか？」とボーは訊いた。胸に希望のうずきを感じていた。

「たぶん、十時十五分かそこら？　寝ようと思ってカーテンを閉めたときだから、十時十五分から三十分頃だったと思う」

「トラックの運転手は見えましたか？」

「いいえ、ガラスに薄く色がついていたから」

「車の色は？」

彼女は天井を見上げながら、時間をかけて答えた。「青か黒のどちらかだったと思う。たぶん黒、暗い色のトラックだった」

「その車についてほかに何か覚えていることはありますか？」

「ええ」と彼女は答えた。「後ろのガラスに南部連合旗のステッカーが貼ってあった」

「南部連合旗？」ボーは心のなかでそのシンボルを思い浮かべながら尋ねた。「赤い背景に青でXとあったということですか？」

彼女は顔にしわをよせて答えた。「そうだと思う。窓からは車や人がよく見えるんだけど、そのステッカーは小さかった。背景が赤かどうかわからない。もっと暗い色だったような気もするけど、Xとあったから、南部連合旗だと思ったの」

「そのトラックのことでほかに何か覚えていることは？」

彼女は首を傾げた。「いいえ、そのトラックがブッチの家の前を通り過ぎるとき、すごくゆっくりと走っていたことくらいね」

昼食のための短い休憩のあと、午後は指紋とDNAに関する証拠から始まったが、これも弁護側には不利な証拠だった。フラニー・ストーム主任保安官補は、被害者宅の指紋採取で通用口のドアノブと被害者のシャツの袖の指紋が、被告人の指紋と一致したと証言した。家のなかで見つかった指紋は、被害者、被告人、そして被害者の隣人テリー・グライムスのものだけだった。グライムスはブッチが朝のトレーニングに現れなかったことから被害者宅を訪れ、遺体を発見した人物だった。さらにフラニーは、遺体が発見された居間から血液、髪の毛、皮膚片が発見され、被告人の車や衣服から微小な血液が発見されたと証言した。彼女は、DNAに関する証拠はすべてナッシュビルの法医学研究所に送ったと言った。

次にフラニーは、保安官事務所による被害者の自宅、車、衣服の捜査について簡単に説明し、ブッチ・レンフローのPCと財布がなくなっていたとまとめた。

最後にフラニーは、ブッチ・レンフローの自宅の金庫からプレスリリースを発見したことを証言した。ボーが伝聞証拠であるとして異議を申し立てたものの、裁判と違い、予備審問では証拠に関する規則がより寛大であることから、フラニーはその手紙を読み上げることを認められた。

サックがフラニーにこれ以上質問はないと言ったとき、ボーは検察側がこれで終わりだと告げると思っていた。彼らは相当な理由――裁判官が大陪審に送致する際の基準――に対し、明らかに充分すぎるほどの証拠を持っていた。

「ほかに何かありますか、グローヴァー検事長」コナリー判事が尋ねた。

「追加証人が一名います、裁判長。州はミズ・グロリア・サンチェスを証人として喚問します」

過去三年間、自分の右腕であった首席検事補が、両開きの扉を通って証人席に着くのを見たとき、ヘレンは体のなかから空気が抜けてしまったような気がした。彼女は自分の弁護人のほうをちらっと見た。ボーは、これはいったいどういうことだと尋ねるように眉を上げた。

ヘレンは肩をすくめると、証人に視線を戻した。

グロリアが宣誓を終えると、サックはグロリアが被告人の下で働いている地区検事補であることを手短に説明した。そして本題に入った。

「ミズ・サンチェス、あなたは二〇一五年四月一日に被害者と被告人が会話しているのを目撃しましたか？」

「はい」とグロリアが答えた。ヘレンは腕の毛が逆立つような感覚を覚えた。聞いていなかったと言っていたのは嘘だったのだ。

「その会話はいつ、どこで行なわれたのですか？」

「この法廷で、午後二時頃に」

サックはあえて間を置いた。明らかにこの瞬間を愉しんでいた。「あなたが見たこと、聞いたことをこの法廷に説明してください」

ボーは、伝聞証拠であると異議を唱えようとして立ち上がりかけた。が、ヘレンが彼の手の上に手を置いた。「だめ」と彼女はささやいた。「わたしは聞きたい」

「わたしはちょうどペイジ判事の部屋から出てきたところでした」グロリアは話しだした。「マイケル・ザニックのレイプ裁判の陪審員説示に関する草案を届けてきたのです。検事長がここで裁判の最後の準備をするのが好きだということを知っていたので、判事室の扉から法廷に出ることにしました。法廷に入ったとき、叫び声が聞こえました」

「だれの声ですか？」

「ルイス検事長が陪審員席に立っていました」グロリアは陪審員席の十二脚の作り付けの椅子をまっすぐ指さした。「彼女は傍聴席にいる男性に叫んでいました」

「彼女はなんと言っていましたか？」

グロリアは唇を舐めてから、ちらっとヘレンを見た。そのとき、ヘレンには検事補の眼に怒りが浮かんでいるのがわかった。「その……よくは聞き取れなかったのですが、その男性は、一九七七年十二月に彼女がしたことについて、ファースト・バプテスト教会の彼女の支持者が聞いたらどう思うかと尋ねたところでした」

なんてこと、ヘレンは心のなかでつぶやくと、振り返って法廷の窓を覆うワインレッドのカーテンを見つめた。彼女はその厚く、流れるようなカーテンのひだを見るといつも、その完璧な装飾に、自分が法廷ではなく、劇場かオペラハウスにいるように感じたものだった。それはたしかに今繰り広げられているドラマにぴったりだった。グロリアは一部始終を目撃していたのだ……

ヘレンは、ザニックに対する起訴を取り下げたら黙っているとブッチが約束したこと、そして自分を脅迫するのかと、ヘレンが言い返したことをグロリアが説明しているあいだ、歯ぎしりをしながらそれを聞いていた。

「そのあとは何がありましたか？」とサックは尋ねた。

「男はわたしに聞き取れないことばを何かささやきました」とグロリアは言った。「それから男が脅しました」

「彼はなんと言って脅したのですか」

「もし彼女が裁判の冒頭陳述が始まるまでにザニックに対する起訴を取り下げない場合、サック――つまりあなた――にすべて話すと言いました」彼女は唇を舐めた。「彼はほかにも〈プラスキ・シチズン〉と地元のすべてのラジオ局やテレビ局に送るプレスリリースを用意したと言っていました。それも冒頭陳述が始まった瞬間に配布すると。そして彼はザニックを起訴することに彼女のキャリアのすべてを賭ける価値があるのかと訊きました」

サックは優に二秒待ってから、次の質問をした。「それから何があったんですか？」

「検事長は怒り、叫びました。フレデリック・アラン・レンフロー、と」グロリアはすばやく息を吸った。「するとミスター・レンフローは、すまない、でもこれしかないんだ、と言いました」

「それから？」

「検事長は、はったりだ、と言いました。彼に自分を脅迫する勇気などない、と」グロリアはことばを切った。「するとミスター・レンフローは、自分もこれがはったりであってほしい、と言いました」

「それからどうなったのですか、ミズ・サンチェス？」とサックは訊いた。そのかすれ気味のゆっくりとした話し方が法廷じゅうに響いた。

「ルイス検事長が彼に向かって叫びました」

サックは証人席に近づき、小さな声で言った。「被告人はなんと叫んだのですか?」

グロリアは向きなおると、まっすぐヘレンを見た。「彼を殺すと言いました」

「正確にはなんと言ったか覚えていますか、ミズ・サンチェス?」

グロリアはうなずくと判事に目を向けて言った。「彼女は言いました。『神に誓う、ブッチ、イエス・キリストが証人よ。あんたを殺してやる』」

40

サック・グローヴァーがこれ以上証人はいないと言い、ボーが弁護側はなんの証拠も提示しないと告げると、コナリー判事はあえて休廷を命じることはしなかった。代わりに彼女は咳払いをひとつすると、裁定を下す準備ができたと言った。

「本日、検察側が提出した証拠を検討した結果、本法廷は、二〇一五年四月一日に、被告人ヘレン・エヴァンジェリン・ルイスがフレデリック・アラン・レンフローを不当に死亡させた第一級殺人を犯したと信じる相当な理由があると認定します」と彼女は言い、当事者らに眼をやった。「これによりこの事件は大陪審に送致されます」

一時間後、拘置所の面会室で、ボーは大敗したあとのロッカールームの雰囲気を思い出していた。彼とヘレンはふたりともコンクリートの床を見つめていた。

「たぶん明日の朝に話し合ったほうがいいだろう。すべてのことを整理したあとに」

ヘレンは微笑んだ。まだ床を見つめていた。「陪審員に証拠についてひと晩考えさせてはならない。わたしたちもよ」ようやく彼女は顔を上げた。「わたしを見て」

ボーは言われたとおりにした。

「どう思う？」とヘレンは訊いた。

「今聞いた話に基づけば、陪審員はあなたを有罪にして死刑を宣告するでしょう」と彼は言った。「あなたはどう思う、検事長？」

「同じよ」と彼女は言った。

ボーは立ち上がった。「検事長、何が起きたのかあなたの口から聞く必要がある。わたしたちは今、検察側の語る事件を聞いた。そしてそれは圧倒的なものだった。妊娠中絶の暴露が彼らの考える動機であることはわかっていたが、それらは伝聞証拠でしかないと考えていた。だが、彼らは、あなたの信頼する部下であるサンチェスに、あなたが中絶をネタに脅迫されたことからブッチを殺すと脅していたのを直接目撃していたと証言させた。だから……」彼は両手を叩き合わせた。「あなたは殺人のあった夜にブッチの家に行ったことはすでに認めている。ボニータ・スペンサーは午後九時から十時のあいだにあなたがそこにいたと言った」彼は歩き始めた。「何があったんだ？」

ヘレンは唇を噛んだ。が、沈黙したままだった。

「何があったんだ？」ボーは言った。もう興奮を抑えることができず、声を荒らげた。「あなたが彼を殺した、違うのか？」彼はテーブルまで歩くと、両手をその上に置いた。「あなたはブリンクリーの射撃場に行って、四四口径で二時間ほど射撃練習をした。そしてブッチの家に行き、縁石に車を止めて、通用口にまわった。長年彼と結婚していたことから、彼が通用口のドアを開けているだろうと知っていた。それから彼に二発ぶち込んでから、彼の哀れなケツを銃で殴った」ボーはニヤリと笑った。「それとも先にリボルバーで殴ってから撃ったのか？　メルヴィンはわからなかったようだが、教えてくれないか？」

「あなたはどう思うの、弁護士さん？」

「今言った。今日聞いた話から判断すると、おれたちは完全に、百パーセント、クソまみれだ」

「別の弁護士を雇う必要があるみたいね。あなたには挑戦する気がないみたいだから。ゲームからあまりにも長く離れていたせいで軟弱になってしまったようね」

ボーは歯ぎしりをしてから言った。「そんな弁護士はいない。F・リー・ベイリーもジョニー・コクラン（O・J・シンプソン裁判で被告弁護人としてリーダー的役割を担った弁護士）もいない」彼はことばを切った。「トム・マクマートリーもいないんだ。あなたが自分の口で話してくれなければ、だれもあなたを助けることはできない」

「話すわ」とヘレンは言った。「でも今じゃない。わたしはとても疲れてるの、いい？　明日の朝、また来て」

ボーは険しいまなざしで彼女を見つめた。「明日聞こう。だが考えなければならないことがある」

「何？」

「サックの提案してきた仮釈放なしの終身刑は今のところかなりいい条件に思える。もし毛髪の法医学的分析によってあなたがあの家にいたことが証明され、あなたの車にあった血液がブッチのものと一致したら……」彼のことばはしだいに小さくなっていった。

ヘレンはボーの険しいまなざしを見つめ返すと、両手をテーブルに置いて立ち上がり、胸の前で腕を組んだ。「その取引を受けるつもりはないわ、ボー。そしてあなたはそのことを知っている。すべてかゼロかよ」

ボーはうなずいた。「もしそうなら、少し休んで明日の朝一番にすべてを話す準備をしておいてくれ」彼はドアまで歩くと、拳で三回ノックして警備の警官を呼んだ。「そうしてくれないなら、おれは辞める。おれがこの仕事を引き受けた以上は、あなたにおれたちの勝利を邪魔させるわけにはいかない」

「わたしを脅すのはやめなさい」

「明日だ」警官がドアを開けるとボーはそう言った。

41

ボーは事務所に戻ってもまだ腹を立てていた。午後六時近かったが、ロナはまだデスクでコンピューターに向かっていた。彼がロビーに入ってくるとタイプする手を止めた。

「聞いた」と彼女は言った。「残念だわ」

「予想していたことだ」

「わかってる……証拠がかなり不利だとは聞いてた。裁判所職員のスー・バーンズと親しくなったの。電子申請のやり方を教えてくれた。彼女には薬物依存症治療中の弟がいて、わたしにも何かとよくしてくれるの。この街でわたしにチャンスをくれる数少ない人のひとりよ。あなたを除いてってことだけど。とにかく、彼女が言うには、裁判所で流れている噂だと、今日サック・グローヴァーが提示した証拠によれば、ルイス検事長が彼を殺したのはほぼ間違いないそうよ」

「それはおおげさでもなんでもない」とボーは言った。自分の声に敗北の色を聞いていた。

「何があったかを検事長が話してくれれば、どうにかなるかもしれない。切り口があるかもしれないんだが」

「彼女が殺したのかもしれない」ロナは穏やかな口調でそう言うと、机の上に視線を落とした。

「かもしれない」とボーは言った。彼はコンピューターを見た。「新たな自動車事故の訴状をドラフトしてるのか?」

彼女は顔をほころばせた。「ええ。ほかにも仕事があるっていうのはうれしいわね。もう勝ったみたいな気分」

「どうかな」とボーは言った。だがボーもふたたび事件リストを作り始めることがうれしかった。先週、四月にクリート・サーテインといっしょにいるところを見た〈サンダウナーズ・クラブ〉のダンサー、ジェス・レイノルズが九丁目通りとカレッジ通りの交差点で後続車に追突されたと訴えてきたのだ。彼女は事故で口のあたりを強く打って、むち打ちになってしまい、助手席に乗っていた十五歳の息子は腕を骨折していた。世間を騒がせるような事件ではなく、明らかに自動車保険の範囲内の事故で、ボーの勘が正しければ、治療費がそれぞれ二万五千ドルから五万ドル、和解金は三十万ドルになるだろう。悪い話ではないし、クリートに夕食をおごってお礼をしてもいいだろう。子供たちとの旅行から戻ってきたらそうするつもりだった。それにマイケル・ザニックとフィン・パッサーの件でクリートと話をする必要もあった。

「明日は海に行くの?」とロナが訊いた。

「昼食を取ったら、ハンツビルにライラとT・Jを迎えに行って、それからフロリダのデスティンでメモリアル・デーの週末を過ごす」

「そこでわたしが言った証人候補に会うのね？」

ボーはうなずいた。「日曜日の午後にダーラに会う。彼女が力になってくれるといいんだが」

「ダーラほどプラスキの秘密について詳しい人はいない。彼女はわたしがこれまで会ってきたなかでも一番頭がいい人よ」

「うまくいきそうだ。いいか、今日はもう遅い。帰ったほうがいい」

「この訴状を書き終えたらすぐ」

ボーは微笑むと首を振った。「きみは機械（マシン）みたいによく働くな」

しばらくすると、ボーは事務所の書斎にいた。彼はそこを寝室に改造していた。隅のミニ冷蔵庫から冷えた〈イングリング〉を取り出すと、夜はベッドになる折りたたみ式のソファに横たわった。冷たいボトルを額に押し当て眼を閉じた。明日の朝、検事長は自分をクビにするんじゃないかと思いながら。

もし彼女が、何があったかを教えてくれないならおれは事件から降りる。

「ボー？」

　彼が顔を上げるとロナが戸口に立ち、両手を合わせて握りしめていた。「ひとつお願いがあるんだけど」

「なんでも言ってくれ」

「来週の火曜日の午後、マイケル・ザニックのレイプ事件の和解に関する審理がある。サック・グローヴァーからも検察のだれからもそのことについて知らされてないの。ザニックが検察を買収して逃げおおせようとしてるんじゃないか心配なの。彼とグローヴァーは仲がいいから」

「通常、裁判は被害者が同意しないかぎり、司法取引にも取り下げにもならない。判事はだれだ？」

　彼女は顔を曇らせた。「ペイジよ」

「くそっ」

「ええ、彼は信用できない。彼はこの事件を和解させたいんだと思う。ときどき、街全体がこの事件を終わらせたがっているような気になる。特に〈ホシマ〉が、この事件が解決するまで、工場進出の契約のサインを遅らせていることを考えると」

　ボーはビールをひと口飲んだ。キリッと冷えていた。「お願いというのは？」

「和解の審理に出てくれない？　ザニックを民事で訴えることも考えてる。マンディの弁護士になってくれない？」

ボーはボトルからもうひと口飲むと息を吐いた。「必ず行くよ」さらにもうひと口飲むと、ボーは彼女にうなずいた。「彼女の代理人も引き受けよう。だがまずは刑事事件の成り行きを見守る必要がある。ザニックに対する民事訴訟は、刑事裁判が終わってからにしたい。もしそれ以前に民事訴訟を起こせば、ザニックの弁護人はマンディの狙いは金だと主張するだろう。おれはそういったケースをいくつも見てきた。有罪の可能性に壊滅的な打撃を与えることになりかねない」

「オーケイ、あなたの言うとおりね」彼女は身を乗り出して、彼の首をハグした。香水の香りがした。それは新鮮なイチゴを思い出させた。「ありがとう」

「どういたしまして」

ロナは去ろうとしたが、戸口でふたたび立ち止まった。「レイノルズの訴状はあなたの椅子の上に置いてあるから」

ボーは彼女に敬礼をした。ロナは廊下をゆっくりと歩いていった。一分後、彼は玄関のドアが開いて閉じる音を聞いた。彼女は去っていった。

ボーはビールを持って廊下を進み、自分のオフィスまで行くと椅子に置いてある訴状を手に取った。しばらくその書類をチェックしたあと、それを表現することばがひとつしかないことを悟った。「完璧だ」彼はつぶやいた。書類とオフィスにかすかなロナの残り香がした。

彼は書類の一番上に〝提出ＯＫ〟と書き、真っ暗になったロビーのほうに重い足取りで歩いた。ロナは帰るときに電気を消していた。訴状をロナの机の上にある処理済みのボックスに入れると、ビールをもうひと口飲んだ。

ボーは、訪問者に話しかけられるまで、ロビーに男が坐っていることに気づかなかった。

「夜は鍵をかけたほうがいいぞ」

ボーは急に振り向いたので、手にしていたビールが泡立ち、ボトルからこぼれてしまうところだった。「だれだ？」

灯りの消えた部屋のなかで、ボーに見えたのは男の影だけだった。だがその声には聞き覚えがあった。「おれがわからないのか？」

「暗くて見えない」

男は立ち上がると光のなかに足を踏み入れた。薄い赤色の髪をクルーカットにし、きれいにひげを剃っていた。その姿は、かつて法執行者だった男とは似ても似つかぬものだった。声と……おそらく眼だけはかつてのままだ。それはどちらも冷たく穏やかだった。ボーは、エニス・ペトリーならガラガラヘビを踏みつけても、自分を咬まないように説得できるだろうとずっと思っていた。

「エニス？」

男はうなずいた。

「図太い神経してるな」ボーは訪問者越しにリー・ロイを見るとそう言った。愛犬はソファの上で大きな骨を嚙んでいた。「警告をありがとうよ、ボーイ」

「彼はいい犬だよ、ボー。わたしは数週間かけて彼を訓練してきたんだ」

「なんだって？」

「毎晩この時間になって、アシスタントが帰ったあと、きみがまだ奥にいるあいだに、ドアから顔を出しておやつをあげていたんだ。いつもは二、三回吠えてから落ち着く。きみがその声に気づいたとしても、覚えてもいないんじゃないか。今日も骨型のガムをあげたら、少しも吠えなかったよ」

「明日がないってくらい吠えるはずなんだがな」とボーは言った。飼い主の苛立(いらだ)ちに気づかないように、必死で骨をかじっているリー・ロイを見て頭を振った。

ペトリーの口元が小さな笑みで歪んだ。「知ってるか、犬は……特にブルドッグはすばらしい本能を持っている。この子は、わたしがきみと自分に危害を加えないと知ってるんだ」

彼はことばを切った。「話すことがある、ボー」

「おれには何も話すことはない」

「ならわたしが話すから聞いていてくれ」

ボーは口を開いたが、ことばは出てこなかった。エニス・ペトリー——一九六六年にボーの父、ルーズベルト・ヘインズを殺害した際の共謀罪で有罪判決を受けた元保安官——が自分の事務所にいることが信じられなかった。「なら話せ」と彼は言った。

「尾行されていることは気づいてるのか?」

ボーは鼻で笑った。「ああ、ちゃんと気づいてる。グレーのセダンとワインレッドのピックアップトラック」と彼は言った。「彼らは距離を置いている。賢明だ」ボーはパンツのポケットを叩いた。そこにはグロックが入っていた。「おれはガンファイトにナイフは持っていかない」ボーは拳銃の入ったポケットに手を置いたまま、元保安官に近づいた。「で、なぜここにいる?」

ペトリーは顎をなで、手を差し出して制するような仕草をした。「すぐに話す。が、その前に質問させてくれ。わたしが刑務所にいたとき、だれが一番面会に来たか知っているか?」

「お前に面会に来るやつがいるなんて考えたこともない。お前みたいな人間のくずに」

「ひとりいた。繰り返し訪れた男が」彼は首を掻いた。「フィネガン・パッサーだ」

ボーは胃が締めつけられるような感覚を覚えた。「そうなのか?」

ペトリーはうなずいた。「ああ、マイケル・ザニックの右腕の男だ。彼らは異母兄弟か何かだと思う」

ボーは歯がみをした。私立探偵からザニックについて報告を受ける期限を過ぎていた。そしてその情報をエニス・ペトリーから聞いたことに苛立っていた。「ザニックとフィンはお前と何をしようとしてるんだ?」

「サック・グローヴァーにわたしの仮釈放を早めるよう頼む代わりに情報を渡した」

「どんな……情報だ？」

「噂話だ」と彼は言った。顔を歪めて羊のように笑った。「ジャイルズ郡の数人の男たちに関する噂だ」

「それを渡したのか？」

「わたしは二十年以上、保安官をやっていた。多くの人々の多くのことを知っている」

「その噂の男たちというのはだれだ？」

ペトリーはボーに一歩近づいた。元保安官の上腕筋が体にぴったりしたTシャツからはみ出ていた。以前のペトリーは腹の出た洋ナシ型の体型だったが、今はボディビル雑誌のページから切り取ってきたような体型だった。「三人いる。ルー・ホーン。テリー・グライムス」彼はそこまで言うと、さらに一歩、ボーに近づいた。ふたりは今や三十センチしか離れていなかった。「そしてブッチ・レンフロー」

ボーはビールをゆっくりとひと口飲むと、ポケットに手を入れたまま、眼を細めて元保安官を見た。「続けろ」

「一九九〇年代から二〇〇〇年代にかけて、ラリー・タッカーが〈サンダウナーズ・クラブ〉を経営していた頃、そのストリップクラブを根城にする売春グループの噂があった。ダンサーの何人かも参加していた。それと多くの有力者も。タスカルーサ出身のトラック王ジャック・ウィリストーンを覚えているよな？」ペトリーは微笑んだ。

ボーはうなずいた。

「彼もそのなかのひとりだった。それにきみの父親もだ。アンディ……」

ボーはボトルを強く握りしめたが、それ以外は表情にも態度にも何も表さなかった。「本題に入ったらどうだ？」

「わたしの情報源によると、この売春グループのリーダーはブッチ、テリー、そしてルーだということだった」彼は唇を舐めた。「ルーが女を手配し、テリーは政財界のコネクションを使って客を集め……、ブッチが金と事務処理を担当した」

ボーは殺人のあった夜にブッチ・レンフローの家からラップトップPCが盗まれていたことを思い出し、心臓の鼓動が速くなるのを感じた。「彼らのうちのだれかを告発したことは？」

「充分な証拠がなかった。煙は上がっていたが火は見えなかった」

ボーはうめきながら、頭を振った。「お前が疑いを持っていることや、情報源について検事長に話したことは？」

彼は鼻を鳴らした。「検事長は絵に描いたもちのようなあやふやな話は認めなかった。証明できないことは彼女に持ち込まないようにしていた。特に、街の有力者が巻き込まれるようなスキャンダルは」

ボーはうなじをなでた。「なぜこんな話をおれにする？」

「フィン・パッサーとマイケル・ザニックがこの情報を使って、ブッチ、テリー、ルーに圧力をかけたと確信しているからだ。賭けてもいい。ザニックがレイプで起訴され、日本の自動車メーカーの工場誘致があやうくなったことから、ザニックはこの窮地から脱することができなくなれば、三人を告発すると脅したに違いない」

ボーはビールの残りを飲み干すと、ボトルを机の上に置いた。「エニス、お前が、ブッチやテリー、ルーを告発するだけの充分な証拠を集められなかったのなら、どうやってザニックは三人に圧力を与えることができたんだ?」

ペトリーは微笑んだ。「ザニックはずる賢い野郎だ。おれが話した噂について三人を問い詰め、そのうちの少なくともひとりが何か不利なことを口走って、それがテープかビデオに録られたんだろう」

いっとき、ボーは元保安官が話したことをじっくり考えた。そしてペトリーの顔をじっと覗き込んだ。「なぜこのことをおれに話す? お前はザニックとフィンに借りがあるように聞こえたが」

「やつらに借りはない。わたしはやつらが望むものを提供し、やつらはわたしの仮釈放の力になってくれた。わたしに言わせればこれでイーブンだ」

ボーは頭を振りながら、ロビーの灯りをつけようとした。

「やめろ」とエニスは言った。「この瞬間、だれもきみを見ていないはずだ。きみの言っていた車もここに入ってくるときには見なかった。だが、それが間違いだとしたら、わたしがここにいることをだれにも見られたくない」

ボーは電気のスイッチから指を離した。「じゃあ答えてくれ、エニス。なぜここにいる？おれに借りがあると思ってるのか？」

「ああ、そうだ」

ボーは冷ややかに笑った。「なら、お前の助けはいらない」彼は歩みよると、鼻と鼻がくっつくほど体を近づけた。「お前のことはまったく信用していない。今すぐおれの事務所から出ていけ」

エニスはうなずいた。が、玄関に向かう代わりに、ボーを押しのけて廊下に出た。

「おい、どこに行くんだ？」

「ここには裏口があっただろ？」

「ああ、だからなんだ？」ボーは望まれざる訪問者の後ろを急いでついていきながら訊いた。

「おれの記憶が正しければ、四年前、アンディ・ウォルトン殺害容疑でおれを逮捕したのがその裏口だったはずだ」

ペトリーは、廊下の端まで来ると立ち止まった。この部分はビルのなかでももう一段暗く、ボーにはもうひとりの男の眼しか見えなかった。

「すまない、ボー。ほんとうにすまない。ウォルトン裁判で起きたこと。ルーズベルトを吊っるしたリンチ集団のひとりだったこと。すべてに対して。許してはくれないだろうか?」

「だめだ」とボーは言った。その声は震えがくるほど冷たかった。

ペトリーはもう一度うなずいた。「無理もない」彼はドアノブをつかむと、心配そうなまなざしでボーを見た。「今日、法廷にいたんだ、ボー。どれだけひどいか見ていた」

「お前が? どうやって――」

「髪を短くして口ひげも剃ったからもうほとんどだれも気づかない。仮釈放審理のときはひげを生やしていたが、今はそれもなくなった」と彼は言った。「それにバルコニーにいた」

「なるほど。で、それがなんだと言うんだ?」ボーはうんざりしていると聞こえるよう努めたが、うまくいかなかった。元保安官がなぜ法廷にいたのかに興味があると認めざるをえなかった。

「おれにはルイス検事長があんな残忍な殺人を犯すとは信じられない」

「五歳の少年の眼の前で黒人へのリンチに加担した男のことばに、たいした意味があるとは思えんな」

ペトリーは咳払いをした。「かもしれん。だが考えてほしいことがある。審問の最後のグロリア・サンチェスの証言を思い出してくれ。彼女は証言した。ブッチは、検事長がマイケル・ザニックに対するレイプ容疑を取り下げるように言い、さもなければ彼女の秘密を暴露すると言うのを聞いたと。そうだな?」

ボーは肩をすくめた。「そうだ」

「つまりザニックの会社の顧問弁護士であり、Z銀行の頭取でもあるブッチ・レンフローは、元妻を脅迫するという手に出た。彼女の中絶という、極めて個人的で破壊力のある秘密を暴露すると言って。だがなんのために？」

ボーは眼をしばたたいた。「ザニックの起訴を取り下げさせるため」

「そのとおりだ」とペトリーは言った。「裁判が始まろうとしていて、もう時間がないことをブッチは知っていた」

「そしてあらゆる手を使って裁判を阻止しようとした」とボーが付け加えた。床に眼を落としてから、元保安官に視線を戻した。

ペトリーはウインクをするとドアノブをまわそうとした。それから動きを止めると、ブラインドの隙間から外を覗いた。

「だれかいるのか？」

ペトリーは首を振ったが、窓の外を見つめたままだった。「最後にひとつだけ、ボー。フィン・パッサーはあの夜、きみの従兄弟の農場できみを殺すところだった。今はやつも距離を置いているかもしれないが、もしわたしがきみだったら、やつに尾行させたいとは思わない」

ボーは腕に冷たいものが走るのを感じた。「どうしてそんなことを知っている？」

「小鳥が教えてくれた」

「その鳥は散弾銃を持っていたのか？」

ペトリーは振り向くとボーに微笑んだ。「かもな」

そしてドアノブをつかむと事務所を出ていった。

42

翌朝八時、ボーは充血した眼をして、重い足取りで面会室に入ってきた。

「ひどい顔ね」とヘレンが言った。「何か問題でも？」

「あまり寝てないんだ」彼は両手のひらを上に向けて差し出した。「で？」

ヘレンは体を乗り出すと、両肘を机の上に置いた。両手でテントのような形を作り、弁護士の顔を覗き見た。「わたしはあの夜、ブッチの家に行った」

ボーはニヤリと笑った。「おれの知らないことを話してくれ」

「わたしは彼の家から何も盗んでいない」

ボーは彼女に向かって首を傾げた。「その話はもう聞いた」

「検察官のストーリーはフィットしない。なぜならわたしは何も持っていっていないから」

彼女は一瞬、間(ま)を置いた。「それにわたしは自分のリボルバーを処分していない」

ボーは全身を緊張させながら、依頼人の向かいの席に坐った。「ブッチの家に44マグナムを持っていったことを認めるのか？」

彼女はうなずいた。

「けれど帰るときには持っていなかった」

「なぜだ？」

「ブッチに奪われたから。わたしたちは争った。彼を撃とうとしたが撃てなかった。何度も銃で殴ったが、最後には奪われてしまった」

ボーは眼を大きく見開いた。事件の弁護を引き受けることに同意してから初めて、希望の風が吹くのを感じていた。つじつまは合っている、とボーは思った。検察側の証拠はすべてそのストーリーに合っている……ほかのだれかがやってきて、ブッチを仕留めたのだとすれば。

「ありがとう、検事長」とボーは言った。

「このことをずっと話さないで悪かったわ」とヘレンは言った。「わたしは長いこと検察官を務めてきて、サック・グローヴァーとも何年かいっしょに仕事をしていたことがある。彼の話をすべて聞いてから、わたしの話を聞いてほしかった」

「ブッチの家を出たのは何時か覚えてるか？」

「着いたのは九時半頃で、家を出たのは十時過ぎだった」

「メルヴィン・ラグランドの死亡推定時刻によると、真犯人が犯行を行なうのにまだ二時間の余裕がある」とボーは言った。「何か思い当たることは?」

「ザニック」とヘレンは言った。「彼の裁判が始まろうとしていた。わたしたちは証拠を握っていた。マンディ・バークスは彼に無理やりレイプされたと証言する予定だった。もし陪審員がその証言を認めなかったとしても、未成年に対する法定強姦は成立するから、われわれの勝利は間違いないはずだった。ザニックは刑務所に入り、〈ホシマ〉との契約も失う」

ボーは立ち上がり、歩き始めた。動いているときが一番頭が働くのだ。「オーケイ、ザニックのことはわかった。だが彼に殺人のあった晩に何をしていたか訊いたら、キャシー・デュガンといっしょだったとはっきり言った」

「〈キャシーズ・タバーン〉のバーテンダー?」とヘレンは尋ねた。

「そうだ」

「裏は取ったの?」

「次の日、〈キャシーズ・タバーン〉でビールを飲んで、ザニックといっしょだったかどうか尋ねた。彼女は彼とひと晩ともに過ごし、次の朝までずっといっしょだったと言っていた」

「じゃあ、彼女はザニックのガールフレンドなの?」

「その夜はそうだった」とボーは言った。

「でもザニックみたいなろくでなしには汚い仕事をする人間がいるはずよ」

ボーはうなずいた。「フィン・パッサーというアイルランド訛りの男がいて、〈サンダウナーズ・クラブ〉の経営を任されている。彼がザニックの用心棒代わりであることは間違いない」

「その男は殺人のあった夜はどこにいたの？」

「わからない」

ヘレンは微笑んだ。「わたしだったら、そこにエネルギーを注ぐ。わたしの勘では、ザニックが刑を免れるため、そして大切なホシマ・プロジェクトを維持するためにわたしをハメたのよ」彼女はそう言うと鼻にしわをよせた。

「どうした？」

「ルー・ホーンも調べるといい」

ボーは昨夜のエニス・ペトリーとのやりとりと、彼が話していたルーの関与していた売春グループについて思い出し、思わず緊張した。「ルーがブッチを殺し、その罪をあなたに着せることで何を得ることができる？」

「わからない」とヘレンは言った。「けれど裁判の日の朝、ルーはひどく落ち着きがなかった。まるでロッキング・チェアでいっぱいの部屋のなかにいる尻尾の長い犬みたいに。それに月曜の午後には体調が悪いと言って、火曜日まで休廷を申し出た」

「そしてブッチは月曜日の夜に殺された」とボーは付け加え、ヘレンといっしょにそのことについて考えた。

「間違いない」彼女は指を鳴らした。

いっとき、部屋は沈黙に包まれた。やがてボーはヘレンを見つめた。「これらの理論はすべてあなたを陥れることを意図していて、ザニックとおそらくルーは、あなたがここにいることで利益を得ることになるのだろう」彼は彼女に一歩近寄った。「だが彼らは、あなたをハメることができる以外に、ブッチの死によってどんな利益を得るというのだ？」

彼女は肩をすくめた。「ブッチはザニックの顧問弁護士で、彼に代わってZ銀行を経営していた。たぶん、知るべきじゃないことを知ってしまったのよ」彼女はことばを切った。「一石二鳥だった」彼女はもう一度指を鳴らした。「もうひとつわたしが何を考えているかわかる？」

「なんだ？」

「エニス・ペトリーはブッチが死ぬ前の金曜日に仮釈放されている。殺人のあった日には出所していた」

ボーは昨夜の元保安官とのやりとりをまた思い出し、胃がむずむずするような感覚を覚えた。「エニスがブッチになんの恨みがあるというんだ？　それに仮釈放された数日後になぜ人を殺そうとするんだ？」

「殺したくはなかったのかもしれない。殺さなければならなかったのかも」ヘレンは顎を引いた。「サック・グローヴァーは公聴会でエニスの仮釈放を認めるよう主張した。ほとんど懇願していると言っていいくらいだった。サックはザニックの言いなりなのよ」

「エニスが、ザニックに仮釈放させてもらう見返りに、ブッチを殺すことに同意したと言うのか？」

「ひどく突飛な考えというわけじゃない。だれよりもあなたがわかっているでしょうけど、彼は残忍な殺人が初めてというわけではない。それに彼を刑務所に入れたのはわたしだから、わたしをバスの前に突き飛ばすことになんの抵抗もないはずよ」

それが彼が自分を助けようとしている理由なのかもしれないとボーは思った。彼は今になって罪悪感を抱いているのだ。

「エニスが昨晩、おれに会いに来た」とボーは言い、ヘレンの反応を見た。

彼女は腕を組み、眼を細めて彼を見た。「そう……、で彼は何をしに来たの？」

「ブッチ・レンフロー、ルー・ホーン、テリー・グライムスが、一九九〇年代から二〇〇〇年代にかけて売春グループに関与していたことを調査していたとおれに話すために。彼はそれを証明することができなかったので、あなたには話さなかったそうだ」彼はことばを切った。「だが彼はフィン・パッサーが刑務所を訪れてきた際に、そのことをパッサーに話した」

ヘレンは天井を見上げると、両手で後頭部を包んだ。「それは、ブッチがわたしにザニックの起訴を取り下げさせようと必死だった理由の説明になるかもしれない」彼女はボーに視線を向けた。「ザニックは売春グループの件でブッチを脅迫し、もしマンディ・バークスの事件で有罪判決を受けたら公表すると脅していたのかもしれない」

「それはルー・ホーンが訴訟事件一覧審理で落ち着きがなかったことの説明にもなる」

「彼が仮病を使うのもおかしいと思った」とヘレンは言った。「ずっと時間稼ぎのような気がしていた」

ボーはやっとため息をついた。「これらすべてはうまい具合に聞こえる。だが、おれたちが持っているのは推測と理論だけだ。真犯人がマイケル・ザニック、フィン・パッサー、ルー・ホーン、エニス・ペトリーのいずれであれ、なんらかの証拠が必要だ」彼はそこでことばを切った。「あなたがハメられたのだとしたら、犯人はなぜあなたの銃を持ち去ったのだろう？　その銃でブッチを撃って、現場に置いていって発見されるようにしたほうが好都合だっただろうに。犯人は手袋をしていただろうから、銃についた指紋はおそらくあなたのものだけだろう」

ヘレンはボーの眼を見つめたまま、まばたきもしなかった。「わたしもそう思っていたし、あなたの言うとおりよ。その部分はわたしがハメられたとする説にはそぐわない。でもわたしもあなたも犯罪者が間違いをすることも知っている。犯人はわたしの銃を使う前に手袋をするのを忘れ、グリップから自分の指紋が発見されるリスクを冒すわけにはいかないと思った。あるいはリボルバーは置いていくつもりだったが、PCを盗むのに気を取られたのかもしれない。可能性はいくらでもあるわ」

ボーは同意してうなずき、またため息をついた。「証拠が必要だ、検事長」

「わたしは何も盗んでいないし、ブッチも撃っていない。家を去る前に自分のリボルバーを奪われたことがその証拠よ」

ボーは彼女の顔を覗き込んだ。「だがそのためにはあなたが裁判で証言しなければならない」

「わたしは証言するつもりよ、ボー」

「本気なのか？　すべての証拠とあなたが認めなければならないこと、それに中絶についても質問されることを考えると……」

彼女は椅子から立ち上がると、両手を腰に当てた。「わたしは二十年以上、この郡の地区検事長を務めてきた。陪審員はわたしの話を聞かなければならない」彼女はそう言った。

「この街の人々はわたしの話を聞かなければならないのよ」

ボーはどちらかというと彼女に同意したいと思ったが、口には出さなかった。「裁判が近づいてきたら、訴訟戦略について話そう」彼はそう言うと立ち去ろうとした。

「ボー？」

「ああ」

「ザニックのレイプ裁判が再開したかどうか知ってる？」

ボーは昨夜、ロナから聞いたことを思い出した。「来週の火曜日に和解の提案がある」

「裁判は通常、和解案提示のあとの月曜日ね」ヘレンはそう言うとため息をついた。「わたしに約束して」

「なんだ？」

「あのクソ野郎に取引をさせないで」

ボーはため息をこらえた。自分にできることはあまりない、と思った。だが彼女を険しいまなざしで見つめると言った。「やってみる」

43

エニス・ペトリーは夜にプラスキの街を歩くのが好きだった。日が沈むと、人々の視線も感じなくなるし、かつてはこの街の一員だったという恥ずかしさも経験しなくてすむからだった。もちろん四年間も収監されていれば、人々の多くは自分のことを忘れているだろうし、覚えていたとしても、痩せてクルーカットにし、口ひげも剃ってしまった自分に気づく人もいないだろう。

それでも日中は視線を感じた。

彼は二十年以上にわたって法執行者としてのアイデンティティを持っていた。強く誠実な公僕。神に選ばれし高潔なる保安官。

だが若い頃に犯した過ちが甦り、彼のこれまでの努力をすべて奪い去ってしまった。今となってはエニス・アーロン・ペトリーの名を聞いてだれもが思うのは……

人種差別主義者。

殺人鬼。

白人至上主義者。

偏見を持った男。

それが彼の新しいアイデンティティだ。すべては、多くの著名な市民がメンバーだった頃にクー・クラックス・クラン（KKK）に参加したからであり、友人のサミュエル・ベイダーから何か〝大きなもの〟の一部になりたいかと尋ねられたときに、行動をともにするという恐ろしい選択をしてしまったからだ。

何が起きようとしているか気づいたときに止めるべきだったのだろうか？　そうだ、そうすべきだった。彼はルーズベルトを脅すだけで、殺すつもりはないと思っていた。だから最後に止めるべきだった。

だが、そうしなかった。その場では一番若かったし、仲間たちに逆らえば、彼の法執行者としてのキャリアは始まりもしないうちに終わってしまっていただろう。

彼がその結果を恐れたために、善良で礼儀正しい男が殺されてしまった。たった一度の臆病な行動が人生のすべてを決めてしまうのだろうか？

ジェファーソン通りを歩きながら、彼はそんなことを考えていた。その通りにはいつもなら〈ミズ・バトラーズ・ベッド&ブレックファスト〉の前に市外から来た車が止まっていた。ペトリーはときどき、そういった車のナンバープレートを眺めては、テネシー州の近隣の郡から来た車や、州境を越えてアラバマ州へ向かう車を確認したものだった。これらの車のほとんどは記念日や誕生日を祝うためにやってきたカップルのものだ。

街にやってきて、おいしい料理とデートを愉しみ、歴史あるダウンタウンの広場を歩きまわり、エスリッジのアーミッシュの居住地へ向かう人々。ペトリーは、そんな人たちのことをうらやましく思った。彼らは新鮮な眼を持ってジャイルズ郡を訪れていた。

彼はときどき、これらの人々のことを不思議に思うことがあった。彼らの背景について。彼らのなかに、人生においてひどい失敗をした者はいるのだろうか？　彼らはイエスに赦しを求めたことはあるのだろうか？

ペトリーは三十二年間、いつもファースト・ユナイテッド・メソジスト教会の信者席の三列目に坐っていた。讃美歌を歌うときには立ち上がり、募金プレートにはいつも緑の紙幣を置いていた。クリスマスイブの夜間礼拝にも参加し、月に一度は案内係も務めた。妻のシーラは財務委員を務め、娘のエレンはこの教会で結婚式を挙げていた。孫娘たちは六カ月になったときにシェップ・グリフィス牧師から洗礼を受け、牧師が聖水を振りかけるあいだ、ペトリーはその小さな肩に手を置いていた。

ペトリーは三十二年間ものあいだ、毎週日曜日にそのほかの百名近い信者といっしょに、立ち上がって主の祈りを唱えてきた。彼は歌い、祈り、募金を捧げてきた。キリスト教徒がするべきことをしてきた。

だが刑務所に送られるまで、彼はイエスのことを何もわかっていなかった。

殺人やレイプ、放火、そのほか多くの重罪を犯した人々といっしょに収監されるまで、ほんとうに祈ったことはなかったのだ。四十のベッドがある雑居房。大男たちがベッドのまわりをシーツで囲んでセックスをしていた。その男たちのうめき声を聞きながら、そして夜中に喧嘩が起きるかもしれないと思い、アドレナリンの高まりを感じながら、片眼を開けたまま眠ろうとした。刑務所では毎日のように口論があり、囚人はみな、何かしらの武器を持っていた。ピンの先端をとがらせたもの。ハンガーを曲げて、鋭く長い針金にしたもの。靴紐は首を絞める道具として使われた。生き延びるため、ペトリーは起きているあいだはずっと、ウエイトトレーニングルームでバーベルを上げているか、ほかの受刑者のために図書館で手紙を読んでやったり、書いてやったりするか、売店で働くかして過ごした。売店では彼が受けてきた教育と警察官としての経歴から、ほかの受刑者に商品を配る仕事にありつけた。彼は刑務所内での自分の価値を高め、できるだけ静かにし、知らない受刑者とは決して眼を合わせないようにした。眼を合わせることは、挑発を意味し、ほとんどの場合喧嘩になる。縄張りと空間をめぐる争いだ。眠っているときも、決して安らかなものではなかった。ペトリーは戦場の経験はなかったが、長時間の戦闘に従事する陸軍の将校はおそらく同じようにして眠るのだろうと思った。肩に力を入れ、腹を引き締めていた。瞬時に動けるように。

そんな眠れない夜のあいだ、ペトリーは祈った。主に助けを求め、出所したら償いをするとイエスに誓った。

妻のシーラは判決の六カ月後に離婚を申し出てきた。娘のエレンはふたりの子供を連れて、夫のデイヴィッドとともにオレゴン州ポートランドに引っ越した。父親からなるべく離れたかったのだ。ペトリーは服役中、元妻にも、娘にも、ふたりの孫娘ベルとメイにも一度も会うことはなかった。

唯一の連絡は、クリスマスイブに娘からかかってきた謎めいた電話だった。「メイが癌になった。珍しい白血病の一種で、治療法もわからない。医療費はすでにものすごい金額になっている。あなたの罪の代償はわたしたちが支払わなければならないみたいね。メリークリスマス、パパ」

ペトリーがハローと言う前に電話は切れた。その夜、彼はこれまでで一番熱心に祈り、お気に入りの一節を何度も何度も繰り返した。わたしは復活であり、命である。神よ、どうか孫娘を癒してください。救いの道をお示しください。

テネシー州ヘニングの西テネシー州立刑務所で最初の三年間を過ごしたあと、ペトリーは、プラスキのジャイルズ郡刑務所で残りの刑期を勤め上げる機会を与えられた。自分が逮捕に関わった受刑者たちの隣に収監されるというリスクはあったものの、故郷の近くにいられるというこのチャンスに飛びついた。家族がいなくなった今、プラスキは彼のすべてだった。街。人々。彼の街の人々。

そしてフィネガン・パッサーが刑務所に面会に来るようになった。早期釈放となる希望と大金が現実のものになろうとしていた。祈りが通じたのだ。

彼は自分が悪いことをしているとは思っていなかった。フィンには嘘はつかなかった。ただ街の人たちのうち、どっちみち腐った連中についての情報を教えただけだ。フィンがその情報を使って、その連中を困らせるなら、好きにすればいい。そんな大金を得るには最後には落とし穴があると気づくべきだったが、そのときは考えもしなかった。ものを恵んでもらうのにえり好みはできないのだ。

ペトリーはフィン・パッサーから受け取った十万ドルを手に、レンタカーを借りてポートランドへ向かった。娘の家を見つけると、娘が家にいるとわかるまで待った。そして現金を詰め込んだブリーフケースを玄関に置き、ドアベルを鳴らして一ブロック離れたところで待った。娘がそれを開け、泣いているのを見て彼も涙を流した。金以外に入れたのはメイとベルがまだよちよち歩きの頃にサンタクロースの膝の上に坐っている色あせた写真だけだった。

彼は、収監されているあいだずっとその写真を手元に置いていた。

彼はその金が何かの役に立つことを祈りながら、帰路についた。自分には娘や孫の人生に関わる資格はないとわかっていた。だが、いつか自分の過去の罪を償いたいと願っていた。

イエスは彼の行動を認めてくれたのだろうか？

ペトリーにはわからなかった。聖書のあいまいさやそのさまざまな解釈に彼は戸惑った。刑務所にいた四年間で聖書をすべて読んだが、もう一度読みたいと思えるのは福音書の部分だけだった。イエスにこだわろう、と彼は思った。聖書のほかの登場人物のことを考えると、偽善を感じずにはいられなかった。ダビデ王は、バト・シェバと寝るために、彼女の夫を殺した。ソロモンと彼に群がる女たち。兄エサウを騙したヤコブ。出エジプト記と民数記のばかげた規則や法。聖書の一部や一節を自分自身の目的のために利用することは簡単なことだった。

ペトリーは昨晩のボーセフィス・ヘインズとの会話を思い出していた。彼は決してわたしを許さないだろう。もし自分が彼だったら、そうするはずだ。

それから眼を閉じると、エイプリルフールの数日前のことを思い出した。仮釈放が決まった数時間後のことだった。真の恩人であるマイケル・ザニックに初めて会い、その若者から祝福と感謝のことばをもらったことを。

そして最後のリクエストを。

ペトリーは承諾し、従った。メイのために必要な金を得るためには、ほかに選択肢はなかった。今、彼は自分の行動の結果に身がすくみ上がる思いだった。わたしは赦しを乞うために祈った。再出発を祈った……

……なのに自分がしたことは新たな恐ろしい混乱を生み出してしまった。

ペトリーは西へ向かうと、坂を上り、大学の前を通り過ぎた。数人の学生が、本を何冊か腕に抱え、ストレスに疲れた表情でファイン・アーツ・センターから出てきた。ペトリーはスクールバスの車庫を過ぎると、八丁目通りを右折して、以前リトルリーグのナイトゲームで審判をしたエクスチェンジパークで徒歩の旅を終えた。すでに灯りも消え、公園にはポップコーンの空き箱と、飲みかけの〈ゲータレード〉のボトルがあるだけだった。彼は倉庫に向かった。そこに毛布と衣類、ひげそり用の道具を古い用具袋に入れて隠してあった。男子トイレの洗面所で身なりを整えてから、数分後、グラウンドに続くゲートをくぐり、屋根付きのダグアウトの硬いベンチで横になった。外野の芝生で寝たいところだったが、見つかるとまずかった。

彼はまだホームレスだったが、〈サンドロップ・ボトリング・カンパニー〉と〈マニエッティ・マレリ・サスペンション〉のあいだのインダストリアル・ブルヴァードに出店しているメキシカン・フードトラックで清掃員兼雑用係として働いていた。給料は最低賃金だったが、何かほかの仕事を見つけるまで、衣と食は維持することができた。

彼は硬いベンチの上に横たわったまま、長いあいだ眼を開けていた。ボーの父、ルーズベルト・ヘインズのことを思い出していた。首のまわりに縄をかけられ、その眼に恐怖と苦悶(くもん)の表情を浮かべる彼の表情を。彼はまた、化学療法で髪を奪われながらも必死で生にしがみつく孫娘のメイの姿を想像した。娘の家のポーチに置いてきた金が少しでも役に立つようにと祈った。そしてそれを手に入れるために彼が払った犠牲の価値があるようにと。

やっとのことで眠りにつく前に、ペトリーは別の顔を思い浮かべていた。同じように彼を苦しめることになるとわかっている顔。

ブッチ・レンフローの顔だ。

神よ、お赦しください。ペトリーは祈った。

44

デスティンの街は、フロリダのメキシコ湾岸にフライパンの取っ手のように細長く伸びた地域にある、天国のような場所だった。元々は小さな漁村だったが、白い砂浜とエメラルドグリーンの海が広がるこの地域は、全米でも有数のバケーション・スポットとして、あらゆるところからやってくる家族連れや旅行者に人気の場所だった。

ボーセフィス・ヘインズは地元のビール〈30A・ビーチ・ブロンド・エール〉を飲みなが

ら、デスティン港を眺めていた。ヨットがメキシコ湾に出るために狭い水路に向かっている。〈ダーラズ・オイスター・バー〉のピクニックテーブルからは、港の向こうにコンドミニアムが見え、そのさらに向こうにメキシコ湾が見えた。

「いい場所だな」と彼は言うと、ビールをボトルからぐいっと飲み、子供たちがよく見えるように身を乗り出した。T・Jとライラは、ハーバーウォークを五十メートルほど行ったところで、ドックにつながれたたくさんのボートを見比べていた。T・Jがリー・ロイのリードを持っていた。犬は海を見るのが初めてで、それどころか水辺に行ったこともほとんどなく、切り株のような尻尾を振りながら、頭を低くして、眼に入るものすべてのにおいを嗅いでいた。

「ありがとう。とても誇らしいわ」彼と同席している女性が言った。

ボーは四年前、アンディ・ウォルトン殺害をめぐる自分の裁判でダーラ・フォードと会っていた。ダーラは弁護側にとって重要な証人で、ウォルトンが殺された当時、〈サンダウナーズ・クラブ〉でダンサーをしており、生きているウォルトンを最後に見た人物だった。ダーラは長年にわたってクラブで一番人気のダンサーとして活躍し、貯蓄と投資に励み、いつかメキシコ湾岸でオイスター・バーを開く夢を持っていた。そして今、彼女はここデスティンで最も繁盛しているレストランのひとつを経営していた。

「誇っていい」とボーは言った。周囲を見まわすと、日曜日の午後四時半にもかかわらず、店内もボーとダーラがいるパティオも、カップルや家族連れでにぎわっていた。「ビジネスは好調なようだな」

彼女は鼻を鳴らした。「〈ボシャンプス〉や〈ハーバー・ドックス〉のレベルにはまだだけど、少しずつ近づいている。地元の人たちにはこのくつろいだ雰囲気を愉しんでもらえているみたい。あちこちにできている新しいビールの醸造所も、うちが彼らのビールを試してることを評価してくれている。そのビール、気に入った？」

ボーはうなずいた。「ああ、とても」

「観光客にはまだ浸透しようとしてるところ。昔からある〈クラブ・トラップ〉や〈バック・ポーチ〉のような店と競争していくのは大変だけど、なんとか生き残っている」

ボーは自分たちの前後のテーブルを手で示した。「きみが言ってる以上にうまくいっているように見えるが」

彼女は答えなかった。そして顔から笑みが消えていった。「ミスター・ヘインズ、いきなりで申し訳ないけど、このあたりは、日曜日はとても忙しいの。どういった用件か話してくれるかしら？」

ボーはもうひと口ビールを飲むと、ボトルを机の上に置いた。「四月にプラスキであった殺人のことは知っているか？」

彼女は顔をしかめた。「ブッチ・レンフロー。〈サンダウナーズ・クラブ〉で頑張っていた頃、彼のために踊ったこともたくさんあった」彼女は恥ずかしがることも、きまり悪そうにすることもなく、事実として淡々と述べた。ダーラは当時も、今と同じようにビジネスウーマンだった。日焼けしたオリーブ色の肌と、小柄ながら引き締まった体を見ていると、ダンサーだった頃のダーラを想像するのは難しくない。とても魅力的な女性だった。

「おれはブッチ殺害の容疑をかけられているヘレン・ルイス検事長の代理人なんだ」

ダーラは胸の前で腕を組んでいた。「検事長のことはそんなに好きってわけじゃなかったけど尊敬はしていた。意地悪女だったけど、嘘はつかなかった。わたしはストリッパーとして何度か法に触れることもあったけど、彼女はわたしに対して公平だった」ダーラはためらいがちに訊いた。「ブッチとルイス検事長は結婚して、その後離婚したんだったよね？」

ボーはうなずいた。

「さて、何がお望みなのかしら？」

「ロナ・バークスがきみと話すべきだと言った」

彼女の顔は暗くなった。「ほんとうに？　ロナとわたしは決して親しくはなかった。彼女はコカインと覚醒剤をやっていて、それはわたしのスタイルじゃなかった。わたしは踊るときは、お酒を飲むふりをして、普通は客におごってもらった酒は捨てていた」

「ロナは三年前に酒を断ち、今はおれの弁護士事務所でアシスタントとして働いている」

「それを聞いてうれしい。彼女はいつも賢かった。ただ間違った決断をしていた。よりよい決断をしたと聞いてうれしいわ」

ボーはビールをもうひと口飲んで、考えを整理した。「ブッチが〈サンダウナーズ・クラブ〉に来ていたと言ったね」

「よく来てたわ」

「だれといっしょだった？」

「たいていはほかの弁護士たちと。ルー・ホーンはブッチとよく来ていた。レイレイ・ピッカルーも」

ボーは顔をしかめた。レイレイ・ピッカルーは、四年前の裁判のとき、彼の弁護をしてくれた地元の弁護士だった。事件の余波で、ボーに向けられた銃弾を何発も受けて死んでいた。

「ホーンとブッチは仲がよかったのか？」

彼女は肩をすくめた。「そう見えたわ」

「ほかにだれか思い当たる人間は？」

「テリー・グライムスもブッチといっしょに来ることがあった。グライムスは郡政委員を務めていて、いつも神経質そうで場違いな感じだった。おそらく彼がストリップを見るのが好きだってことを知ったら、有権者が考えを変えると恐れてたんじゃないかしら」

ボーは顎を掻いた。グライムスはブッチの死体を発見した人物だ。彼はブッチの隣人であり、友人だった。そしてエニス・ペトリーによれば、売春グループで二十年にわたってブッチと共謀関係にあった。ボーは現職の郡政委員であるこの男との面談を何度か試みていたが、グライムスはこれまでのところ彼を避け、協力的ではなかった。

「マイケル・ザニックという男と何らかの接触をしたことはあるか？　あるいはフィネガン・パッサーという男と」

彼女は首を横に振った。「ザニックについては聞いたことはある。街を席巻（せっけん）している天才のことでしょ。彼と何度かデートしたことのある友人がいるのよ」

「ひょっとしてキャシー・デュガンのことじゃないか？」

彼女は微笑み、うなずいた。「かわいいキャシー。彼女には何年も前から〈サンダウナーズ・クラブ〉のダンサーになるよう説得してた。彼女なら収入を三倍にすることができた。でもキャシーはそんなことは望んじゃいなかった。彼女の母親は高校の先生だったから、自分の娘がポールダンスを踊るなんて知ったら卒倒してしまうだろうね」彼女はそこまで言うと一瞬間（ま）を置いた。「わたしは彼女がうまく玉の輿（こし）に乗ることを願ってたんだけど、彼女と最後に話した感じでは、その男に遊ばれてるようね」

「そうなのか？」

ダーラはうなずくと、腕時計に眼をやった。「ほかには何か？」

ボーは残りのビールを飲み干すとため息をついた。そしてここに来た目的である質問を投げかけた。「ダーラ、きみは長いあいだプラスキに住んでいて、当時の仕事柄、よくも悪くないだろうか？」

も多くの人たちと接触していたと思う。ブッチ・レンフローに恨みを持つ人物に心当たりは

彼女は晴れ渡った空を見上げて顔をしかめた。「思い当たらないわ。ブッチはお人よしだった。彼がだれかと言い争う姿は見たことがない」彼女はそう言うと、テーブルに視線を落とした。「でもあの手の連中にはみんな、隠しておきたいことがある」

「どんな連中のどんなことを言ってる？」

ダーラはうつむいたままだった。「ブッチ、ホーン……グライムス」

ボーはうなじに鳥肌が立つのを感じた。「連中は何を隠したがってたんだ？」

彼女は虚ろなポーカーフェイスで彼を見た。「ごめんなさい、ミスター・ヘインズ。言えない。わたしはずっと前にその人生を捨てて、ここで新しい人生をうまくやっている。昔の人生に引き戻すようなことには関わりたくない」

ボーは彼女の答えについて一瞬だけ考えたが、さらに踏み込むことにした。「ブッチ・レンフロー、ルー・ホーン、テリー・グライムスが組織し、〈サンダウナーズ・クラブ〉を根城に運営していた売春グループのことを知っていたか？」

ダーラの顔が赤らんだ。初めて彼女の態度に怒りがにじんだ。「知ってたかって？」と彼女は言った。「ええ、知ってたわ」

「関わってたのか？」

「ノーコメント」と彼女は言い、椅子から飛び降りた。「話は終わりよ」

ボーも立ち上がると、彼女の腕に手を伸ばした。「ダーラ、お願いだ。検事長の命が懸かっている。もし何か役に立ちそうなことを――」

「申し訳ない、ミスター・ヘインズ。ほんとうに。けれどこの世界は卑しい。そしてわたしは学んだの。自分のことだけを考えなきゃいけないってね」

「だが検事長は――」

「検事長なんてクソよ。彼女にはなんの借りもない。それに思い出したけど、わたしはあなたの人生に大きな貸しがあったはず。もうこれ以上はなしよ。さあ、手を放して」

ボーは言うとおりにして、彼女が大きな足取りで店内につながるドアに向かうのを見ていた。ドアに着く前に、彼女は振り返るとボーに向き直った。「その売春グループについて詳しく知りたいなら、あなたが話すべき人物は、あなたの新しいアシスタントよ」

ボーは口を開け、そのまま閉じた。

「もう来ないでちょうだい、ミスター・ヘインズ」とダーラは言った。「二度と」

ボーがハーバーウォークに眼を戻すと、そこにはまだ子供たちがいた。彼は苛立ちと混乱を覚えていた。

だが、もうためらいは感じていなかった。むしろ元気が出てきた。

そしてボーは思った。ブッチ・レンフロー、ルー・ホーン、そしてテリー・グライムスが隠していた秘密がなんであれ……

……それを隠しておくためには、人を殺す価値さえあるものだったのだ。

45

二〇一五年五月二十八日火曜日午後三時五十五分、ボーはジャイルズ郡裁判所巡回法廷の両開きの扉を押し開けた。彼は、ハロルド・ペイジ判事がすでに着席し、いくつかの書類に眼を通している席に近づきながら、胸のざわめきとアドレナリンの高まりの両方を感じていた。判事席の下では、ルー・ホーンとマイケル・ザニックが弁護側テーブルで身を寄せ合っていた。一方、サック・グローヴァーは検察側テーブルで脚を組み、黄色いリーガルパッドに何かをメモしていた。

ドアがきしみながら閉まると、全員がボーに眼をやった。百九十五センチの体格を誇り、白人が多いこの郡で唯一の黒人弁護士であるボーは、法廷に入っていったときにほかの弁護士から向けられる視線には慣れていた。その多くは好奇のまなざしだった。だが今この部屋を支配している感情は苛立ちだった。

「ここで何をしている？」ボーが前に進むと、サックがそう尋ねた。

彼らに近づきながら、ボーはヘレン・ルイスの予備審問では満席だった傍聴席が、今はがらがらで、法廷にはほかの弁護士もいないことに気づいた。

ボーは検察官を無視し、判事に眼を向けた。「裁判長、今日の午後、和解に関する審理があると聞いています」彼は左右に眼をやった。「マイケル・ザニックの件で来ました。ほかの事件の審理はないのですか？」

ペイジはうなるように言った。「ほかの事件は午前中に審理した。ミスター・ザニックの弁護士としてきみの名前はリストに追加されていないと記憶してるが」

「わたしは被害者の代理人です、裁判長。ミズ・アマンダ・バークスの」

ペイジは眉をひそめ、サック・グローヴァーに視線を移した。ボーも同じようにした。サックの顔は髪と同じくらい真っ赤になっていた。「裁判長、本件は和解に至りました」とサックは言い、ペンをリーガルパッドに叩きつけて立ち上がった。「われわれはミズ・バークスと連絡を取ろうとしましたが、彼女は電話に出ません。わたしは――」

「それは嘘だ、サック。それにきみはそのことを知っている」

「こんなところまで来て、裏付けのない告発をするな。自分を何様だと思ってるんだ？」

ボーは彼をにらみつけた。「わたしはボーセフィス・ヘインズ。未成年の被害者アマンダ・バークスの代理人だ。それにマンディの母親はきみにわたしと連絡を取るようにと言ったはずだ」

サックは助けを求めるように判事席を見上げた。ペイジ判事は眼鏡を外し、片方のつるの端を嚙んでいた。「では、グローヴァー検事長、ミスター・ヘインズに和解契約の条件を伝えてください」

サックは口元に引きつった笑みを浮かべた。「もちろんです、裁判長。事実関係を確認し、被告弁護人とも協議した結果、裁判費用の支払いと百時間の社会奉仕活動を行なうことを条件に、ミスター・ザニックに対する起訴を取り下げることに合意しました」

ボーは首を振って、ルー・ホーンを見た。無愛想な老弁護士は、ボーの記憶よりも丸く、赤みを帯びた顔をしていた。彼のことをよく知っていなかったら、その男がすでに何杯かアルコールを飲んでいると思っただろう。「おやまあ、なんとも甘い条件だな、ルー。ミスター・ザニックはたっぷり報酬を払ったに違いない」

「水掛け論的な性格の告発であることや、被告人と被害者の信頼性を比べると、公正な取引だと思うがね」

ボーが口を開こうとしたとき、両開きの扉がきしんで開き、ばたんと音をたてて閉まった。彼は振り向いた。が、だれがそこにいるかは最初からわかっていた。アルドス・スタンリー。白髪の交じったひげを生やした〈プラスキ・シチズン〉の編集長は法廷に入ってくると、ボーにうなずいてから傍聴席の最前列に坐った。彼はスパイラルノートを開いて、そのページにペンを押し当てていた。

「だれが招待したのかね？」サックが尋ねた。

「わたしだ」とボーは言った。「地区検事長代行が、彼の選挙キャンペーンの最大のスポンサーに対するレイプ事件の起訴を、被害者に相談もなく取り下げるところを彼に見てほしかったんでね」ボーは間を置いた。「午前中にほかのすべての審理を終えたあとに、たったひとつの和解審理のために特別な場まで設けて」

「ボー、わたしはこのような形でマスコミを利用するのは気に入らない」とペイジ判事は言った。「きみを法廷侮辱罪にしたい気分だ」

ボーは顔をしかめた。「報道陣に和解審理について思い出させたという理由で？　和解審理には特権も秘密もありませんよね、判事」

ペイジは顔をしかめたが、それについては何も言わなかった。「きみは被害者の代理人として、ミスター・グローヴァーとミスター・ホーンのあいだで成立した和解契約を承認しないということだね」

「認めない」とボーは言った。「この事件の和解を決して認めないし、サック・グローヴァーがこの事件の検察官を務めることは、非倫理的かつ非道徳的だと考える。ヘレン・ルイス検事長が検察官になるべきだ」

ペイジは顔をしかめたまま言った。「ルイス検事長は職務を剝奪されたんだ、ボー。彼女の代理人も務めているきみならわかっているはずだ」彼はそう言うと、息を吐いてから最初にサックを、そして次にルーを見た。「みなさん、この状況において被害者の代理人が提起した問題点を考慮すると、あなたがたが合意に達した和解案を承認することはできません。また、グローヴァー検事長代行がこの事件を取り扱うことが適切であるかどうかについて、なんらかの解決策が得られるまで、再度延期とするしかないでしょう」彼は判事席から立ち上がった。「本審理はいったん閉廷とします」

46

一時間後、〈キャシーズ・タバーン〉の奥のテーブルで、ボーとロナは乾杯をしていた。ボーは冷えた〈イングリング〉を凍らせたジョッキから飲む一方で、ロナは〈ダイエット・コーク〉を飲んでいた。ペイジ判事の決定をロナに伝えると、彼女がお祝いをしようと言い張ったのだ。

「どうしたらお返しができる?」とロナは訊いた。「あのろくでなしどもは、わたしのベイビーの事件を窓から投げ捨てるところだった」

「おれも役に立ててうれしいよ」とボーは言った。「ただもっとできればいいんだが」

「あのクソ野郎を訴えましょう」

ボーはビールをもうひと口飲むと言った。「まだだ。レイプの時効は一年で、まだ数カ月ある。刑事訴訟が解決するまでは民事でザニックを訴えたくない」

彼女は同意するようにうなずいた。

「だがそれまでに、マンディを事務所に呼んで話を聞きたい。何ができるか考えよう。判決が出るか、最悪でも今日提示された条件で起訴が取り下げられれば、損害賠償請求を起こすことができる」

ロナはグラスを持ち上げるともう一度乾杯をした。「いいね」

今度はボーは乾杯に加わらなかった。

「何か気になることでも?」とロナが訊いた。

「きみがおれのために何かできることがないか考えていた」

「なんでも言って」と彼女は言った。

「よかった」彼は残りのビールを一気に飲み干した。「ブッチ・レンフローとルー・ホーン、テリー・グライムスが〈サンダウナーズ・クラブ〉を根城に運営していた売春グループについて、きみが知っていることをすべて話してほしい」

47

〈イエロー・デリ〉の二階で、マイケル・ザニックは無糖の紅茶の入ったグラスに〈スプレンダ〉(ノンカロリーの甘味料)を入れてかきまぜていた。ザニックが怒るのは久しぶりのことだった。今日の午後まで、プラスキでの十六カ月間はすべて予定どおり正確に進んでいた。だがボーセフィス・ヘインズがマンディ・バークスの代理人として現れて和解を台無しにした結果、彼の計画は狂ってしまった。

彼はテーブルの上の携帯電話に眼をやった。日本の自動車メーカーの社長であり、創設者のひ孫である星間（ほしま）一郎（いちろう）にすでにこのニュースを伝えていた。

星間氏は礼儀正しかったが、レイプ事件が起きて以来言ってきた会社の方針を繰り返すだけだった。「マイケル、契約を交わしたいのはやまやまだが、契約書にサインをしたあとで、きみが性犯罪で有罪になるようなリスクは冒したくない」彼はいったんことばを切ってから続けた。「われわれはきみが無罪になるまで取引を発表するつもりはない。そうじゃないと広報上の悪夢になる恐れがあるからね」

ザニックはわかったと言い、今後も状況を報告すると星間氏に約束して電話を切った。

今、ザニックは自分の携帯電話をまるで裏切者であるかのようににらんでいた。そしてようやく手に取ると、電話をかけた。

一回目の呼び出し音でフィンが出た。

「ミスター・ヘインズに関するきみの忠告をちゃんと聴く頃かと思ってね」ザニックはそう言うと、紅茶をひと口飲んだ。

「彼にメッセージを送ってほしいんだな？」

「ああ、そうだ。だがミスター・ロウのときのようにヘマはしてほしくない」

「心配するな、兄弟」フィンは険しい口調で言った。「メッセージは届ける」

48

ロナは手を握りしめ、飲みかけの〈ダイエット・コーク〉を見つめていた。その隣には、彼女が注文したチーズバーガーが手つかずのまま置かれていた。「ごめんなさい。あの頃のことはぼんやりとしてるの。コカインと覚醒剤（メス）でめちゃくちゃで、なにもかもがいっしょくたになってしまっていたから」

ボーは手を伸ばすと、彼女の手に触れた。「話してくれてありがとう。もしよければ、きみが〈サンダウナーズ・クラブ〉で働いていた頃、だれがマンディの世話をしてたのか話してくれないか？」

「キャシー伯母さんがあの子を見てくれていた。今はもう死んでしまった。三年前に亡くなったの」

ボーはうなずいた。「きみが麻薬をやめてリハビリ施設へ行っていた頃だね。伯母さんの死が立ち直るきっかけになったのか？」

ロナはようやく彼を見ると言った。その眼は涙で輝いていた。「そうじゃないの。キャシーはわたしによくしてくれたけど、取引のことを話してくれたのは彼女じゃない。わたしがクスリと手を切るのを助けてくれたのは検事長よ。わたしがとうとう麻薬の不法所持で逮捕されたとき、彼女は厳しかったけど、公平だった。いいリハビリプログラムを紹介してくれて、それがうまくいったの」彼女は涙を拭いた。「彼女には借りがある」

ボーは水をひと口飲んだ。ロナが売春グループについて知っていることを話し始めてから、ビールを飲むのをやめていた。状況を考えて、適切じゃないと思ったからだ。「繰り返すのはいやだが、おれは弁護士で、それが仕事だ。グループにいたダンサーできみが知っているのは、ダーラ・フォード、きみ、タミー・ジェントリー、キャンディ・ピータースン、そしてリシェル・クーパーだね」

彼女はうなずき、唇を噛んだ。

「今はだれもプラスキには住んでいない、そうだね？」

「ええ、ダーラは言うまでもなくデスティンにいるし、ほかの娘(こ)たちはどこにいるのかわからない」

ボーはため息をつくとフライドポテトをひと口食べた。彼のアシスタントとは違い、この店の名物であるチーズバーガーにかぶりついた。「もしほかのメンバーが見つかったとしても、彼女らの態度はダーラと同じだろう」

「彼女たちは自分で自分の罪を告白するつもりはないでしょうね」

ボーはフライドポテトを彼女に向けて言った。「テリー・グライムスが客のひとりだったのを覚えてるか？」

彼女はまた眼をそらし、この店で演奏しているカントリーミュージックのシンガーの額に入った写真をじっと見た。「テリーは常連だった」

「彼ときみが……過ごしたのはいつも〈サンダウナーズ・クラブ〉だったのか？」

「ほとんどは。ふたつあるＶＩＰルームのうちのひとつを使っていたけど、いつもってわけじゃなかった。テリーは六十四号線沿いの〈サンズ・モーター・ホテル〉を好んで使ってた」

「州間高速道路沿いの？」

彼女はうなずいた。「日曜日の午後、教会が終わったあとで彼とそこで会った。奥さんにはカーディーラーで書類仕事をしなきゃならないって言ってたらしくて、その時間しか都合がつかなかったみたい」彼女はそこまで言うと首を振った。「プールで泳いでから、ウォッカ・トニックを何杯か飲んだ。彼がいい心持ちになってくると部屋に上がって、わたしが財布に入れてあるコカインをポケットミラーで二、三列やって、それから……」彼女は口ごもった。

「ブッチ・レンフローやルー・ホーンはどうだ？　ふたりのどちらかと売春パーティーで会ったことはあるか？」

彼女は顎を引くと答えた。「いいえ。ほかにも相手はいたけど、いつもテリーが指名した」

「金はテリーが払ったのか？」

「ううん、ラリー・タッカーからもらっていた。彼は〈サンダウナーズ・クラブ〉のオーナーで、ほとんどのパーティーはクラブで行なわれていたから、グループの上前をはねていたの」

「なるほど」とボーは言い、フライドポテトをもうひとつ手に取ったが、食べずにそのまま置いた。「ということは、テリーは浮気をしていただけだと言い張るかもしれないな」

彼女は手のひらを上に向けて広げた。「でしょうね。でも、わたしが彼と会うたびにラリーが金を払っていた」

「ラリーは死んだ。それに支払いはいつも現金だったんだろう？」

彼女はうなずいた。そして両手で顔を覆った。「あまり役に立っていないみたいだね、違う？」

ボーはもう一度彼女の手を握った。「そんなことはない。それどころかこの情報はとても役に立つ。テリー・グライムスを攻める上での切り口になる。彼はおれからの電話を避けて、会おうともしない。この売春グループはブッチ殺害について、別の犯人の犯行の可能性を示す理論になるはずだ」

「ブッチがグループのことを告白して、テリーとルーを巻き込もうとしたから殺されたと考えているの？」

ボーは椅子にもたれかかるとため息をついた。「わからない。ブッチの死体を見つけたのはテリーだ。それにブッチと検事長の指紋以外で、家のなかから発見されたのはテリーの指紋だけだ」彼はテーブルの上で指の関節を鳴らした。「代替の殺人犯として彼は最良の選択肢だが、保安官事務所が彼を充分捜査したとは思えない」ボーは立ち上がった。「そろそろ行こうか？」

「お祝いを台無しにしてしまってごめんなさい」

「きみはおれが頼んだことをしてくれただけだ。ありがとう、ロナ」

彼女も立ち上がると、体を寄せてしっかりとハグをした。「テリーとしたことを証言する必要があるなら、そうする。検事長はわたしの命を救ってくれたんだから」

ボーは首を振った。「そんなことはさせられない、ロナ。娘さんがいることを考えるんだ」

「でもあなたには闘って勝たなきゃならない裁判がある。もしわたしが、売春グループを証明するための最良の証拠なら、わたしを証人に喚問するべきよ」彼女はそう言うと、眼を細めて彼を見た。「わたしの証言が信頼できないというなら別だけど。コカインと覚醒剤中毒だった上に、前科のあるストリッパーで、しかも娼婦（しょうふ）だったからね」

ボーは何も言わなかった。

「そうなんだよね？　わたしの証言には価値がない。なぜならわたしには価値がないから」

「そんなことはない」

ロナは背を向けると出口に向かって歩きだした。

「ロナ、待つんだ」ボーが彼女のあとを追いかけ始めると、隅のテーブルから男がふたり立ち上がるのが見えた。

ボーは走ってロナに追いつくと、彼女の腕をつかんだ。視野の片隅で、男たちが近づいてきて追い越していくのを見ていた。ひとりはチェックのフランネルシャツ、もうひとりは迷彩柄のTシャツとお揃いのパンツという姿だった。仲のいい昔なじみの友人同士で狩りに行き、そのあとビールを何杯かひっかけに来たという感じだった。

だがボーにはわかっていた。ひとりはワインレッドのピックアップトラックに乗っていて、もうひとりはグレーのセダンに乗っているはずだ。ボーは、彼らが事務所の外に駐車しているのを見たことがあった。裁判所でも、〈デイヴィス&エスリック食料品店〉に牛乳を買いに立ち寄ったときにも見ていた。最後に彼らを見たのは、土曜の夜、ブッカー・Tと〈ヒッコリー・ハウス〉でステーキを食べて、店から出てきたときだった。

「お願い、行かせて、ボー。たぶんあなたが正しいんでしょう。でもわたしは――」

「もうしばらくカウンターに坐っていてくれ」とボーは言った。ふたりの男が正面玄関から出ていくのに気づいていた。ふたりがいっしょにいるところは見たことがなかったので、ボーの本能は厳戒態勢にあった。彼は数時間前にマイケル・ザニックのレイプ容疑に対する和解を邪魔していた。そしてふたりの尾行者に出された今夜の任務は、もっと込み入ったものになったのだろう。

ボーはロナの肩越しにカウンターのなかを見た。そこではキャシー・デュガンが、テネシー大ボランティアーズ時代のペイトン・マニング（NFLのインディアナポリス・コルツやデンバー・ブロンコスでプレイした元アメリカン・フットボール選手。〝史上最高のクォーターバック〟と称される）の16番のジャージにカットオフジーンズ、ジャイルズ・カウンティ高校ボブキャッツの茶色と金色のメッシュキャップという姿で、氷の入ったグラスにウィスキーを注いでいた。「キャシー、ロナに〈ダイエット・コーク〉をもう一杯持ってきてくれないか？」ボーの口調は険しく、はっきりしていた。バーテンダーは眉をひそめた。

「わかった」とキャシーは言った。

「もうひとつお願いがある」

「なんだい？」

「警察を呼んでくれ」

彼女の顔が青ざめた。「どうして？」

ボーはアドレナリンが血管のなかを駆け巡るのを感じていた。「とにかくやってくれ」

49

ボーはドアを開けた瞬間、動きを察知した。身構え、しゃがみ込むと角材が頭の上をかすめた。ボーは、角材が〈キャシーズ・タバーン〉の正面ドアに当たって割れる衝撃で、フィン・パッサーの眼が大きく見開かれるのを見た。ボーの放った左ジャブが男の鼻に当たり、右アッパーカットが顎を捉えた。その激しさに骨が折れる音が聞こえたと思うほどだった。フィンの頭が後ろに反り、痛みにうめいた。彼は歩道に倒れて転がると、シャツの下から銃のようなものを取り出そうとした。

フィンが銃を構える前に、ボーがフィンの肋骨を蹴った。フィンの手がだらりと横に下がり、ボーはもう一度蹴った。そして何度も。ボーはポケットからグロックを取り出すと、二十九センチのローファーをフィン・パッサーの首筋に押し当てた。「いいか、よく聞け。ずいぶんとこの街で好きなようにしてきたようだが、もうこれまでとは違うものを相手にしてるんだ。お前に支配できないものをな」彼は男の首から足を離した。

「ずいぶんと大物を気取ってるじゃないか」フィンはそう言うと口から血を吐き出した。

「今夜のターゲットはお前じゃない、ヘインズ」彼は笑い、また口から血を吐き出した。「事務所の鍵を換えるべきだったたな」

ボーはフィンから離れると、一丁目通りの自分の法律事務所の方向を見た。眼を凝らすと、ワインレッドのトラックが事務所から去っていくのが見えた。

「何をした？」ボーは立ち上がると、フィンに向かって叫んだ。

「おれがお前だったら急ぐがな。少なくとも犬は救えるかもしれない」

「なんだと？」とボーは言い、パニックの波に襲われるのを感じていた。もう一歩あとずさると、最初のパトカーのサイレンが聞こえた。そして事務所に向かって走りだしたが、数歩進んだところで、世界が血のようなオレンジ色に染まった。そして彼の鼓膜を爆発音が揺さぶった。

50

ボーは悪夢を再体験しているような気がしていた。

繰り返し見た夢のなかで、彼は苦痛に満ちた一秒一秒を生きていた。ジャズに向かって走り、銃弾が彼女を襲う瞬間、彼女に追いついた。だが殺されるのを止めることはできなかった。そして今度も止めることはできなかった。彼の白い〈セコイア〉が爆発していた。ロナ・バークスの〈マスタング・クーペ〉も同様だった。二台の車から出た火が広がり、ボーが建物まで二十メートルの距離に迫ったときには、炎が事務所の前面を覆っていた。

リー・ロイが好んで寝ていたところだ。

「だめだ！」彼は叫ぶと、ビルの裏手にまわり込もうとした。「リー・ロイ！」

裏口のドアにたどり着くと、煙が見えたが、炎はなかった。ボーはジャケットを脱ぐと、それを首のまわりに巻いた。「リー・ロイ！」彼は叫び、犬が安全なところに逃げていることを願ったが、その姿はなかった。

ボーは大きく息を吸うと、ドアに向かって足を踏み出した。彼がドアを通り抜けようとしたそのとき、毛布で体を覆った人影が現れ、地面に倒れ込んだ。ボーがその人物から毛布を剝がそうとすると、何かがその下でくねくねと動いた。

リー・ロイの白と茶色の毛並みは真っ黒に焦げていたが、それ以外は爆発による傷はなさそうだった。ボーは膝をついて、遠吠えのようなうなり声をあげると、両腕でその動物を抱きしめた。リー・ロイがボーの顔を舐めた。

そしてボーは眼をしばたたいて自分のいる位置を確認すると、犬の背後で毛布を剝がそうとしている人物を見た。

消防車のサイレンの音が夜の空気に広がるなか、エニス・ペトリーが咳き込みながら苦労して息をしていた。彼はリー・ロイの前にしゃがみ込み、耳の後ろをなでた。それからボーを見て言った。「わたしがここにいることはだれにも言うな」

ボーはなんと言ったらいいかわからなかった。ショックを受けていた。

ペトリーはボーの背中を軽く叩くと、その横を通り過ぎて去っていった。

ボーは愛犬を抱きかかえたまま振り返ると、元保安官が視界から消えるまで見守った。

51

三十分後、ボーは、保安官事務所で、起きたことを主任保安官補のフラニー・ストームに供述した。エニス・ペトリーが彼の愛犬を助けたことを除いてすべてを話した。フラニーは、ボーとロナをパトカーで保安官事務所まで連れてきていた。ボーは今、大きな会議室で椅子に坐り、コーヒーを飲んでいた。彼の背後では、ロナ・バークスが苛立たしそうに歩きまわっていた。「ザニックのところにはもうだれか行かせたの？」

「まず何が起きたのかを理解する必要があります、ミズ・バークス」とフラニーは言った。その口調は落ち着いていて、悠然としていた。

ロナは突然立ち止まると、腰に両手を当てて言った。「そうね、何が起きたのかはっきりさせましょう。ボーが今日、マイケル・ザニックのレイプ事件の和解審理に現れた。ボーはわたしの娘の利益を代理してサック・グローヴァーが提案した、ザニックに対する起訴取り下げという甘い取引を判事が認めないようにした。その数時間後にボーは襲われ、わたしたちの車は爆破され、事務所はほぼ全焼した」彼女はフラニーをにらみつけた。「だれがこの背後にいるかは明らかよ。わたしの娘をレイプしたのと同じ男よ」

　フラニーはメモに手書きで記し、それからボーを見た。「ボー、フィネガン・パッサーという男を拘束した。彼が……あなたを襲った人物なの？」

「なぜやつの逮捕をためらう、主任保安官補（チーフ）？」とボーが訊いた。

　フラニーは口元に小さな笑みを浮かべた。「病院を出るまでは彼を尋問できないからよ。救急治療室（ER）の医師によると、鼻が折れて顎にひびが入り、肋骨は四本折れているそうよ」

「〈キャシーズ・タバーン〉の入口に粉々になった角材があったのを見たか？」

　フラニーはうなずいた。「何があったの？」

「おれがドアを出ると、パッサーがその角材で殴りかかってきた。が、やつは外した」ボーはことばを切ると、フラニーをにらんだ。「おれは外さなかった」

「パッサーは何に対しそんなに不満を持っていたの？」

　ボーはまだ腰に手をやっているロナのほうに首を傾けた。「彼女が言ったとおりだ。今日、和解審理でおれたちがマイケル・ザニックをこてんぱんにした報復だ」

「自信たっぷりね？」

　ボーは立ち上がった。「いいか、新人（ルーキー）、こんなことに付き合っている暇はない。事務所の様子を見て、何が残されてるかを確認する必要がある」彼はロナを連れてドアに向かった。

「ミスター・ヘインズ？」フラニーは後ろから声をかけた。

ボーは立ち止まらず、彼女を見ようともしなかった。

「今回の件はとても残念です」とフラニーは言った。

「最近、よくそう言うな」ボーは保安官補に背を向けたまま戸口で立ち止まると言った。

「陪審員が、元夫に対する殺人でヘレン・ルイスに無罪を言い渡したときには、そのことばをもっと言うことになるだろう」

52

翌朝、ボーは新たな目的を持って拘置所に入っていった。昨夜、フィン・パッサーを撃退し、彼とロナの車が爆発するのを目撃したときのアドレナリンがまだ残っていた。五感が研ぎ澄まされていた。面会室に入ると挨拶もそこそこに話し始めた。「昨日、マイケル・ザニックのレイプ事件の和解審理に行き、サック・グローヴァーが提案してきた和解案を蹴飛ばしてきた」

ヘレンは安堵のため息をついた。「どんな条件だったの？」

「裁判費用の支払いに加え、百時間の社会奉仕活動と引き換えに起訴を取り下げる」

ヘレンはロケットが発射されたように椅子から跳び出した。「怠け者のくそサックが」

「落ち着いてくれ、検事長」ボーは両手を上げて言った。「被害者アマンダ・バークスの代理人として提案に異議を唱えた。ハロルド・ペイジ判事は、サック・グローヴァーが彼の選挙キャンペーンの一番の支援者である男を起訴することに、倫理上の懸念があるかどうかを判断できるまで和解審理と訴訟を延期することにした」

ヘレンは微笑んだ。「どうやったの?」

「おれは自分の立場を明確にした上で……アルドス・スタンリーを審理に呼んだ」

ヘレンは両手を叩き合わせた。「賢明なやり方ね。ペイジは決してマスコミの注目を浴びたがらないから」

ボーが同意するとドアを強くノックする音が何度かした。フラニー・ストームが小さな部屋に入ってくると、彼は立ち上がった。彼女はボーに眼をやり、それからヘレンに眼をやった。「大陪審はあなたに対して起訴状を発行しました、検事長。あなたの罪状認否手続きは今日から一週間後、六月五日午前九時に行なわれます」彼女はボーのほうを見た。「なるべく早くこのニュースを知ってもらいたかったので」

「ご親切なことだ」とボーは言った。保安官補は彼から感謝のことばをもらえるとは思っていないようだった。彼女が部屋をあとにすると、沈黙の時間が流れた。ボーとヘレンはたった今言われたことを頭のなかで整理していた。罪状認否でヘレンは無罪を主張するだろう。そしてコナリー判事は裁判を開始する。

ヘレンは咳払いをした。「売春グループについてほかにわかったことは?」

「ダーラ・フォードにその存在を確認した。それから……ロナ・バークスにも」

「ロナ？」ヘレンは訊いた。

ボーは重苦しい表情でうなずいた。

「どちらかは証言に応じる？」

「ダーラはだめだろう。彼女はグループの存在を認めようとさえしなかったが、おれがそのことに触れたときの反応で彼女も関与していることはわかった。ロナは証言するだろうが……」彼の声は小さくなっていった。

「彼女は信頼できる証人ではない」

「ああ、そうだ。だがそうだったとしても、ブッチ殺害と売春グループを結びつける証拠がない」

「でもわたしたちは近づいている」とヘレンは言った。

ボーはニヤリと笑った。「ああ、そうだ」

「そして今日の午後にはもっと情報が得られる、そうでしょ？」

ボーはうなずくと、壁に背中をもたせかけた。彼は携帯電話を取り出して時間を確認した。すでに十時を過ぎており、一時にはディケーターで人と会う約束があった。

それに途中で立ち寄るところもある……

「もう行かなければ、検事長」ボーは携帯電話をポケットに戻すと、ドアに向かった。

「ボー？」

　ボーは肩越しに振り向いた。

「あきらめずに頑張って」そう言うと彼女はボーに微笑んだ。ブッチ・レンフローが殺害され、彼女がヘイゼル・グリーンの農場に現れた夜以来、ボーが彼女の顔に幸せそうな色合いが浮かぶのを見るのは初めてだった。

「ケツの穴全開でいくさ」とボーは言い、彼女にウインクをすると、面会室をあとにした。

53

〈テリー・グライムス・フォード／ビュイック〉は、西カレッジ通りを〈レジェンズ・ステーキハウス〉から半マイル進んだところにあった。ボーはタクシーでそのカーディーラーまで行くと、セールスマンが声をかけづらい雰囲気を放ちながら、全面がガラスで覆われた展示スペースに入っていった。「テリー・グライムスに会いたい」エネルギッシュな笑顔で出迎えた二十代のブロンド女性に彼はそう言った。

「申し訳ありません、ミスター……」

「ヘインズ。ボーセフィス・ヘインズだ。ミスター・グライムスに今すぐ会いたい」

「えーと、ミスター・グライムスは今、接客中です。失礼ですが――」

「待てと？　いや、待てない。二分以内にミスター・グライムスがおれの前に現れなければ、この店がいかに差別的で、黒人は経営者に謁見さえさせてもらえないと言ってわめき散らすつもりだ」ボーは携帯電話を取り出した。「今、おれのフェイスブックのページを開いた。カメラに向かって微笑んでくれ、ゴルディロックス（イギリスの童話『3びきのくま』に出てくる金髪の少女。〝ゴルディロックス〟自体が〝金髪〟を意味する）」

販売員の女性はグライムスを連れてすぐに戻ってくると言って、急いで去っていった。ボーは展示ルームの大きさを確認した。入口のドアが三つあり、それぞれのドアの上に監視カメラがあった。この店にはあらゆるところにカメラがある、と彼は思った。

しばらくして、テリー・グライムスが作り笑顔を顔に貼りつけながら、大股で近寄ってきた。「やあ、こんにちは、ボー。われわれの新しい〈エクスプローラー〉のラインナップを見に来たのかな？」

「かもな」とボーは言った。「その前に、お前とブッチ・レンフロー、ルー・ホーンが過去二十年間、〈サンダウナーズ・クラブ〉を根城にやってきた売春グループについて話したい」ボーがブロンドのセールスレディのほうを見ると、彼女はショックのあまり口を大きく開けていた。「ちょっとふたりきりにしてくれないか、お嬢さん（マァム）」

「ああ、タイラ、少しのあいだ、わたしとミスター・ヘインズだけにしてくれないか？」

彼女が去ると、テリーは話しだそうとしたが、ボーが制した。「お前のオフィスで」とボーは言った。「今すぐだ」

テリーはまた微笑んだ。「こっちだ」

ボーは展示ルームを通り抜け、店の内部へ入った。廊下のそれぞれの角にカメラがあることに気づいた。テリーのオフィスに入ってドアが閉まると、ボーは六期目となる郡政委員をじっと見た。テリーもサック・グローヴァーと同じようにオーダーメイドのスーツを着ており、白髪交じりの髪は少しの乱れもなかった。笑顔は絶やさなかったが、その眼は険しく、まばたきひとつしなかった。

「最初に」とボーが口火を切った。「しばらくのあいだ〈エクスプローラー〉を借りたい。黒いやつだ。革張りのシートの豪華なやつ。バックカメラがあるのがいいな」

テリーは胸の前で腕を組んだ。「オーケイ、いいだろう。いつまでに――」

「今すぐだ」とボーは言った。「あのブロンドの女の子（ゴルディロックス）か、お前のとこのチンピラのひとりに表に用意させろ。書類を用意したら今晩じゅうに記入して返す」

「リース期間は？」

「最低限でいい。一時的に必要なだけだ」

「わかった、十二カ月のプログラムを用意しよう。午後十一時まで営業しているから、いつでも立ち寄ってくれ、サインだけしてもらうように準備しておく」とテリーは言った。「よければなぜこんなに急いで車が必要なのか教えてくれないかね？」

「昨日、おれの車が爆発したんだ。聞いていると思ったがな」

　テリーは困惑に顔を歪めた。

「聞いてないのか？」ボーは首を傾げながら訊いた。「おいおい、テリー、お前のような政治ゴシップ好きな男が、昨夜一丁目通りで二台の車が爆発し、ボーセフィス・ヘインズ法律事務所がほぼ全焼したということを知らなかったと言うのか？」

「火事のことは聞いていたが、きみが関係しているとは知らなかった」とテリーは言い、また微笑んだ。

「教えてくれ、テリー。浮気をしていないかお前の奥さんから訊かれたときも、今と同じように微笑んで嘘をつくのか？　医者にタマにできた発疹(ほっしん)や唇が紫色になったことについて訊かれたときはどうなんだ？　ヘルペスは厄介だからな、どうだ？」

　テリーは両手でテントの形を作ると、腹の上に置いた。「もういいかな、ボー？　ほかにも車を売らなきゃならないんだ」

「いや、まだだ。売春グループのことは知っている。全部聞いてるんだ。〈サンダウナーズ・クラブ〉のストリッパーの何人かは口が軽いからな。そのうちのひとりが今たまたまおれの事務所で働いている。日曜の午後は〈サンズ・モーター・ホテル〉で密会してたそうじゃないか。少し泳いでカクテルを飲み、コカインを少しやったらセックス。聞き覚えがあるんじゃないか？」

テリーの笑みはもはや歯の抜けたしかめっ面のようになっていた。まるで屁をしようとしてうまくできなかったかのようだ。「出ていってくれ。それに車のリースもなしだ」

「ああ、そうか。じゃあ、おれは展示ルームに戻って、そこにいる全員にお前が黒人には車を売らないと言ったと言うとするか。それからフェイスブックでライブといこうじゃないか。ライブなんて聞いたことあるか？　息子と娘がいつもやってるんだ。頭がおかしくなりそうだよ。だがテリー、おれはそのライブで友人たちにここがどんなに差別的な店なのか話すつもりだ。〈プラスキ・シチズン〉のアルドス・スタンリーとの独占インタビューもセッティングできるかもしれないな。どうだ？」ボーは席を立つと、ドアに向かった。彼はドアノブをつかむと、テリーを見ることなく言った。「テリー、お前は汚いやつだ。この郡で二十年間にわたって売春グループを運営する一方で、ピカピカのクリーンなイメージを保ってきた。おれはこの郡の人々にテレンス・ロバート・グライムスのほんとうの姿を正確に伝えるつもりだ」

「訴えて、身ぐるみ剝いでやる」

ボーはようやく振り向くと、肩越しに車のセールスマンを見た。「真実こそが誹謗中傷に対する絶対的な防御だ」彼は微笑んだ。「おれはそのことを知っている。弁護士だからな。ヘレン・ルイスの裁判で、プラスキはようやくお前の罪のすべてを知ることになる」

「もしお前の言ってることを証明できたとして、それがいったいどうしてブッチの殺害に関係すると言うんだ?」

　ボーはニヤリと笑った。「知らんよ、テリー。死体を見つけたのはお前だろう?　警察に通報したのもお前だ。お前の指紋は彼の家のあちこちで見つかっている」

「わたしは彼の隣人で、友人でもあった」

「ああ、そうだ。お前の説明を聞くのが愉しみだよ」とボーは言った。「陪審員もきっとそう思うはずだ」


　一分後、ボーはブロンドのセールスレディの横を通り過ぎながら尋ねた。「おれの車の準備はできてるか?」

「はい、玄関の前にあります。キーはイグニションに差してあります」

　ボーは彼女に投げキスをすると、建物を出た。


　オフィスでは、テリー・グライムスが吸入器を使って息を吸いながら、落ち着きを取り戻そうとしていた。あんな口をきくなんて、いったいあいつは自分を何様だと思ってるんだ?　息を整えると、彼は電話をつかみルー・ホーンの番号を押した。

「もしもし」ルーは最初の呼び出し音で出た。

「問題が発生した」とテリーは言った。

「ザニックか？」

「いや」とテリーは言い、額の汗を拭いた。「もっと悪い。ボーセフィス・ヘインズが今わたしに会いに来た」

「それで？」

「やつは売春グループ（ザ・リング）のことを知っている」

優に十秒間、電話の向こうからはルーの荒い息遣いしか聞こえてこなかった。そして咳払いをしてから、彼は状況を申し分ないほど簡潔なことばにまとめた。「くそっ」

54

アラバマ州ディケーターは、テネシー川沿いのウィーラー湖のほとりにある中規模の都市である。ボーは弁護士になってからは、この街に来たことはほとんどなく、携帯電話のGPSに、私立探偵の川沿いの事務所まで案内してもらった。新しい車はテリー・グライムスを怒らせるための道具だったが、〈エクスプローラー〉がかなり乗り心地がよいことは認めざるをえなかった。いずれにせよ、彼は今夜、リース契約にサインすることなく車を返却するつもりだった。

エレベーターを降りると、なんの特徴もないドアがあり、その上部にステンシルで〝フーパー　PI〟と表示してあった。

ボーはドアをノックし、返事がなかったのでノブをまわした。

彼はなかに入ると、湖面を見渡す大きな窓のある会議室に足を踏み入れた。フーパーは、ボーの親権裁判の夜に家まで送ってくれたときと同じ深紅(クリムゾン)のアラバマ大のキャップ、オックスフォードのボタンダウンシャツ、カーキのショートパンツにサンダルという姿で机に坐っていた。だれもこの男のことをコロンボだとは思わないだろう。彼はイヤフォンを耳に入れており、眼の前には食べかけのサンドイッチがあった。机の上にはほかにもふたつのサンドイッチがあり、ポテトチップスの袋もいくつか置いてあった。それらの食べ物が入っていたと思われる白い袋には茶色の文字で〝ホイッツ・バーベキュー〟と書いてあった。

ボーを見ると、フーパーはイヤフォンを外した。ボーはホワイトスネイクの『ヒア・アイ・ゴー・アゲイン』が聞こえたと思ったが、フーパーがスマートフォンをタップすると音楽は終わった。「ミスター・ヘインズ」

「フーパー」

ボーは坐ると、袋とサンドイッチを手で示した。「昼飯か？」

「ああ、ポーク・サンドイッチをひとつ食べてみてくれ。〈ホイッツ〉はこの街でおれのお気に入りのバーベキューショップなんだ」

ボーは微笑みながら、サンドイッチをひとつ手に取った。腹ぺこだったのでふたたび話を始めるまでに半分たいらげていた。ポーク・サンドイッチはすばらしいと認めざるをえなかった。「始める前にひとつ知りたいことがある」

「アルバート」とフーパーが言った。「ファーストネームはアルバートだ。知ってるだろ……ファット・アルバート（TVアニメ《Fat Albert and the Cosby Kids》の主人公の黒人少年）と同じだ」

「ヘイ、ヘイ、ヘイ」ボーはアニメのキャラクターのまねをした。が、ふたりとも笑わなかった。「おれはフーパーと呼ぶことにしよう」

「いいね」

「ザニックについて教えてくれ」

探偵はポテトチップスをひとつ口に入れると、テーブルの上にあったリモコンを手に取った。彼がそのボタンを押すと、ふたりから一番近い壁にプロジェクター・スクリーンが降りてきた。

ボーはそのスクリーンを見て顔をしかめると、もう一度豪華な会議室を見まわした。「よかったら教えてくれ。どうしたら私立探偵がこんな場所にいられるんだ？　Ｕｂｅｒの運転手で稼いでるわけじゃないだろ」

「両親が金持ちで大金を遺（のこ）してくれたんだ」フーパーはそう言うとサンドイッチをひと口かじった。

「なら、いったいなんで私立探偵なんてやってるんだ？」

彼は微笑み、口いっぱいに頬張りながら言った。「得意だからさ」

55

二時間後、ボーはリースの〈エクスプローラー〉を運転して、テネシー・リバー・ブリッジを渡り、ハンツビルに向かう州間高速道路五百六十五号線を走っていた。アルバート・フーパーが非常に優秀な探偵だということは認めざるをえなかった。ボーの頭のなかは、フーパーがプロジェクターを使ってパワーポイントで詳細に説明してくれた情報にまだざわざわとしていた。

マイケル・ザニックはヘンリーとパトリシアのザニック夫妻のひとり息子として、マサチューセッツ州ボストンで育っていた。ヘンリー・ザニックはボストン大学の数学教授、パトリシアはニューイングランド・ペイトリオッツ（NFLのプロアメリカン・フットボールチーム）のマーケティング部門で働いていた。マイケルはボストン近郊のチャールズタウンで小、中学校を過ごし、一九九六年五月にチャールズタウン高校を卒業した。その後、全額支給奨学金を得てマサチューセッツ工科大学に入学し、二〇〇〇年にコンピューター・サイエンスの学位を取って優秀な成績で卒業した。ボストンのいくつかの会社のコンピューター設計部門で働いたのち、二〇〇五年、マーク・ザッカーバーグという名のハーバード大学の学生が創業したフェイスブックというソーシャルメディアにいち早く投資した。二〇一〇年までにはツイッターやインスタグラムにも投資し、その純資産は一億ドルにまでなった。彼は両親には、チャールズタウンに褐色砂岩を張った三階建ての歴史的な建物を、自身にはバークシャー地区に宮殿のような豪邸と四百万平米もの土地を購入した。

二〇一三年十月一日、彼の両親は、ケープコッド沖で飛行機墜落事故に遭い、命を落とした。その飛行機はマイケルが父と母をケープコッド岬に送るために差し向けたプライベートの双発機だったが、その家族旅行は悲劇に終わってしまった。二カ月後、ザニックは自分の豪邸とチャールズタウンの両親の家を売り払って、テネシー州プラスキに移り住んだ。三十一号線沿いに約四十万平米の土地を購入し、一年後には人造湖、スイミングプール、裏の森にはジップラインまで備えた五百五十平米の邸宅に引っ越してきた。フーパーは、自身のドローンで先月撮った邸宅の写真をボーに見せた。自宅の建築中、ザニックはプラスキのダウンタウンにあるジェファーソン通りに家を借りていた。ジャイルズ郡に住み始めてから半年のあいだに、ザニックは地元の弁護士ブッチ・レンフローの協力を得て、新たな金融機関であるZ銀行を設立した。またカレッジ通り沿いのいくつかの不動産や六十四号線沿いにある七つの土地からなる千二百万平米もの農地も購入した。

ボーは、フーパーといっしょにその土地を調べ、ザニックがまだ購入していないのはウォルトン農場だけだということに気づいた。

ザニックは日本の将来有望な自動車メーカー、〈ホシマ〉と交渉中で、六十四号線に隣接している六百万平米の土地に製造工場を誘致しようとしていた。この工場で小型乗用車の〈ホシマ・ファミリーワゴン〉と新たな中型ピックアップトラック〈ボブキャット〉を製造する予定だった。

二〇一四年十一月、マイケル・ザニックが十五歳のアマンダ・バークスを強姦した罪で起訴され、〈ホシマ〉との取引は行き詰まった。

両親以外の家族についてもフーパーは調べていた。小中高を通じてザニックの親友はフィネガン・マケルウェイン・パッサーという名の男だった。フィンはアイルランドのダブリンで生まれ、小学三年生のときに両親とボストンに移住していた。その三年後、フィンの両親が交通事故で亡くなる。その葬儀のあと、マイケルの勧めもあって、ザニック夫妻はこの少年を養子に迎えた。

一九九六年、フィン・パッサーはマイケルといっしょにチャールズタウン高校を卒業したが、大学に進学した記録はない。一九九七年に海軍に入隊し、二〇〇三年に普通除隊していた。バークシャーのザニックの自宅で働いていた使用人によると、フィンは二〇〇八年から二〇一三年十月までのあいだ、ザニック専任の〝警備〟の仕事をしていたという。二〇一三年十二月にザニックがプラスキに移ってきたときには、パッサーはいっしょではなかった。ザニックが〈サンダウナーズ・クラブ〉を買い取って店を再開したときになって初めてプラスキにやってきて、義理の兄のためにエキゾチック・ダンスクラブの経営を始めた。

ザニックにはパッサーのほかには生存している親戚はいなかった。フーパーがチャールズタウン高校とＭＩＴの卒業年鑑を調べたかぎりでは、ザニックには、百マイル以内には高校や大学の同級生はいないことがわかった。

病歴については、一九八五年にマサチューセッツ総合病院で口唇裂の修復手術を受けていた。それ以外には手術や病歴はなかった。

ザニックはマーティン・メソジスト大学に百万ドル以上、ファースト・ユナイテッド・メソジスト教会に十万ドル以上の寄付をしていた。また同大学やテネシー州南部地域保健機構、地元のボーイズ＆ガールズ・クラブの役員も務めていた。マーティン・メソジスト大学の新聞に、バークシャーを離れてプラスキに来た理由を尋ねられると、ザニックは、「両親が死んだ場所には住めなかった。責任を感じてしまい、できるだけ遠くに引っ越して、まったく新しい別の人生を始めようと思った」と打ち明けていた。

ボーはフーパーのプレゼンテーションのなかで、特にそのことばをしっかりと覚えていた。マイケル・ザニックがなぜプラスキに来たのかを示す唯一の証拠だったからだ。

ザニックに関する話は興味深く、そして悲劇的だった。フーパーはボーが頼んだ以上のことをやってくれた。

だが結局のところ、ブッチ・レンフロー殺害との関係は何も見つからなかった。

これで振り出しに戻ったな、とボーは思い、気分が沈んでいくのを感じながら、市境を越えてハンツビルに入った。

56

ハンツビルのエアポート・ロードから少し離れたところにある〈サーティワンアイスクリーム〉の駐車場に車を止め、T・Jとライラが坐っているところを見ると、ボーの気分も一気に晴れた。週末ではなかったが、街を通りかかったのでエズラとジュアニータが子供たちに会うことを認めてくれたのだ。

三人が注文を済ませ、コーンのアイスを持って席に戻ると、ライラが椅子から身を乗り出し、母親に似たまなざしで尋ねた。「パパ、事件のほうはどうなってるの？」

「順調だよ、ハニー」とボーは言ったが、それが真実ではないと自分でわかっていた。

「父さんのことを誇りに思うよ」T・Jがプラリネ&クリームのアイスを舐めながら言った。「事務所を再開して、また弁護士をやるなんて。あのさ、ぼくたちずっと考えてたんだけど……」その声はしだいに小さくなった。ボーはライラが兄の肩にパンチをするのを見た。

「パパに訊いてよ」と彼女は兄に迫った。

「わたしに何を訊くんだ？」とボーは言い、十四歳の娘から十七歳の息子に視線を移した。

「わたしに何を訊くんだ?」と彼は繰り返した。

「父さん、もし……もしかしたら……わからないけど……」

「はっきり言うんだ、トーマス・ジャクソン」

「わたしたちプラスキに戻れるの?」ライラが思わず質問を口にした。

ボーは顔にしわをよせた。それはボーがまったく予想していなかったことばだった。

「友達が恋しいの、パパ」

ボーはうなじを掻いた。「その……新しい友達はいないのか?」

「もちろんいる。でもわたしたちはプラスキに長いこと住んでたから。カーラやエラリー、ハンターに会いたいの」

ボーは微笑んだ。フラワー通りにある家に遊びに来て、ディズニーの《ハイスクール・ミュージカル》をひと晩じゅう見ていた女の子たちのグループのことを思い出した。そして息子に眼を向けた。「T・J、お前はハンツビル高校のチームメイトを置いて去ることができるのか?」

少年はため息をついた。十七歳というよりも二十五歳のように見えた。「つらいよ、父さん。けどぼくもプラスキの友達に会いたいんだ」彼は声を落とした。「母さんはプラスキが嫌いだった。母さんとおじいちゃんとおばあちゃん。けどぼくたちはずっとあの街が好きだったんだ」

ボーはため息をついた。「ハンツビルのほうが黒人はずっと多い」

「それは関係ない」とライラは言った。「パパとママはみんな同じように接しなさいって教えてくれた。黒人も白人も紫色の人も」

ボーは苦笑した。「そのとおりだ、ハニー。けれどときどき、世界のほかの人々は正しく行動しないことがある」

彼女は顔をしかめた。「プラスキはふるさとよ、パパ」彼女はことばを切った。「ママは嫌っていたけど、ここよりもあそこのほうがいっぱい思い出があるの。ここでの思い出はママが撃たれたことだけ」少女の唇は震えだしていた。T・Jが妹の涙を見るのに耐えられず、眼をそむけた。ボーは体を乗り出すと、娘の肩を抱きしめた。「わたしも母さんが恋しいよ、ベイビー」自分の首に息子の手が置かれるのを感じ、ボーは腕をT・Jにまわしてふたりをハグした。「ふたりとも愛してるよ。こんなごたごたに巻き込んでしまってすまない」ようやく三人が抱擁を解くと、ライラがふたたび口を開いた。「パパ、考えておいてくれる？」

ボーは顎を引くと、しっかりとうなずいた。「ああ、わかった」

57

午後八時、ボーはリースの〈エクスプローラー〉を〈テリー・グライムス・フォード／ビュイック〉の敷地内に乗り入れた。彼はイグニションを切ると、正面玄関の両開きのドアをくぐった。

最初の一歩を店内に踏み入れるより前に、左手から声が聞こえ、ひとりの男が書類を抱えて駆け寄ってきた。「ミスター・ヘインズ、チェイス・ロビンソンといいます。ミスター・グライムスはもう退社しましたが、わたしがあなたの書類をすべて――」

「待て待て、チェイス」とボーは言った。展示ルームにいるほかの客にも充分聞こえるほど大きな声だった。「この車、ブレーキはゆるゆる、タイヤはずっとスリップするし、ディケーターでの打ち合わせのあとはエンジンがかからなくなる始末だ。こんなガラクタは願い下げだ」

「ですが、ミスター・ヘインズ、あなたはこの車をリースしたんですよ」

ボーは微笑んだ。「いや、してない。おれのサインが書類のどこかにあるか？」

チェイスは書類を見つめていた。顔は真っ赤になっていた。「ですが、あなたがミスター・グライムスに……」

ボーは男の肩を軽く叩くと言った。「彼には気が変わったと言っといてくれ」

三分後、駐車場で、ボーはブッカー・T・ロウの〈フォードF－150〉ピックアップトラックの助手席に乗り込んだ。

「ここ数日はひどい目に遭ってるようじゃないか、兄弟」とブッカー・Tは言った。

「ケツの穴全開(ワイド・アス・オープン)だ」とボーはささやくように言い、眼を閉じてウインドウに頭をもたせかけた。アドレナリンが切れかけていた。

58

ふたりは、ベネット・ドライブにある〈ヒッツ・プレイス〉で会うことにした。テリーは若手のセールス・マネージャーたちとこのバーに来るのが好きだった。ここでいちゃいちゃしている若い大学生の尻を眺めるのが好きだったのだ。バーは、午後八時の今の時点では半分くらいしか席は埋まっていなかったが、夜が遅くなるにつれ満席になるだろう。そんななかでルー・ホーンの姿はいかにも場違いだった。

「で、やつはおれたちの何について知っているんだ？」とルーは尋ね、〈クアーズ・ライト〉をボトルから飲んだ。そのバーは街で一番冷たいビールを出すと宣伝しており、テリーは自分のクアーズ・ライト（シルバー・ブレット）を唇まで運んだ。たしかにそのビールが氷のように冷たいと認めざるをえなかった。

「ストリッパーのことだ」とテリーは言った。「ロナを含む」

ルーは笑った。「彼女はいつもきみのお気に入りだった」

「黙れ」

ルーはもうひと口ビールを飲むと息を吐いた。「さて、老友よ、もしボーが知っているのがそれだけなら、やつは何も知らないも同然だ。ストリッパーごときが〝言った言わない〟のコンテストでわたしたちを負かすことができるわけがない」彼は顔をしかめた。「それよりもわたしはザニックのほうがずっと心配だ。彼はきみが売春グループの運営についてすべてを告白したテープを持っている」彼はカウンターを手で叩いた。「きみがあんなばかなことをするなんて、今でも信じられんよ、テリー」

テリーは頭を振った。「わたしはいつも大口を叩く。だからいいセールスマンになったんだ」

ルーはため息をついた。「火曜日にはもう少しでザニックの起訴取り下げが決まるところだった。サック・グローヴァーも取り下げに同意していて、あとはペイジがサインするだけだった」

「それをボーがやってきてすべて台無しにした」

ルーはビールを飲み干してバーテンダーに差し出した。バーテンダーが新しいものと取り替えてくれた。「ああ」

いっとき、ふたりの男は無言のまま飲んでいた。テレビのスクリーンでは野球のハイライトシーンが映し出されていたが、ふたりともまったく見ていなかった。ルーがようやくふたりのどちらもが考えていたことを口にした。

「テープはまずい……だがザニックはほんとうに彼が約束していた証人を連れてくることができると思うか？」ルーはそこまで言うと、ささやくような声で続けた。「わたしたちをほんとうに破滅させることができる人物を」

テリーはビールをひと口飲むと、かすれがちの息を吐いた。彼はひどく疲れていたし、ボーセフィス・ヘインズとやりあったことのストレスで頭痛を覚えていた。「わからない、だがルー、これだけは言える。マイケル・ザニックをみくびってはいけない」

59

ヘレン・エヴァンジェリン・ルイスの罪状認否は十五分ほどで終わった。

「死刑殺人での起訴に対し、被告人はどのように主張しますか？」テネシー州じゅうからやってきて傍聴席を埋めるマスコミが椅子から身を乗り出して見つめるなか、スーザン・コナリー判事が訊いた。

ヘレンは深く息を吐き出すと、バルコニーにまで聞こえるはっきりとした声で答えた。

「無罪です」

「よろしい」とコナリーは言うと、机の上の何かに眼を落とし、顎をなでながら言った。

「本法廷は被告人の無罪の主張を認め、本件を二〇一五年十月十四日に公判に付するものとします」

第四部

60

テネシー州プラスキ、二〇一五年十月十三日

裁判の前日の日曜の午後、ジャイルズ郡拘置所の面会室はいつも以上に息苦しく、閉所恐怖症になりそうなほどだった。その一因は金曜日にエアコンが故障し、まだ修理されていないせいだった。十月初旬のテネシー州南東部の息苦しいほどの暑さは、今年も例外ではなく、気温は三十度を超えていた。もちろん、もうひとつの理由は、狭い空間にいるふたりの人物から発せられる悲壮感だった。

「じゃあ、わたしたちは万事休すってわけなのね？」とヘレンは言った。その口調には敗北と疲労が混じっていた。罪状認否からの数ヵ月間で、検事長は体重を減らし、いつも青白い彼女の肌は、ボーには幽霊のように見えた。ふたりの面会は、予備審問から罪状認否までのあいだは毎日だったのに、やがて一週間に一回になっていた。ボーは自分の依頼人がますます自らに引きこもっていくのを感じていた。ボー自身を除くと、ヘレンに面会に訪れたのはジャイルズ・カウンティ高校の国語教師で、彼女の長年の友人であるダニー・コスレンだけだった。ダニーがボーに報告したところによると、八月の終わりにダニーが訪問した際、ヘ

レンはほとんどことばを発しなかったという。「心配なの、ボー」とダニーは言っていた。「あきらめるなんて彼女らしくない。彼女はファイターなのに」

二〇一五年九月十七日、マイケル・ザニックに対するレイプ容疑が、六月にサック・グローヴァーがペイジ判事に提案したのと同じ甘い司法取引によって起訴を取り下げられ、事態はさらに悪くなった。このとき、取引を提案したのはサックではなく、地区検事補のグロリア・サンチェスで、彼女はペイジ判事に対し、州は強制強姦および法定強姦で有罪を認める充分な証拠がないと主張した。ボーの抗議も無駄に終わり、ペイジは取引を認めた。

「グロリアは自分のベッドを整えたのよ」ボーがそのニュースを伝えるとヘレンはそう言った。「彼女はわたしが有罪になると信じている。彼女がザニックとの取引をペイジに認めさせたら、十一月の選挙でサックが勝ったあとも、地区検事補の地位に留めると彼が約束したんでしょう」彼女は静かに笑った。「皮肉なのは、グロリアはマンディの事件についてザニックの有罪を信じていなかった」ヘレンは悲しそうな眼でボーを見つめた。「グロリアがこの事件に対する意見を述べたとき、彼女は自分の考える真実を伝えたのよ」立ち上がって面会室のドアまで歩くと、ヘレンは二回ノックし、金属製のドアに額をもたせかけた。「あなたも自分のベッドを整える必要があるわよ、ボー。わたしに勝てる見込みはない。今撤退すれば、ここまでの報酬は払う。ディック・セルビーにならこの事件を引き受けさせることができる。ディックほど沈没していく船の船長にふさわしい人間はいない」

「絶対だめだ、検事長。おれは最後までやる」とボーは言った。だが依頼人のあきらめた様子にすっかり落胆を覚えていた。翌日、彼がザニックを性的暴行で損害賠償請求を提起したと知らせに来たときも、彼女は微笑みもしなかった。

「彼は和解をして、金で解決するわ、ボー」

「いや、そうはさせない。ロナが認めない」

彼女は首を振った。「結局のところ、だれにでも値段がある。ロナとマンディ・バークスは善良なのに傷つけられた人々よ。もし高額の賠償を受け、裁判のストレスと不確実性を避けられるなら、和解しないのは愚かなことよ」彼女はことばを切ると、彼に微笑みかけた。「ボー、あなたは最終的にはお金をもらって手を引くようにロナに助言するはずよ」

ボーは言い返さなかった。代わりに彼はうつむき、言った。「そしてザニックは逃げ延びる」


それから一カ月後の今、裁判が始まる二十四時間前となっていた。ボーはまだ眼の前の彼女の質問に答えていなかった。痩せ細った依頼人を見つめながら、ボーは彼女に嘘をつくことなく答えることができる最もたしかな方法を考え出そうとしていた。「いいや」とボーはようやく言った。「万事休すだと言うつもりはない。ただ――」

「われわれの代替犯人説を裏付ける証拠がない」ヘレンは眉をひそめて抗議するようにさえ

ぎった。「違う？」

「そうだ」ボーは認めた。「フーパーはまだ調査中だ。ブッチ、テリー・グライムス、ルー・ホーンに関する彼の報告書は読んだだろ？」

「ええ、どれもすばらしい。ザニックに関する報告書と同じように。でも、わたしにはそれらのどの点もブッチ殺害と結びつけることはできなかった」

ボーはため息をついた。「おれもだ」

「ということは万事休すなのよ、弁護士さん」

「それでも彼らは事件を立証しなければならない」とボーは言った。「この郡で最も著名な市民のひとり――二十年間公職に就き、地区検事長として多くの殺人犯に正義を下してきた女性――が、冷酷にも元夫を殺害したと、合理的疑いを越えて証明する責任がある」ボーはことばを切った。「凶器は見つかっていないし、目撃者もいないにもかかわらず、それを立証しなければならない。彼らが法廷に持ち出すことができるのは状況証拠だけだ」

ヘレンは弱々しく笑った。「わたしは好きだけど、その芝居は冒頭陳述まで取っておいてちょうだい」

「これがおれの冒頭陳述だ。凶器がなく、目撃者もいなければ、殺人はありえない」

彼女は首を振った。「陪審員は状況証拠だけでも有罪にできることはあなたもよくわかってるでしょ。ミズ・スペンサーが家でわたしを見たこと、殺人現場にわたしの指紋があったこと、ブッチに中絶について公表させないようにしたかったという動機があることに加え、法医学研究所のウォード博士がわたしの〈クラウン・ビクトリア〉から見つかった血痕がブッチの血液型と一致していると証言する。ウォード博士は毛髪についても証言してくれるでしょうね。ブッチのソファとローブから発見された毛髪はわたしが提出したサンプルと一致すると証言する」彼女はことばを切った。「どう反論するの？」

ボーはコンクリートの床を見つめた。「反論はしない」

「というよりもできないでしょ。われわれは《CSI：ニューヨーク》や《CSI：マイアミ》、《CSI：ニューオーリンズ》の世界に生きている。サックはいまいましい法廷を〝CSI：プラスキ〟に変え、陪審員たちを自分の言いなりにさせようとしている」

ボーは何も言わなかった。検事長の言うとおりだ。彼女のような優秀な法律家が依頼人になるのは困りものだった。こういった岐路に立たされたときに、どんなにごまかしたところで、彼らが追いつめられているという事実を隠すことはできないのだ。「すまない、検事長。最善を尽くしているんだが」

「わかってる、ボー。それに感謝している。あなたのせいじゃない」

中身のない譲歩。ボーはそう受け止めた。「じゃあ、明日の朝、八時三十分に会おう」

ボーは立ち上がると、ドアに向かった。「検事長、ひとつ覚えておいてほしいことがある」

「何？」

「あの法廷でのおれの戦績は七十七勝一敗だ。唯一の黒星はこの事件の依頼人につけられたものだ」

彼女は立ち上がると、彼のほうに歩き、短いハグを交わすとささやくように言った。「ありがとう、ボー」

彼は唇を嚙むと、なんとかうなずいた。そして拘置所をあとにした。

オフィスに戻ると、ボーは会議室の長いテーブルのまわりを歩いていた。

ロナは腕を組んで奥の壁際に立っている。ヘレン・ルイスの罪状認否以来、火災の被害を修復するために一ヵ月間ビルの工事があったにもかかわらず、事務所はさらに十件の新規案件の依頼を受けていた。そのうちの八件は人身傷害に関する事件で、さらにそのうちの二件については、ジェス・レイノルズの事件と同様、六桁の金額での和解が成立していた。

ボーセフィス・ヘインズは法律事務所を復活させ、娘の希望に沿って、プラスキのダウンタウン――以前の家から二ブロックほど離れた場所――に家を買った。来週には、ウッドラフ判事の前に立ち、子供たちはプラスキでいっしょに暮らすべきだと主張するつもりだった。

来週、彼が親権裁判の審理で勝利するかどうかはともかく、彼はヘレン・ルイス検事長によって贖罪（しょくざい）の機会を与えられたのだ。彼女がこの事件をボーに依頼することで、文字どおり、彼の死んだ体に命を吹き込んだのだった。

おれは勝たなければならない、ボーはそう考えながら部屋のなかを歩き続けた。「ダーラ・フォードのほうはどうだ?」彼はロナに訊いた。

「だめよ。彼女はわたしが名前を言うなり、電話を切ってしまう」

「くそっ」とボーは言った。

「〈テリー・グライムス・フォード/ビュイック〉に出した召喚状は?」とロナが訊いた。

罪状認否のあと、ボーはブッチ殺害の夜の販売店のビデオ映像をすべて提出するよう検察側に求めていた。テリーの供述調書では、彼は午後十一時まで働いていたと言っていた。だがビデオにはテリーが愛車の〈フォード・エクスペディション〉で十時三十分に出ていくところが映っていた。それはたいした嘘ではなかったが、テリーの妻の供述では、彼が家に着いたのは十一時十五分で、空白の三十分間について説明がついていなかった。

ロナはため息をついた。「ボー、このことはずっと話さないできた。たぶんあなたは聞きたくないだろうから。でもブッカー・T・ロウのことはどうなの? 彼は生きているブッチに最後に会った人物のひとりよ。そして彼にはブッチに死んでほしいと思う動機が山ほどある」

「ブッカー・Tが最後にブッチに会ったのは四月一日の夜七時半、〈ヒッコリー・ハウス〉でだ。彼は食事を終えると、帰りがけにブッチに話しかけた」

「ブッチの頭にビールをかけた。それにふたりを担当していたウェイトレスのサンディ・ダンカンは、ブッカー・Tがべろんべろんに酔ってブッチを脅していたとあなたに言った」

「彼は、ブッチが融資を延長しなかったことを後悔することになると言っただけだ」

「それは脅しよ、ボー」

今度はボーがため息をつく番だった。「いいか、おれはちゃんと調べた。ブッカー・Tはシロだ」

「ボニータ・スペンサーが見た、殺害時刻近くにピーカン・グローブ・ドライブをうろついていた濃い色のフォードのトラックは？　ブッカー・Tはどんなトラックに乗ってるの？」

ボーは笑った。「ロナ、ミズ・スペンサーは問題のフォードのトラックの後部の窓には南部連合の旗のステッカーが貼ってあったと言ったんだ。黒人であるブッカー・Tが南部連合旗を貼っているわけがない」ボーはことばを切った。「気はたしか？」

「ミズ・スペンサーは旗のステッカーはよく見えなかったと言っていた。見間違ったのかもしれない。もしあなたの従兄弟が、〈ヒッコリー・ハウス〉でサンディ・ダンカンが耳にした約束を実行に移そうとしていたのだとしたら？　ブッチの家の近くを通ったあと、なかに入って彼を二発撃ったとしたら？　そのことを考えたことがある？」

ボーは天井を見上げ、そして歯を食いしばってうなるように言った。「ああ」

「それで？」

「ブッカー・Tは身長百九十八センチ、体重は百三十キロ以上ある。どうやってだれにも見られずにブッチの家に忍び込めたと言うんだ?」

「ブッチの家の裏の空き地から歩いて近づくことができたはずよ。検事長が入ったのと同じ、通用口のドアから入って、そこから現場をあとにした」

「不可能だ」とボーは言った。

「ほんとうに?」

「ほんとうだ」

「あなたの従兄弟はなんと言ってるの?」

「彼はそこにいなかったと言っている。レストランを出て、まっすぐ家に帰ったと」

彼女は腕を組んだ。「家ってどこよ? 彼は一カ月前にブッチ・レンフローとZ銀行によって立ち退きをさせられていたはずよ」

「彼は自分の土地に不法占拠していたんだ」

「なるほど。じゃあ、彼がその晩、ほかに違法にやっていたことは?」

「農場に直行し、酔っぱらって気を失っていたと言っている」

「でもそれを裏付ける証人はいない」と彼女は言った。「つまり、まとめると、彼にはアリバイがなくて、動機は山ほどある。そしてボニータ・スペンサーが殺害のあった夜に見たのと同じ型のトラックを持っている」

「44マグナムは持っていない」

「必要ない。検事長の銃を使ったかもしれない」彼女は両手を叩いて合わせた。「ボー、あなたはブッカー・Tが従兄弟だからって、偏った判断に陥ってる。その偏見が検事長の命を奪うかもしれないのよ」

「おれは彼を信じる」とボーは言うと、ようやく天井から視線を動かして、彼女を見た。

ほぼ一分間、沈黙が部屋を満たした。ロナはドアまで歩くと、廊下に続く戸口で立ち止まった。彼女は厳しいまなざしでボーを見つめた。「現実を直視するのよ、ボー。裁判まであと十五時間しかない。そしてわたしたちの最良の代替犯人説はブッカー・Tがブッチ・レンフローを殺したというものよ。彼には、あなたが繰り返し言ってきた動機も手段も機会もあった」彼女は一瞬、間を置いてから言った。「たとえ彼と敵対することになっても、彼を証人に呼ぶのよ」

「できない」とボーは言った。

「するの」とロナは言った。「それが検事長にとっての最大のチャンスなのよ。そしてあなたは彼女にそうする義務がある」彼女はことばを切った。「ボー、あなたはいい人で、優秀な弁護士よ。あなたはわたしが正しいとわかっている。そうよね？」

61

一時間後、ボーはウォルトン農場へ続く砂利敷きの私道に入っていった。彼はシルバーのボディに黒いホイールの〈シボレー・タホ〉を運転していた。彼の〈セコイア〉が爆発した数日後にフェイエットビルの〈ハワード・ベントレー自動車販売店〉で購入したものだった。彼はこのSUVを気に入っており、T・Jからもかっこいい（バッドアス）とお墨付きをもらっていた。だが〝ビッグ・ハウス〟へ続く道をゆっくりと進みながら、ボーは丘を登るときに眼に入ってきたもう一台のトラックについて考えていた。

ブッカー・T・ロウの黒い〈フォードF-150〉が納屋のそばに止まっていた。ボーはイグニションを切ると、車から降り、恐怖と絶望を同じくらいの割合で感じながら、従兄弟のトラックに向かって歩いた。彼はフロントとサイドのウインドウを調べてから、後ろにまわった。そしてそのステッカーを何枚か、いろいろな角度から写真に撮った。さらに百歩ほど離れてまた写真を何枚か撮った。これがボニータ・スペンサーの窓からのおおよその距離だ。充分近い、とボーは思った。

「何をしてる、兄弟？」ブッカー・Tが玄関ポーチから大きな声で叫んだ。それから重い足取りで階段を下り、疲れた笑顔を浮かべて近づいてきた。

ため息をつくと、ボーはポケットから一枚の紙を取り出した。ロナは三十分前に召喚状を申請していたが、ボーは自分以外の人間の手でこれを渡すわけにはいかないと思っていた。

「これはなんだ？」ブッカー・Tはそう言うと、ボーが差し出したその書類を手に取った。大男の〝ロウ・ファームＬＬＣ〟の名前とロゴの入ったカーキのワークシャツは、汗でびっしょり濡れていた。彼は書類の上部を読むと、すばやく眼を通してから言った。「本気か？」

「証言はさせないかもしれないが、召喚状は出しておかなければならない」

「なぜおれを証人として召喚する？」

　ボーは事実を率直に話すことにした。「代替犯人説を示すためだ」

　ブッカー・Ｔは鼻で笑った。「お前の示す代替の犯人がおれだっていうわけか」

「お前には動機、手段、機会がある」ボーはロナが使ったフレーズを繰り返している自分がいやだった。だが彼のアシスタントは正しかった。

　ブッカー・Ｔは口元を固く引き締めるように笑った。「こんなことをするなんて信じられない。おれを仕事に戻してくれたあとに」彼は胸を張った。「おれは客をすべて取り戻し、さらに何人か増やした。もう一度前に進んでるんだ。テルマにもチャンスをくれるよう説得した。ジャーヴィスもまた話をしてくれるようになった。あの子はフットボールの奨学金をいくつか提供されていることを話してくれた。アントニオは自転車に乗れるようになった。テルマはビデオを送ってくれて、来週末にこっちにやってくるのを愉しみにしていると言ってくれた」彼は手を突き出し、ボーが倒れそうになるくらい激しく押した。「この場所をどうしたらいいかも考えた」彼は両手を広げ、眼の前に広がる農地を示した。「アラバマ州レインボウシティでジョン・クロイルが経営するビッグ・オーク牧場を知ってるか?」

ボーはうなずいた。ジョン・クロイルはアラバマ大の数年先輩だった。ブライアント・コーチの下で一九七三年に全米チャンピオンに輝いたチームのディフェンシブ・エンドで、オールアメリカンにも選出された選手だった。

「なら、ルーズベルト・ヘインズ少年少女農場ってのはどうだ?」ブッカー・Tの声は今や感情が昂るあまり震えていた。「土地が広いから、少年部門と少女部門に分けて、そのあいだにコミュニティ・センターを置くこともできる」

ボーは眼が涙で熱くなるのを感じていた。彼が「すばらしい」と言う前に、ブッカー・Tがまた彼を押し、バランスを崩させた。「なぜこんなことをする、ボー? おれはお前の唯一の親族だというのに」

「おれには依頼人に対する義務があり、もう時間がないんだ」

「おれは殺していない、ボー。それにそんなことができないことはわかってるだろう」

ボーは答えなかった。代わりに彼は頭を垂れた。「すまない」ボーは立ち去ろうとしたが、ブッカー・Tが背後から叫んだ。

「自分が何者なのか、わかってるのか、ボーセフィス。白人にへつらいやがって。金持ちになって、白人のゲームをするのが好きになったんだろう。なんのためにおれを助けた？　昔のブッカー・Tを取り戻させて、またボロボロにするためか？　そうなのか？　なんでそんなことをする？　クソ食らえだ！」

ボーは〈シボレー・タホ〉にたどり着くと乗り込んだ。

「聞いてるのか、兄弟。地獄に落ちろ！　お前なんか――」

ドアのバタンと閉まる音がありがたいことに従兄弟の叫びをかき消してくれた。


十分後、ボーはピーカン・グローブ・ドライブのボニータ・スペンサーのリビングルームに坐っていた。「これは二〇一五年四月一日の夜に通りをゆっくり走っていたフォードのトラックに貼ってあったステッカーじゃないですか？」と彼は尋ね、彼女が彼の携帯電話に映し出された写真をじっくり見ているのを、息を殺して待った。彼はこの面談をできるだけ先送りにしてきたが、もう時間がなかった。

ボニータは眼鏡を外すと、携帯電話から数センチのところまで顔を近づけた。それから眼鏡をかけると、今度はできるだけ携帯電話を離して持った。「そうね、どうやら……」

ボーは胸が締めつけられるように感じた。「どうやら何ですか？」

「間違ってたみたいね、ミスター・ヘインズ」彼女は微笑みながら、彼を見るとそう言った。

「わたしが見たのはそのトラックよ。後ろに南部連合旗があったと思っていたけど、背景は赤じゃなかった。これみたいにグレーだった。それにわたしが見たのは〝X〟じゃなかった。ステッカーが曲がっていたから〝X〟みたいに見えたけど、そうじゃなかった」彼女はそこまで言うと、両手で眼を覆った。「どうして南部連合旗みたいなシンボルと混同してしまったのかしら?」と彼女は言い、写真を指さした。ボーセフィス・ヘインズの口は渇いていた。「わかりません、マァム」彼はなんとかそう言うと、ブッカー・T・ロウのトラックの後部窓の写真を見つめた。そこにあったのは南部連合の旗ではなかった。そこにあったのはキリスト教の普遍的なシンボル、十字架だった。

62

どうしてこんなにばかだったんだろう? ジャイルズ郡の裏道を走り、最後にはビッグクランド・クリーク・バプティスト教会の駐車場に車を停めるとボーはそう思った。叔父のブッカー・T・ロウ・シニアは四十年間、この小さな教会の牧師を務めていた。叔父は十年近く前に亡くなっていたが、ブッカー・T・ジュニアは今でもこの教会に通っており、父が設立した教会への誇りを示すため、〈フォードF-150〉の後部窓にそのエンブレムを貼っていた。

グレーの地にブルーの十字架。十字架には白抜きの文字でBCBCというイニシャルが入っていた。近くで見るとその文字がよくわかるが、百歩離れたところからは、南部連合旗の州を表す星と見間違ってしまうだろう。さらにボーの従兄弟はステッカーを少し斜めに貼っていたので、特に横から見ると〝X〟に見えた。

「信じられない」ボーはそうつぶやきながら〈シボレー・タホ〉から降り、小さなチャペルの正面玄関に向かった。予想どおり、扉は開いていた。教会の裏の倉庫には鍵がかかっていたが、礼拝堂は神と話したい人のためにいつも開かれていた。それはブッカー・T・ロウ・シニアが決めたルールで、新しい牧師もそれにならっていた。

ボーは会衆席の前から二列目の席に坐った。そこは記憶しているかぎり、彼が子供時代に常に日曜日を過ごしてきた場所だった。彼は説教壇を見上げ、その奥の壁に飾られている大きな十字架を見つめた。

ボニータ・スペンサーがトラックについて言っていたことが正しければ、ブッカー・Tが、殺人のあった夜にブッチ・レンフローの家には行っていないと言っていたのは嘘だということになる。だからといって、彼がブッチを殺したとは言えない。ボーは頭のなかですぐにそう反論したが、胃のなかで吐き気が広がるのが手に取るようにわかった。ブッカー・Tには明らかに動機があった。そしてボニータ・スペンサーは殺人があった時間帯にブッチの家の前を彼のトラックが走っているのを見たと証言することになっていた。ブッカー・Tが車を止めて、家の裏側に行き、殺人を行なうには充分な時間があった。

そしてヘレンの44マグナムが現場に残されていたとすると、ブッカー・Tは郡検察医のメルヴィン・ラグランドが指摘した方法でブッチを殺す手段があったことになる。

それから数時間のあいだ、ボーセフィス・ヘインズはビックランド・クリーク・バプティスト教会の会衆席の二列目に坐っていた。彼はこの事件について考え、事実をもう一度確認することで、自らを苦しめた。

そして何よりも祈った。

導きを。

強さを。

正しいと信じることを実行する勇気を。

神様、どうかお助けください。

63

翌朝、ヘレン・ルイスが法廷に連れてこられたとき、彼女はいつもの黒いスーツに黒のハイヒールという姿だった。自分の靴が床を鳴らす音を聞きながら、彼女はこの音が多くの弁護人の心に恐怖を抱かせてきたことを思い出していた。今は彼女が恐怖を覚える側だった。

そしていつも法廷で着る服を今日も着ていることが、自殺する警官がライフルを口にくわえる前にブルーの制服を着るという事実を思い出させた。

彼女は弁護人と眼を合わせた。ボーセフィス・ヘインズはすべすべとした血色のよい顔に自信を浮かべて彼女にうなずいた。彼女は勝算がないことがわかっていたが、ボーがここにいてくれてよかったと思った。

「準備はいいか？」とボーは尋ねた。

「大丈夫よ」

「覚えておいてくれ、検事長、最初の二、三日は――」

「――ひどくなりそうね。わかってる。検察側は、今日はハンマーを持ち込んできて、陪審員が、わたしが有罪以外の何ものでもないと考えるように、強く叩きつけることを望んでいる。わかっている。わたしは長いあいだ、反対側のテーブルに坐っていたから」

ボーはさらに何か言おうとしたが、サンダンス・キャシディが法廷に入ってきて、そのあとにスーザン・コナリー判事が続いた。「さあ、行くぞ」とボーはささやいた。準備はできていたものの、ヘレンはサンダンスの裁判の開始を告げることばを聞くと、アドレナリンが湧き出てくるのを感じた。

「全員起立！」

64

中絶。

陪審員選定を支配することばがあるとすれば、それは〝中絶〟だった。サック・グローヴァーは自らのプレゼンテーションのなかで少なくとも五十回はそのことばを口にし、ボーは四十二人の陪審員候補に、もし被告人が中絶をしたことを示す証拠があった場合も、彼女に対し公正かつ公平でいられるかどうかについて質問しなければならなかった。

ボーにはわかっていた。陪審員候補のほとんどは、信念のために公正ではいられないと判事に告げるほどの勇気は持ち合わせていない。さらには実際に陪審員に残るために嘘をつき、その偏見を被告人に向けて利用しようとする者もいた。彼はそれを目の当たりにしてきた。

そんななかでも、ヘレンは自らの表情と態度をストイックかつプロフェッショナルに保っていた。午後四時、この裁判を裁く十二人の陪審員が席に着いた。

四十歳以上の白人男性十人、七十代の白人女性ひとり、そして三十代の白人女性ひとりという構成だった。

サック・グローヴァーにとっては理想的な陪審員だ。ボーは彼らを見定めながらそう思った。間違った陪審員を選んだ場合、裁判は始まる前から負けることが多いと知っていた。だが、これらの人々はこれまでヘレン・ルイスが検事長に立候補したとき、彼女を選んできた人々なのだ。もっとも選挙のほとんどは無投票で決まっていたのだが。

少なくともチャンスはある、とボーは思った。だがコナリー判事が休廷を宣言し、冒頭陳述を翌朝開始すると告げたあと、彼が覗き見た依頼人の表情にはそんな楽観主義はつゆほどもなかった。

「棺桶(かんおけ)を選んだほうがいいみたいね」と彼女は言った。

65

州側の主張は、しっかりと整理され、秩序だっていた。少なくとも二〇一五年十月十七日木曜日が終わったときには、それは盤石(ばんじゃく)なものに思えた。サック・グローヴァーは予備審問で使ったのと同じ証拠を今回も展開したが、それに加えて、ヘレンの車にあった血液がブッチの血液型と一致すること、被害者のソファとローブから発見された毛髪が、ヘレンが提供したサンプルと一致したことが証明されるというおまけまでついた。ヘレンが言っていたように、まさに〝CSI:プラスキ〟だった。ナッシュビルの法医学研究所のマラカイ・ウォード博士の証言が終わると、陪審員全員がヘレンに対してうさんくさげな視線を向けていた。

火曜日の午前中に冒頭陳述を終えたあと、サックは、グロリア・サンチェスの証言とブッチの署名入りプレスリリースから始めた。このふたつの証拠を合わせた結果、一九七七年の中絶について暴露すれば彼を殺すと、ヘレンが脅していたことが確認された。ボーはこのプレスリリースは伝聞証拠であるとして異議を申し立てたが、サックは、このプレスリリースを証拠として提出したのは、その内容が真実であるかどうかを確認するためではなく、被害者の精神状態を示すためであると主張し、コナリー判事は異議を棄却した。検察側の次の証人は郡検察医メルヴィン・ラグランドで、彼は死因が44マグナムによるふたつの銃創で、死亡時刻は四月一日の午後九時から深夜零時までのあいだであると証言した。

　火曜日の州側の最後の証人はボニータ・スペンサーで、二〇一五年四月一日の夜九時から十時近くに被害者の家に被告がいたことを証言した。ミズ・スペンサーに反対尋問を行なうかと尋ねられたボーは、躊躇（ちゅうちょ）したあと、背後で不愉快そうなまなざしで彼をにらんでいるロナを、そして次にうなずいているヘレンをちらっと見た。

「裁判長、今の時点ではこの証人への反対尋問を保留することを認めていただけますでしょうか」ボーは弁護側の代替犯人説としてブッカー・Tの名を挙げるのをできるだけ引き延ばしたいと考えていた。一般的に言って、反対尋問の機会を無駄にするのは賢明ではないが、ボーは、ブッカー・Tのトラックを見たというミズ・スペンサーの証言を、後に弁護側の主張の一部として提示しても同様に効果的だと判断したのだった。そしてブッカー・Tのためにはなるべく長く引き延ばさなければならなかった。

日曜の夜、ビックランド・クリーク・バプティスト教会で祈りを捧げたあと、彼がたどり着いた妥協案がこれだった。ヘレンは、「ブッカー・Tのトラックが通りを走っていたことは彼が被害者の家にいたことを意味しない」と言って、ブッカー・Tを代替犯人とする説には乗り気ではなかったので、この案に同意した。

「異議は？」コナリー判事がサック・グローヴァーに質問を投げた。サックは眼を大きく見開いて判事を見てからボーを見た。

「えーと、いいえありません、裁判長」彼はようやくそう言うと、この戦略を理解していないかのように頭を振った。

「よろしい、ミスター・ヘインズ、認めましょう」

ボーは、外見上は平静を保っていたが、内心では深い安堵を覚えていた。時間を稼ぐことができたのだ。

水曜日の午前中、州側の最初の証人はダグ・ブリンクリーだった。彼は殺人のあった夜、被告人が自身の四四口径のリボルバーで的を撃っていたと証言した。サックはそのあと、テリー・グライムスを喚問した。郡政委員は、二〇一五年四月二日午前十時過ぎに自宅のソファに横たわっているブッチを発見したと証言した。テリーは証言しながら、あざや弾痕で傷ついた変わり果てた長年の友人の姿を見たと述べ、涙を流した。

サックはその日は圧倒的な物的証拠をもって締めくくった。彼はフラニー・ストーム主任保安官補を召喚し、被害者の家のあちこちから被告人の指紋が発見されたことを証言させた。木曜日、彼はウォード博士のDNAの鑑定結果をもって喚問を終えた。反対尋問でボーが獲得した唯一のポイントは、被害者宅から44マグナム・リボルバーが発見されていないことと、殺人の目撃者がいないことをフラニー・ストームに認めさせたことだった。

木曜日の午後四時四十五分、ウォード博士が証人席をあとにすると、サック・グローヴァーは立ち上がって咳払いをした。「裁判長、検察側は以上です」

陪審員が法廷から出されると、コナリー判事が判事席からボーを見て言った。「ミスター・ヘインズ、弁護側の証拠にはどのくらいかかりますか?」

どんな証拠だ? 証拠などない。そう言う代わりに、ボーは率直に言った。「裁判長、わかりません。今夜依頼人と話し合って、いくつか決めなければなりません」

コナリー判事は肩をすくめたが、明らかに苛立っていた。「ミスター・ヘインズ、わたしは陪審員が次の週も戻ってこなければならないかどうか、宙ぶらりんにしておきたくないんです。明朝、お知らせいただきたいと思います」

「はい、裁判長」

66

拘置所では、ボーとヘレンがパンチドランカーのような虚ろな表情で見つめ合っていた。

「明日はどうする？」

「わたしを召喚して、尋問を終える」

「ブッカー・Tはどうする？」

「あなたにそんなことはさせられない、ボー。わたしたちふたりともブッカー・Tがブッチを殺していないと知っている」

「そうなのか？　ボニータ・スペンサーは午後十時十五分頃、ブッチの家の前の通りをブッカー・Tのトラックが走っていたことを目撃しているし、彼は殺害の数時間前に被害者と口論していた」

「だめよ、ボー。それじゃ弱い」

「それしかないんだ」

彼女はボーの言い分をはねつけた。「少し休みなさい。わたしの直接尋問のリハーサルはもう充分やってきたから」

そのとおりだった。裁判のあいだ、毎晩ボーはヘレンに模擬尋問を行ない、自分の役割を果たしたあとは、反対尋問も行なった。

「わかった」

「ボー?」

彼は戸口で振り向いた。

「明日何が起きても、そのことであなたに罪の意識を感じてほしくない。あなたがわたしのために全力を尽くしてくれたことをわたしは知っている」彼女は首を振った。「どんな理由であれ、カードは配られていたようね。逮捕された瞬間から、わたしに勝ち目はなかった。初めからだれかが遠くからわたしを意のままに操っていたような気がする」

ボーはなんと言っていいかわからなかった。検事長のことばにもかかわらず、もしこの裁判に負けたら、彼は残りの人生をずっと罪悪感を抱いて生きていくことになるだろうと思った。

67

事務所に戻ったボーは、ブリーフケースを置くと、ミニ冷蔵庫からビールを取り出した。最初のひと口を飲む前に、彼はロナのコンピューターに貼ってある〈ポスト・イット〉に気づいた。立ち上がって、そのメモを剝がすと、声に出して読んだ。

「〝ボー、もしきみがこの裁判に勝ちたいのなら、午後九時三十分にきみのお父さんの墓で会おう〟」

彼はメモを何度も読み返したが、筆跡に見覚えはなかった。携帯電話を取り出して時間を確認した。午後八時。ロナは午後七時にメールを送ってきて帰宅すると告げ、明日の朝必要なものはないかと訊いてきた。ボーは「ない」と返信していた。

このメモは七時から八時のあいだに貼られたのだろう。

行きたくなかったが、選択の余地はないことがわかっていた。ものを恵んでもらうのにえり好みはできないのだ。

ビールを一気に飲み干すと玄関に向かった。〈レジェンズ・ステーキハウス〉で食事をしてから、墓地に向かうつもりだった。

夜に墓地を訪れることは法律に違反していたが、それでもボーが思いとどまることはなかった。

68

墓標の前では、エニス・ペトリーが待っていた。

「いい話なんだろうな」とボーは言いながら、墓標を覗き込み、西カレッジ通りの〈ウォルマート〉で買った六本パックのビールから一本取り出した。彼はぐいっとひと口飲んだ。四分の三ほどの月が輝くなかで、墓標の〝アンドリュー・デイヴィス・ウォルトン〟という名前がかろうじて読み取れた。最後にここを訪れたのは、ジャズが死んだ数週間後だった。そのとき彼は自分にガソリンをかけ、ライターに火をつけ、もう少しで自分に火がつくところまで近づけた。張り詰めた数秒間のあと、彼は自殺を思いとどまった。子供たちのために、死ぬわけにはいかないと悟ったのだ。

「ああ」とペトリーは言った。

「なぜ、ここなんだ?」ボーは生物学上の父親の名前を軽蔑のまなざしで見ながらそう言った。

「人前に出たり、きみの事務所でいっしょにいるところを見られたくなかった。特にマイケル・ザニックが手下のひとりにきみを尾行させているとなるとなおさらだ。それに……」彼は墓標を見た。「……わたしはいつも皮肉が好きなんだ。わたしときみの人生を台無しにした男の墓の前こそ、善行をするのにふさわしい場所はない」

ボーは無理に平静を保とうとした。「あんたがおれの犬を救ってくれて以来、話はしていなかったな」ボーは一瞬、間を置いてから続けた。「あのときはありがとう」

「わたしがいたことを警察に話さないでくれたことに感謝する。フィン・パッサーはまだ刑務所にいるのか?」

ボーは首を振った。「彼は保護観察中で、厳重に監視するとフラニーが約束してくれた。自動車の爆破への関与は証明できず、単純暴行罪でしか逮捕できなかった」ボーはことばを切った。「あんたはどこにいた?」

「あちこちに」とペトリーは言った。「きみに会う理由はなかったから」彼は間を置いてから続けた。「今までは」

「なぜ今?」

「もう待てないからだ」

ボーは眼を細めて元保安官を見ると、六本パックの残りをペトリーの足元に置いた。「飲むか?」

ペトリーは一本取ると、キャップを開けた。

「オーケイ」とボーは言った。「話してくれ」

「刑務所にいたとき、定期的に面会に来たのはフィン・パッサーだけだった」

「前にも聞いた。フィンはザニックが街の人間の情報を欲しがっていると言い、あんたは売春グループのことを話した」

「全部をきみに話したわけじゃない」とペトリーは言い、ビールを飲んだ。

「おれに言わなかったことはなんだ?」

「わたしが売春グループを捜査していることを検事長に話さなかったほんとうの理由だ」

ボーは腕の毛が逆立つのを感じていた。「その理由はなんだ?」

「彼女に言わなかったのは……わたし自身がそのグループの客になっていたからだ」

「あんたが?」ボーは心臓の鼓動が速くなるのを感じた。

「ああ」

「な、何を言ってるのかわからない。教えてくれ」

「たいして話すことはない。タミー・ジェントリーというストリッパーと金を払って何回か会っていた」

ボーはうなじに氷のように冷たいものを覚えた。「だれに金を払った」

ペトリーは彼の眼を見た。「ブッチ・レンフローに一回、ルー・ホーンに一回」と彼は言った。「わたしはフィンが面会に来たとき、自分の関与を話した。そしてフィンは連中のうちのひとりを捕まえた。テリーだ。あいつは口が軽く、問い詰められてグループのことを話し、それを録音された」彼はことばを切った。「グループのことを記録に残していたのはブッチだろう。賭けてもいい」

「コンピューター」とボーは声に出して言った。「ブッチのラップトップPCが殺人のあった夜に盗まれていた。検察はヘレンが中絶の証拠を消そうとして盗んだと主張しているが、ルー・ホーンかテリー・グライムスが売春グループの証拠を処分した可能性もある」

「ビンゴだ」とペトリーは言った。「テリー・グライムスは隣人で、ブッチが死んでいるのを最初に発見した人物だ。彼がブッチの生きているところを最後に見た人物ではないとだれが言える？」

ボーはビールをぐいっと飲み、頭のなかでこの問題を整理した。やがて墓の前の冷たい草の上に坐り、苦々しげに笑った。「すばらしい話だ、エニス、ほんとうに。だがおれはどうしたらいい？ フラニーはあんたは喜んで証人席に坐り、売春グループのことを証言してくれると言うのか？ フラニーはあんたをすぐに刑務所に逆戻りさせるだろう」ボーは残りのビールを飲み干した。「たとえあんたが証言しても、その証言はあんたが直接金を払ったルーにしか及ばない。テリー・グライムスは逃げ切るだろう。テリーこそが捕まえる必要のある人物だ。彼こそがブッチの殺害につながっている。ルーじゃない」

ボーは立ち上がると、六本パックを手に取った。「検事長は正しい。おれたちは万事休すだ」

「テリーの関与を証明する方法を知っている」

「どうするんだ、エニス。あんたの告白だけじゃ不充分だ。〈サンダウナーズ・クラブ〉のストリッパーだったダーラ・フォードが売春に関与していたことはわかっているが、召喚しても黙秘権を行使するだろう。ロナ・バークスはテリーと組織を結びつけることができるが、犯罪歴と薬物の使用歴があるから、証人席でずたずたに引き裂かれてしまう。それにテリーを召喚したところで自白するとは思えない、違うか？」

「ボー、そのいずれも必要ない」

「なぜだ?」とボーは訊いた。その声からは苛立ちが容易に聞いて取れた。

「なぜなら、ブッチの弁護士ならこの情報をすべて知っていたはずだからだ」

「ブッチの弁護士? いったいなんのことを言ってるんだ」

「ブッチとヘレンは一九九五年に離婚した。ヘレンは自身で代理人を務めたが、ブッチは友人のひとりを代理人に立てた」

ボーは相手の男に向かって首を傾げた。「レイレイのことを言ってるのか?」

ペトリーはうなずいた。「レイレイこそがきみの切り札だ」

ボーの苛立ちは怒りに変わった。「エニス、レイレイが死んだことはあんたも知っているはずだ。彼を証人席に坐らせることはできない」

「きみたち弁護士は依頼人のファイルを保管しておくんじゃないのか?」

ボーはまたうなじに冷たいものを覚えた。「レイレイがファイルに何か記録してるはずだと言うのか?」

「考えてみろ、ボー。彼はブッチの離婚弁護士だ。ブッチが売春の副業で金を稼いでいたことをヘレンが知ったら、金銭や財産の分与に大きな影響を与える可能性があったはずだ」

ボーは眼をしばたたき、自分の父親の墓標をじっと見た。レイモンド・ピッカルーの墓もこの場所からそう遠くない場所にあった。「彼のファイル?」とボーは訊いた。

「レイレイの死後、彼のファイルがどこにあるのか知っているか？」

ボーは一瞬だけそのことを考えた。そしてニヤッと笑った。「知っているとも」

69

ボーは車に戻ると、その番号にかけた。お願いだ、出てくれ……

三回目の呼び出し音でつながった。「もしもし、ボー？　きみなのか？」

ボーは眼を閉じると、感謝の祈りを口にした。「わが信奉者（マイ・ビリーバー）。きみに頼みがある」

四年前のアンディ・ウォルトン殺害事件における自身の裁判以来、ボーはリック・ドレイクのことを〝わが信奉者（マイ・ビリーバー）〟と呼ぶようになった。青年がひたむきに陪審員に語りかける姿を見てそう呼ぶようになったのだ。現在三十一歳のリックは、タスカルーサのマクマートリー＆ドレイク法律事務所を閉鎖し、故郷のアラバマ州ヘンショーに帰ろうとしていた。リックはボーの声を聞いて興奮しているようだった。

「裁判のことはニュースで追いかけていたよ、ボー。必要なことがあれば、なんでも言ってくれ」

「レイレイ・ピッカルーが殺されたあと、彼の依頼人ファイルがどうなったか覚えてるか？」

五秒間の沈黙。「よくは覚えてないけど、事務所のPCにレイレイの遺品整理に関するメモがあったはずだ。教授はレイレイの遺言執行人だったから。調べてから連絡してもいいかい？」

「ああ、だが急いでくれ、坊主。時間がないんだ」


三十分後、リックから電話があった。「すべてのファイルはメリディアンビルにある倉庫に保管してある。〈ランドヴェーア・ミニストレージ〉という名前だ」

ボーは安堵のため息をついた。「メリディアンビルなら一時間の距離だ」

「検事長の元夫のファイルを探してるのか？」

「ああ、使えそうなものがあるかもしれないと思って」

「弁護士依頼人間の秘匿特権はどうなる？」

「ブッチは死んだ」とボーは言った。「それにおれは彼の弁護士じゃない。そのファイルを見る必要があるんだ」

回線を沈黙が流れ、やがてリックが口を開いた。「ボー、ぼくは明日はタスカルーサで公判前会議があるんだ。じゃなければ、ぼくが自分でメリディアンビルまで行って、ファイルを見つけたいところなんだけど」

「心配ない。助けてくれる人間がいる。ありがとうリック、ほんとうに感謝している」

十秒かけて、ボーは呼吸を整えた。ひょっとしたらレイレイ・ピッカルーがもう一度、墓からおれのケツを救ってくれるかもしれないと思った。それからその夜最後の電話をかけた。

「フーパー」と声が答えた。大きく、警戒した声だった。

「Uberの運転中か?」

「いや、今夜はしてない」

「よかった。頼みたいことがある。急用だ」そのあと十五分をかけて、ボーは探偵に何が必要かと、倉庫に入るための鍵の組み合わせとパスワードを教えた。それが終わると、ボーは私立探偵にこれに何が懸かっているかを説明した。「プレッシャーをかけるつもりはないが、事件全体がこれに懸かっている」彼は相手の男が答える前に電話を切った。

70

翌朝八時三十分、ボーは裁判所に到着した。彼はアドレナリンとカフェインで神経が高ぶっていた。駐車場からフーパーに電話をした。探偵はすでにメリディアンビルの倉庫のなかにいた。彼の概算では、五百近くのファイルに眼を通さなければならないとのことだった。

「もう半分くらいは調べたが、レンフローのファイルがあるかどうかわかるのはもう少し時間がかかる」

「時間がないんだ、探偵。最初の証人として検事長を召喚するつもりだ。もし正午までに連絡がなければ、別の線で進めなければならない」ボニータ・スペンサーを召喚して、ピーカン・グローブ・ドライブを彼の従兄弟のトラックが走っていたことを証言させ、そのあと、ブッカー・T・ロウに証言させることでこの裁判を終える。ボーはその見通しを考え、思わず身震いをした。

「正午までには連絡する」とフーパーは言った。ボーの手のなかで電話が切れた。彼はあらためてジャイルズ郡裁判所の建築美に眼を見張り、大きく息を吸った。そして息を吐き出すと、静かに祈った。

どうか神様、今日がおれのゲームでありますように。お願いします……

71

法廷は立ち見が出るほど混みあっていた。一階のすべての席が埋まり、バルコニーにも人があふれていた。ヘレンは後ろに眼をやり、傍聴席を見まわした。そこにはいくつかの笑顔といくつかの厳しい表情があったが、ほとんどの顔に浮かんでいるのは好奇心だった。これから何が起きようとしているのかわからないなか、映画のスクリーンを見つめている人々のように。あるいは、自分の土地に入り込んできた野良犬をじっと見つめている農夫のように。「全員起立！」廷吏が大きな声で言った。いつものように堂々として、輝かんばかりの声だった。ヘレンは思わず微笑んだ。サンダンスが何年にもわたってそのことばを言うのを聞いてきたことを思い出していた。旧友の次のことばを待つあいだ、彼女の胃は締めつけられるようだった。だがことばは来なかった。彼は判事が法廷に入ってくるのを待っていた。

スーザン・コナリー判事がうつむきながら判事席に向かって歩いてきた。眼の前に集中していた。自らの義務を果たす兵士。それがこの一週間の彼女の態度だった。彼女は席に着くと、この裁判の最後になると思われる日に傍聴に来た大勢の人々を見渡した。体を乗り出すと、彼女はマイクに向かって、疲労と風邪のひき始めのせいでかすれた声で話した。

「陪審員を入廷させる前に、本日の傍聴人、特に報道陣のみなさんにお願いしたいのは、本日の証人が証言しているあいだは、どんな場合であっても、静粛にしてほしいということです。携帯電話の電源を切るか、マナーモードにしてください。携帯電話の着信音がしたら、その持ち主を法廷侮辱罪に問い、一晩拘置所で過ごしてもらいます」彼女はことばを切り、傍聴人をにらむように見まわした。それからサンダンスのほうを見た。「陪審員を入れてちょうだい」

しばらくするとこの事件を裁くことになる男女の一団が入ってきて、自分たちの席に向かった。陪審員が席に着くと、コナリー判事は遠近両用眼鏡を下げて、検察側を見つめた。

「検事長、進める準備はできていますか？」

最初の四日間と同じように、ヘレンはその呼びかけにビクッとし、思わず答えそうになるのを抑えなければならなかった。

「はい、裁判長」とサック・グローヴァーは答え、豊かな赤い髪に手をやった。「州側は準備できています」

「被告側は？」コナリーはこの一週間ずっと、あえてヘレンを見ないようにしていたが、このときはしっかりと見た。その眼元には心配とかすかな恐怖でしわがよっていた。

「はい、裁判長」ボーが低い声で答えた。コナリーは彼に視線を移した。

「では証人を呼んでください」

「裁判長、われわれは被告人を召喚します」

傍聴人は明らかにこの展開を予想していた。ほとんどの人はだからこそここに来ていたのだ。にもかかわらず、全員が一斉に息を呑んだ。

ヘレンは立ち上がると、証人席に向かって歩いた。彼女は三十年近く、この席に坐っている人間に質問をしてきた。殺人犯。レイプ犯。飲酒運転のドライバー。目撃者。検察医。被害者とその家族。あらゆる人生を歩んできたあらゆる人々。

今、彼女はその席に着いていた。

「記録のために名前を言ってください」

ヘレンは咳払いをひとつすると、マイクに口を近づけた。「ヘレン・エヴァンジェリン・ルイスです」

「陪審員に対し、職業を述べてください」

「第二十二司法管轄区検事長です」

「ルイス検事長……」ボーセフィス・ヘインズの声が法廷の後ろにまで響き渡り、ヘレン自身も腕と首筋がうずくのを感じていた。

「……二〇一五年四月一日の夜、あなたはフレデリック・アラン・レンフローを殺害しましたか？」

「いいえ」とヘレンは言った。自分の知っているかぎりのしっかりとした口調で答えた。

「殺していません」

「あなたはその日早く、まさにこの法廷で、一九七七年からあなたたちふたりが抱えてきた秘密を暴露したら殺す、とミスター・レンフローを脅しましたか？」

ヘレンはまっすぐ陪審員を見て答えた。「はい、しました」

「ではその秘密とはなんですか？」

「一九七七年十二月、わたしはブッチにわたしたちの子供を中絶したと告げました。自分にまだ準備ができていないので、子供は欲しくないと彼に言いました」

「そして彼はその中絶のことを秘密にすると約束したのですね？」

「はい、そうです」ヘレンには、検察側がブッチのコメントは伝聞証拠だとして異議を唱えることができるとわかっていた。だが彼らがなぜそんなことをする必要があるだろうか。この中絶の話はむしろ彼らの主張という炎をあおるものなのだ。

「ところが二〇一五年四月一日、彼はこの秘密を来月行なわれる地区検事長選挙であなたの対立候補となるミスター・サック・グローヴァーに話すと言って脅した」ボーは右手でサックを示した。

「はい」

「また彼は地元の新聞社やテレビ局に送るプレスリリースを用意したと言った。そうですね？」

「はい、そうです」

「そしてあなたは彼を殺すと脅したんですね？」

「はい。わたしは気が動転していました。彼は決してだれにも話さないと言っていたので」

「ルイス検事長、あなたはその夜、仕事のあとにダグ・ブリンクリーの射撃場に行きましたか？」

「はい、行きました。ストレスが溜まるとよく銃を撃つんです。自分の四四口径の銃を撃つのが好きで、その日もその銃を使いました」

「射撃場にはどのくらいいたんですか？」

「一時間を少し超えるくらい。そのくらいで落ち着くと思っていたので」

「落ち着きましたか？」

ヘレンは首を振った。「いいえ、どちらかと言えば、怒りが増していました」

「次に何があったのですか？」

ヘレンは大きく息を吸い込んだ。そして吐き出す音がマイクを通して聞こえた。それから彼女は淡々とした口調で話し始めた。「ピーカン・グローブ・ドライブにあるブッチの家に車を走らせました。そこには以前にも行ったことがありました。一年くらい前に彼が引っ越してきた直後、招待されて見に行ったんです。わたしは縁石に車を止めて、歩いて家の裏手にまわりました」

「なぜですか？」

「通用口のドアの鍵が開いていると知っていたので。結婚していたとき、ブッチはいつも鍵をかけませんでした。それに彼を驚かそうと思ったんです」

「彼を殺すつもりだったのですか？」

「いいえ、違います」彼女はきっぱりと言った。

「どういうつもりだったのですか？」

ヘレンは歯を食いしばると言った。「正直に言えば、あの嘘つきのケツを叩いてやるつもりでした」

傍聴席から何人かの笑い声が漏れ、後列の陪審員のひとりがクスクスと笑った。ヘレンはボーが一瞬、間を置き、満足そうなまなざしでサック・グローヴァーに眼をやるのを見た。笑っている陪審員は有罪に票を投じない。よくそう言われていた。

「なかに入ったとき、何があったのですか」

「ブッチはソファに坐って酔っぱらっていました。わたしは近づくと、問題を解決する方法はひとつしかないと彼に言いました」ヘレンの手が震えだしていた。彼女は膝の上で両手を合わせた。

「彼は何をしたのですか?」

「彼は泣きだした。弱々しく。そしてまた酒を飲みだしました」

またもや満員の法廷から失笑が漏れた。ボーは次の質問をするのを一瞬だけ待った。「あなたは次に何をしたんですか、検事長?」

「わたしはリボルバーのグリップで彼の顔を殴りました」

「四四口径?」

ヘレンはうなずいた。「はい。彼がわたしの腕をつかんで銃を振り落とすまで、三回殴りました。彼はわたしを突き飛ばして立ち去るように言いました。わたしが銃を取り戻そうとすると、翌日まで預かっておくと言いました」

「それから何があったんですか?」

「彼の家をあとにしました」

ボーは満員の傍聴席を見つめた。バルコニーを見上げると、そこも満員だった。「ルイス検事長、ピーカン・グローブ・ドライブのブッチ・レンフローの家にいたとき、一発でもあなたのリボルバーを撃ちましたか？」

「いいえ、撃っていません」

「ルイス検事長、あなたの指紋がブッチ・レンフローの家と彼の衣服から発見されたと聞いて驚きますか？」

「いいえ、彼の家で彼を殴ったのですから、不思議だとは思いません」

また笑いが起こった。今度はバルコニーからだった。

「あなたの車からブッチの血痕がごく微量見つかったと聞いて驚きますか？」

「答えは同じです。むしろもっと見つからなかったことに驚いています」

「ルイス検事長、あなたがピーカン・グローブ・ドライブのブッチ・レンフロー宅を出たのは何時でしたか？」

「午後十時頃でした」

「家を出るときにリボルバーは持っていましたか？」

「いいえ、わたしが最後に自分のリボルバーを見たのはブッチの家の居間の床の上でした」

ボーは素っ気なくうなずくと、法廷にいる全員が今聞いたことを受け止めることができるよう、たっぷり三秒間待った。そして彼は言った。「質問は以上です」

「反対尋問は、ミスター・グローヴァー？」とコナリー判事が尋ねた。ヘレンは旧友が〝検事長〟の肩書きをつけ忘れたことに思わず笑みをこぼしそうになった。サック・グローヴァーは明らかにその省略に気づいたようで、顔が黒ずんだ赤色になっていた。怒った法律家は愚かなミスをする、とヘレンは思い、サックはどのように始めるつもりなのだろうかと思った。わたしはすべてを認め、彼を殺していないにもかかわらず、物的証拠が存在することについてもっともらしい説明をした。

「ミズ・ルイス……」サックがヘレンを肩書きをつけて呼ばないことに喜びを感じているのは明らかだった。コナリー判事から同じように軽んじられたあととあってはなおさらだった。

「一九七七年十二月、あなたは中絶をしましたね？」

サックは陪審員を見ながらその質問をした。ヘレンが〝はい〟と答えたときの陪審員の反応を見ようとしていた。

「わたしはブッチにわたしたちの子供を中絶したと言いました」

サックは彼女のほうを向くと、眼をしばたたいて言った。「ええ、そのことは聞きました、検事長。それは実際にそうしたからだ。一九七七年十二月にあなたは中絶をした。そうですね？」

ヘレンはこの質問を七ヵ月間待っていた。ここまで直接的な質問で来るとは思っていなかった。彼女はこの話題に関して、ボーからの質問については自分でその質問内容を考えていた。だが検察側の質問内容まではコントロールすることはできなかった。彼女にはわかっていた。ブッチの書いたプレスリリースがマスコミにリークされた時点で、いつかは自分のしたことに対する報いを受けなければならないのだと。今、ここのほうがいい。立ち見まで出るほど満員の法廷の、この事件を裁く陪審員の眼の前で。

「裁判長、被告人に質問に答えるように言ってもらえませんでしょうか?」

ヘレンはスーザン・コナリーをじっと見上げた。裁判長は不安そうな眼でヘレンを見下ろした。「ルイス検事長、答えてください。一九七七年十二月にあなたは中絶をしましたか?」

ヘレンは嗚咽を漏らし、口を覆った。そしてゆっくりと陪審員のほうを向くと、三十八年間守ってきた秘密を話した。

「いいえ」とヘレンは言った。

傍聴席からハッと息を呑む音が聞こえた。傍聴人のひとりが叫んだ。「なんてこと(オー・マイ・ゴッド)!」

「静粛に!」コナリー判事が小槌(こづち)を叩きながら大きな声で命じた。「静粛にするように」だが裁判長も同様に混乱しているようだった。「続けてください、ミスター・グローヴァー」

「失礼します」とサックは言い、襟をつかんで平静を保とうとした。「もう一度お聞きします。ミズ・ルイス、あなたは一九七七年十二月に中絶をしたのですか、しなかったのですか？」

ヘレンは咳払いをすると、マイクに向かって話しかけた。「わたしは中絶をしていません」

サックは大きく口を開けていた。そして彼は反対尋問における致命的なミスを犯した。彼は答えを知らない質問をした。「そのあと、どうなったのですか？」

「ブッチには中絶したと言い、ロースクールを三年の最初の学期を終えると去りました。卒業には充分すぎるほどの単位を取っていたので。ニューヨーク、ラスベガスを旅行したあと、カリフォルニア州ロサンゼルスに行き、一九七八年六月十六日にそこの病院で出産しました」唇が震え始めていたが、なんとか最後まで続けた。「すぐに養子に出しました」

サック・グローヴァーの顔は、血の気が引いたように青白くなっていた。自分で足を踏み入れてしまったのだから、後戻りはできないとわかっていた。「なぜブッチに嘘をついたのですか？」

「一九七七年十月のアラバマ大対テネシー大のフットボールの試合のあとにレイプされたからです。子供がブッチの子ではないことを恐れていました」

静寂が法廷の隅々にまで染みわたった。ヘレンは病院の死体安置所を何度も訪れたことがあったが、彼女にとってはあの死の場所の圧倒的な静寂と今の法廷は同じように思えた。うまいたとえだ、と彼女は思った。

四十年近くもつきつづけてきた嘘がたった今死んだのだ。

「レイプ犯を告発したんですか?」サックがようやく訊いた。その声はひどく上ずっていて、まるでヘレンのハイヒールに股間を踏みつぶされているかのようだった。

「いいえ、その男はデートレイプドラッグを使っていました」そう言うと彼女はため息をついた。「だれも信じてくれないと思いました」彼女はそう言うとできるだけ多くの陪審員と眼を合わせようとした。「だからわたしは警官になり、その後、この郡の地区検事長になりました」彼女はことばを切った。「自分に起きたことがほかのだれにも起きないようにしたかった」

サックは二、三歩あとずさった。膝の裏が検察側のテーブルにぶつかり、よろけそうになった。ヘレンは彼がさらに質問をしたいと思っているのがわかった。だが彼はこれ以上失点を重ねるのを恐れてもいた。

「あなたは元夫に嘘をついたんですね、ミズ・ルイス?」

ヘレンは検察官をにらみ返した。「そして彼はわたしに嘘をついた」

サックはコナリー判事のほうを見上げると言った。「質問は以上です、裁判長」

「再尋問はありません」とボーは言った。

「証人は下がってください」とコナリー判事は言った。

ヘレンが証人席を離れ、自分の席に坐った。ボーは衝撃と驚きの眼で彼女を見ていた。

「ここで短い休憩を取るつもりです」とコナリー判事は言った。「みなさん、休憩が必要かと思いますので」

陪審員が退出したあと、ボーは依頼人のほうを見たが、ヘレンは両手で顔を覆っていた。苦悩を抑えようとしていたが、あまりうまくいっていなかった。ボーは背後の傍聴席に眼をやった。最前列にいるロナ・バークスと眼が合った。ボーは彼女を呼び寄せた。「頼む……」ボーの声はしだいに小さくなった。身振りでヘレンを示した。

「わかった」とロナは言い、手をヘレンの肩に置いた。ロナはボーを見ると、「信じられない」と口元で伝えた。

「わかってる」ボーも口元で答えを返した。

彼は検事長の背中を軽く叩き、携帯電話をつかむと、画面を見ながらドアに向かって一直線に進んだ。メールも不在着信もなかった。「くそっ」彼は小声でつぶやいた。検事長の証言は弁護側にとって最大の収穫だった。だが彼らにはまだ代替犯人説が必要だった。そして時間がなかった。私立探偵が何も見つけられなかったら、ボーはミズ・スペンサーとブッカー・Tを召喚するしかなかった。

いったいどこにいるんだ、フーパー？　ボーはそう思いながら、両開きの扉を飛び出ると、反対方向から来る男にぶつかりそうになった。眼をしばたたきながら、その男がだれだかわかり、思わずキスしそうになった。

アルバート・フーパーがファイルを脇の下に抱えていた。

「それか？」とボーは訊いた。

フーパーはうなずいた。

「それで？」

肉づきのいい探偵は満面に笑みを浮かべて言った。「きっと気に入ると思うよ」

72

「裁判長、被告側はミスター・テリー・グライムスを証人として召喚します」とボーは言った。その口調は断固として威厳があったが、彼の心臓は高鳴っていた。裁判では弁護士が自分の直感を信じてリスクを冒さなければならないときがある。そして今がそのときだった。

グライムスが大きな足取りで法廷に入ってきて証人席に坐ると、ボーはバルコニーを見上げ、クルーカットのきれいにひげを剃った男が熱心に手すり越しに見ているのに気づいた。テネシー州ジャイルズ郡の元保安官は厳しいまなざしでボーをじっと見ると、右手の親指を立てた。ボーは素っ気なくうなずき、証人に眼を向けた。

テレンス・ロバート・グライムスはライトグレーのスーツに、白のワイシャツ、そしてダークブルーのネクタイといういでたちだった。白髪交じりの髪はきちんと分けられていて、やわらかな、悠然とした口調で話した。あらためて宣誓をしたあと、彼は虚ろなまなざしでボーを見た。

「ミスター・グライムス、あなたは郡政委員だ、間違いはありませんか？」

「そのとおりです」

「そしてあなたは郡政委員を二十二年間務めている、そうですね？」

「そのとおりです」

「ブッチ・レンフローはあなたの友人であり、隣人だった、そうですね」

「ええ、そうです」

「そして二〇一五年四月一日にブッチの遺体を発見したのはあなただったんですよね？」

「はい」

ボーは陪審員席の手すりのへりまで歩いていき、陪審員の何人かと眼を合わせた。そして法廷を挟んで証人をにらんだ。「ミスター・グライムス、あなたと被害者のブッチ・レンフローはかつて、この郡の元保安官エニス・ペトリーから売春グループに関与しているとして捜査を受けたというのは事実ですか？」

「異議あり！」サック・グローヴァーは椅子から跳び出さんばかりだった。「質問は無関係であり、ばかげています」

ボーは臆することなく、陪審員をまっすぐ見て答えた。「裁判長、この質問は弁護側の主張のまさに核心部分であり、わたしには原告側の証人であるミスター・グライムスに徹底的かつ詳細な反対尋問を行なう権利があります」

「認めます」とコナリー判事は言い、判事席からグライムスをじっと見た。「質問に答えてください、ミスター・グライムス」

「わたしは売春で起訴されたことはいっさいありません」

「起訴されたとは言っていません。捜査されたかどうかです。あなたは保安官事務所から売春で捜査を受けたことがありますか?」

「いいえ、ありません」

ボーは信じられないという表情をした。それから彼は弁護側のテーブルまで歩くと、マニラフォルダーのタブに〝レンフロー/ファイル番号95-0047〟と書かれた古びたファイルを手に取った。「ミスター・グライムス、あなたとブッチ・レンフロー、ルー・ホーンが二十年間、六十四号線沿いの〈サンダウナーズ・クラブ〉を根城に売春を行なっていたというのは事実ですか?」

「嘘だ」テリーは口から唾を飛ばして答えた。

「そして時折、あなたはかつての〈サンズ・モーター・ホテル〉をこれらの密会の場所に利用することがあった、違いますか?」

ボーがゆっくりとファイルのフォルダーのひとつからビデオテープを取り出すと、グライムスの顔は蒼白になった。彼は質問に答えなかったが、ボーはかまわず続けた。

「そしてそのときには、あなたとブッチはその密会をビデオに撮るのが好きだった、そうですね」

「なんのことを言ってるのかわからない」とテリーは言った。が、その声は弱々しくなっていた。

「ミスター・グライムス、ブッチが自分の弁護士であるレイモンド・ピッカルーにテープを何本か渡して保管を頼んでいたと知ったら驚きますか？」彼は手に持っていたビデオテープをテリーと陪審員に見せた。

　ボーが証人のほうに向きなおると、テリーはビデオテープをまるで毒ヘビでも見るかのような眼で見ていた。

「ミスター・グライムス」ボーは答えを待たずに続けた。彼は証人席に近づくとテープをグライムスの前に置いた。「もう一度訊きます。あなたはブッチ・レンフローとルー・ホーンとともに売春グループを運営していたのですか？」

「異議あり、裁判長」とグローヴァーは言った。「繰り返しますが、裁判長、これは本件とはまったく関係がありません」

「棄却します。質問に答えてください、テリー」

　テリー・グライムスは唇を噛みしめ、演壇を見下ろした。口を開いたとき、その声は低くしゃがれていた。「黙秘権を行使します」

傍聴席から大きなざわめきが聞こえた。ボーは血のにおいを嗅ぎ取った。「ミスター・グライムス、マイケル・ザニックという男から、ルイス検事長が彼に対するレイプの起訴を取り下げなかった場合、この売春グループに関して知っていることを公表すると言って脅されていましたか？」

グライムスは咳払いをすると、しわがれた声でマイクに向かって話した。「黙秘権を行使します」

ボーは陪審員を見た。「ミスター・グライムス、あなたがブッチ・レンフローの家から盗んだコンピューターはどこにありますか？」

「異議あり、裁判長。根拠がありません！」グローヴァーが吠えた。

「棄却します」とコナリー判事は言った。

テリー・グライムスは泣きだしていた。「黙秘権を行使します」と彼は言った。

73

テリー・グライムスは証人席をあとにすると、ただちに連行された。

「裁判長、無効審理を求めます」サック・グローヴァーが申し立てた。「ミスター・ヘインズによるミスター・グライムスへの質問は無謀であり、不適切です」

「棄却します」とコナリー判事は言った。「次の証人を呼んでください、ミスター・ヘインズ」

「裁判長、弁護側の証人は以上です」


二時間後、双方の最終弁論が終わり、コナリー判事が陪審員への説示を読み上げたあと、事件は彼らの審議にゆだねられた。

陪審員は出ていった八分後には、審議室のドアをノックして全員一致の評決に達したと告げた。


陪審員が法廷に戻ると、コナリー判事は当事者全員に起立するよう促し、それから陪審員長に向かって言った。「陪審員は評決に達しましたか?」

「はい、裁判長」陪審員長はそう言うと、咳払いをひとつした。「われわれ陪審員は、第一級殺人の罪状につき、被告人を……無罪とします」


ボーは眼を閉じた。そして手と腕に包まれるのを感じた。「やった、ボー。あなたはやったのよ」それはロナ・バークスだった。彼のストロベリー・ブロンドのアシスタントは眼に涙を浮かべていた。ボーは彼女にハグを返すと、法廷を横切った。彼はサック・グローヴァーに手を差し出したが、検察官はその手を握ろうとはしなかった。「この件で報告書を上げるつもりだ、ボー。三度目の業務停止処分に備えておくんだな」

「やってみるんだな」とボーは言い、検察官の肩越しにハンク・スプリングフィールド保安官を見た。彼がボーの手を握った。

「おめでとう、ボー」とハンクは言った。

ボーは、依頼人を祝福しようと、大きな足取りで弁護側席に戻ったが、ルイス検事長はどこにもいなかった。「彼女はどこに行ったんだ?」ボーはロナに尋ねた。

ロナは両開きの扉のほうを指さすと言った。「もう行ったわ」

74

無罪評決が下された六時間後、フラニー・ストーム主任保安官補とそのチームは、テネシー州エルクトンにある、テリー・グライムスが所有する狩猟小屋の屋根裏で、ブッチ・レンフローの家から盗まれたPCを発見した。PCの情報は消去されていたものの、ITの専門家が調べた結果、テリーとルー・ホーンがホテルの部屋で複数の女性とセックスをしているテープや、〝リング〟という名前で保存された、氏名と支払リストを含むエクセルのスプレッドシートなどのファイルなどが復元された。

グライムスは第一級殺人、強盗、売春の容疑で逮捕され、ホーンも売春の容疑で逮捕された。

75

ボーセフィス・ヘインズは、五年ぶりの裁判の勝利を祝って、アルバート・フーパーと六本入りのビールを分け合った。ふたりが存分に酔っぱらったあと、フーパーは数時間前に陪審員の前でちらつかせた悪名高きVHSテープの中身を見たいと言った。

「ちょっと待てよ、探偵。まだテープを見ていないのか？」

「時間がなかったんだ。〝金曜日の夜、サンズ・ホテル〟とフォルダーのラベルに書かれているのを見ただけだ」

「ビデオデッキは持ってるか？」

フーパーは笑いながら車に行き、ビデオデッキを持って戻ってきた。彼はボーの事務所のテレビにビデオデッキをつなげると、テープをスロットに入れた。「準備はいいか？」

「いったいどこでこいつを手に入れたんだ？」

「今日の午後、ジャイルズ郡図書館で借りてきた」

一瞬、部屋は沈黙に包まれた。そしてボーはうなるように言った。「再生してくれ」

フーパーが再生のボタンを押すと、一瞬、画面にテリー・グライムスの裸の映像が映し出された。そして画面いっぱいに雪が降り、ケニー・ロギンズの『アイム・オールライト』のおなじみのイントロが流れ、ゴルフ場の映像が映し出された。

「冗談だろう」とボーは言い、両手で顔の両脇を覆った。

「あんた、今日法廷で陪審員に《ボールズ・ボールズ》（一九八〇年制作のコメディ映画。『アイム・オールライト』はその主題歌）を見せるところだったんだぜ」

三秒間の沈黙のあと、部屋は爆笑に包まれた。

76

一時間後、ボーはウォルトン農場の〝ビッグ・ハウス〟に続く、長く曲がりくねった道を車を走らせていた。彼は従兄弟のトラックの隣に車を止め、後ろのウインドウに貼られた十字架のステッカーをちらっと見て首を振った。それから涼しい秋の夜に足を踏み出し、ポーチを見上げた。右手にボンベイ・ジンのボトルを持ち、家に向かって歩きだした。フーパーと事務所で飲んだビール三本のおかげで足元が少し不安定だった。裁判の疲れとストレスも加わり、両脚がまるでセメントブロックのようだった。

ブッカー・T・ロウはポーチの階段に坐っていた。数秒間、ボーは彼の前に立ったまま、何も言わなかった。そしてようやく彼の横に坐った。ジンのボトルのキャップを開けると、ひと口飲んだ。アルコールが喉と腹を暖めるのを感じながら眼を閉じた。そしてボトルを従兄弟に差し出した。眼を閉じたまま、息を止めて待っていると、ボトルが指から離れるのを感じた。

ボーはブッカー・Tのほうを向くとじっと見た。彼は一瞬ためらってからぐいっとひと口飲んだ。そして大男の口元に引きつった笑みが浮かんだ。「おめでとう」

ふたりは前を見た。頭上の半月の輝きが、最近収穫されたばかりのトウモロコシ畑を照らしていた。「ありがとう」とボーは言った。

少なくとも一分間、聞こえてくるのは北側の木々のあいだを通る風の音だけだった。ボーが従兄弟に尋ねたいことはたくさんあったが、そのどれも今はもう重要ではない気がした。やがて彼は立ち上がると疲れた腕を頭上で伸ばした。それから二、三歩前に歩くと、自分の人生の多くを占めることになった四百万平米の土地を見まわした。「ルーズベルト・ヘインズ少年少女農場」彼は声に出してそう言うと、従兄弟のほうを見た。

ブッカー・T・ロウの顔がゆるみ、ためらいがちにうなずいた。

ボーも同じ仕草を返すと、農場に眼を戻して言った。「気に入った」

77

ヘレン・ルイスは、〈ジャックダニエル〉の一パイント瓶からひと口飲むと、小さな墓標を見下ろした。そこにはこう書いてあった。**フレデリック・アラン・〝ブッチ〟・レンフロー。一九五〇年一月十五日生まれ。二〇一五年四月一日死去。**

「ごめんなさい、ブッチ」彼女は墓地についてから少なくとも百回目となるそのことばを口にした。評決が読み上げられた直後、彼女は廊下を歩いて地区検事長のオフィスに向かい、ファイルをひとつキャビネットから取り出した。裁判所の地下まで行き、管理人室の床に坐り込んで泣いた。裁判所をあとにする頃には、もう暗くなり、閉館時刻を過ぎていた。彼女はタクシーで酒屋へ行き、ウィスキーを買うと、タクシー運転手に墓地の二ブロック手前で降ろしてもらった。

ヘレンはそれ以来、元夫の墓の前の湿った草の上に坐っていた。

「教えてもらえますか」聞きなじみのある声が背後からした。

ヘレンは振り向こうともしなかった。あまりにも疲れ、酔っていた。それに、彼女は二十年間、その声を聞いてきていた。「助けてくれてありがとう、エニス」

エニス・ペトリーは彼女の隣に坐った。「おめでとう、検事長」

ヘレンは眼から涙を拭った。やがてため息をついた。「わたしが彼を殺したことを知っているんでしょ、違う?」

彼はうなずいた。「はい」

「どうして?」

「そのファイルのタブに名前が書いてある人物から」彼はふたりの横に置いてあるマニラフォルダーを指さした。「十万ドルでブッチを殺すように依頼されたからです」彼はことばを切った。「だが四月一日の夜、わたしが彼の家に入ったとき、彼はすでに死んでいた」

ヘレンはファイルに眼をやり、それからペトリーを見た。「あなたはずっと知っていたのね」

彼はうなずいた。

「わたしの銃はどこ?」

元保安官は眼を細めて彼女を見た。「それはいずれわかると思います」

ヘレンは、今は亡き元夫の墓に視線を戻した。「グライムスはどうなの?」

ペトリーは鼻で笑った。「わたしの考えでは、彼は次の日にやってきて死体を発見し、家が捜索されれば、自分が犯罪に関与していることが知られてしまうと思ってPCを盗んだんでしょう。グライムスが夜にやってきてブッチを殺すというのはわたしにはピンとこない。テリーとは長い付き合いだし、あれは彼のスタイルじゃない」とペトリーは言った。「なら、自分の身を守るために証拠を消す機会を利用するだろうか？」元保安官は鼻で笑った。「もちろん」彼はそう言うと一瞬間を置いてから訊いた。「グライムスをブッチ殺害の罪で起訴するんですか？」

ヘレンは疲れた笑みを浮かべた。「もしわたしが数週間後に再選されたら、彼を強盗と売春の罪だけで起訴するわ」そう言うと彼女は両手で顔を覆った。「もしサックが勝ったとしても、グライムスを殺人で起訴して再度裁判を争うほど愚かじゃないでしょう。司法取引にするはずよ。保証する」

いっとき、元同僚だったふたりは、暗い墓地に並んで坐り、それぞれの思いにひたっていた。やがて、ヘレンが沈黙を破った。

「あの日実際に起きたことは、すべて今日の午後、法廷でわたしが話したとおりだった」とヘレンは言った。彼に話すと同時に自分自身にも話していた。「わたしはブッチのケツを蹴るためにあそこに行った。リボルバーで彼を殴り、彼はわたしから銃を奪った。奪い返そうとしたとき銃が暴発した。わたしが離れると、彼は胸から血を流していた」彼女は眼を拭った。「それが致命傷だとわかったし、ブッチにもわかっていた」ヘレンはペトリーをじっと見た。「彼はわたしにとどめを刺すように頼んだ。そうしてくれと懇願した」

「そしてそうした」

彼女はうなずいた。「そのあとはショックのあまり記憶がなかった。銃をブッチの家に置いてきたことも覚えがなかった。次の日、グローブ・コンパートメントを確認するまでなくなっていることにさえ気づかなかった」彼女はためらった。「エニス、わたしがやったことを知っているなら、なぜわたしの四四口径をブッチの家に置いていかなかったの？　少なくとも保安官事務所の連中が見つけられる場所に置いておけばよかったんじゃない？　そうすればわたしの有罪は間違いなかった」

ペトリーは立ち上がると、ジーンズのポケットに手を突っ込んだ。「ノーコメント」

ヘレンは彼を見上げた。「わかったわ、銃のことは忘れましょう。事件の捜査と裁判中、なぜボーを助けたの？」

彼は荒い息を吐いた。「なぜならこの世界では善良な人々がひどい過ちを犯すことを知っているからです。わたしは……恐ろしい過ちを犯し、今もまだその報いを受けている。あなたにはそんな思いをしてほしくなかった」

「どうして？」

ペトリーはやさしい眼で彼女を見た。「あなたはずっと何か別のことに対する報いを受けている。そんな気がしたからです」

彼女はうなずいた。「一九七七年から」

エピローグ

1

ヘレン・ルイスの裁判が終わった一週間後、ボーセフィス・ヘインズはアラバマ州マディソン郡の巡回裁判所で、ルーカス・ウッドラフ判事の前に立ち、子供たちの親権を自分に与えるよう訴えていた。

「裁判長、わたしはプラスキのダウンタウンに家を買いました。法律事務所も順調にいっています。トラブルも起こしていません」ボーは傍聴席の最前列に坐っているT・Jとライラを手で示した。T・Jは妹に腕をまわしており、ふたりとも不安そうな表情をしていた。ふたりともすでにプラスキで父親といっしょに暮らしたいと証言していた。「すでにT・Jとライラをジャイルズ郡の学校に転校できるよう手配し、来週には通い始めることができます」ボーは一瞬間(ま)を置くと続けた。「裁判長、わたしは人生で多くの過ちを犯してきました、そして大きな代償を払いました」一瞬ことばを切って、声が震えないようにしなければならなかった。そして締めくくった。「わたしは家族を取り戻したいんです、裁判長。わたしには子供たちが必要だ。そして子供たちにもわたしが必要なんです」

エズラ・ヘンダーソンの主張は短く辛辣(しんらつ)で、要点をついていた。「裁判長、この男の前歴がすべてを物語っています。彼は犯罪者であり、六カ月間問題を起こさなかったからといって、わたしの娘の子供たちに対する責任を果たせるとは思えません。ボーセフィス・ヘインズは危険な男だ。子供たちは彼らの祖母とわたしといるほうがいいのです」

五分間の休廷のあと、ボー、T・J、ライラが法廷の外の廊下を歩いていたところに、ウッドラフ判事がふたたび招集し、裁定を言い渡した。

「代理人による主張、子供たちの希望、そしてミスター・ヘインズおよびミスター・ヘンダーソンの陳述を考慮した結果、本法廷は、ライラ・ミシェル・ヘインズとトーマス・ジャクソン・ヘインズの親権を……」彼は一瞬間を置き、微笑んだ。「……ふたりの父親、ボーセフィス・オルリウス・ヘインズに認めるものと裁定する」

ウッドラフ判事の裁定のあと、ボーは、エズラとのなんらかの形での和解を望んだが、老人はボーの話を聞く前に裁判所からいなくなってしまった。だが、ジュアニータ・ヘンダーソンは残り、ボーの頬にキスをすると言った。「わたしの孫をよろしくね、ボー」

「はい、マァム」と彼は言った。そして子供たちを見た。ふたりは満面の笑みを浮かべていた。「さて……ふたりとも家に帰る準備はできたかな?」

その夜、プラスキのダウンタウン、ジェファーソン通りの新居で、ボーは娘の頬にキスをしながら、ベッドに寝かせた。「部屋は気に入ったかい?」

「うん、とても」とライラは言い、ボーの首をきつく抱きしめた。「ねえ、パパ」彼女は耳元でささやいた。

「なんだい、ベイビー」

「ありがとう」

「何に対して？」

ライラの眼は、窓から射し込むほのかな光に輝いていた。「わたしたちを見捨てないでくれたことに」

ボーは唇を強く嚙みながら、ここまでの長い道のりに思いを馳せた。痛み。障害。喪失。ジャズとトム・マクマートリー、そして四十九年前のあの八月の息苦しいほど暑い夏の日に、決して子供が見るべきではない光景を見た、五歳の少年の映像が一瞬頭をよぎった。

人をあきらめさせないものは何なのだろうか？　神なのだろうか？　人間の精神なのだろうか？

それとも、人々の人生に現れて、痛みや障害そして喪失に耐えて、前に進むことを教えてくれた人たちなのだろうか？　ボーにはそんな人物が三人いた。

ポール・〝ベア〟・ブライアント・コーチ。彼は努力と倫理観の大切さ、そしてアメリカン・フットボールで勝つことが人生にも通じることを教えてくれた。

トーマス・ジャクソン・マクマートリー教授は、自身のことばと行動を通して、法律家としてどうあるべきか、そして何よりも逆境にいかに立ち向かうかを示してくれた。

そしてジャスミン・ヘンダーソン・ヘインズはとてもすばらしい贈り物、すなわち驚くほどの愛、受容、そして……ふたつのかけがえのない贈り物を彼に与えてくれた。

今、ベッド越しにその忘れ形見のひとつを見つめながら、ボーは眼をしばたたいて感謝の涙をこらえた。「愛してるよ、ライラ」

「わたしも愛してる、パパ」

2

二〇一五年十一月六日、第二十二司法管轄区の住民は、地区検事長選挙においてヘレン・エヴァンジェリン・ルイスに投票し、彼女は記録となる四度目の当選を果たした。友人のダニー・コスレンが中心となってジャイルズ・カウンティ高校で開かれた祝勝会には、百人を超える人々が訪れて検事長を祝福した。

翌朝、グロリア・サンチェスは解雇されることを完全に覚悟して出勤した。だが彼女の机の上には十五冊の事件ファイルが置かれていた。席に着く間もなく、ヘレンがオフィスから怒鳴った。「グロリア、遅れているの。ここに来てあなたのデスクに置いたそれぞれのファイルのブリーフィングをしてちょうだい。今日の午後、ペイジ判事の前で和解審理があるから準備をしておきたいの」

グロリアはヘレンのオフィスの戸口から恐る恐る入ると、彼女の前に立った。「クビじゃないんですか?」と彼女は尋ねた。

「聞いてなかったの? ブリーフィングをお願い」ヘレンは言い放った。「さっさとして」

「どうしてですか?」とグロリアは訊いた。好奇心を抑えることができなかった。「あなたの裁判であなたに不利な証言をしました。あなたに司法取引に応じさせるためにカジミールズ・ヴァインに情報をリークしました。それにマイケル・ザニックに対するレイプ容疑の起訴を取り下げました。なぜわたしをクビにしないのですか?」

「そういったことをするには勇気が必要だったからよ。あなたは困難な選択をしなければならず、そしてそれから逃げなかった。あなたは決断し、その決断に従った」とヘレンは言った。「それに、言ったように仕事が六カ月も遅れてしまってるのよ。だれかが代わりに追いついてくれるとでも? サック・グローヴァーが助力を申し出てくれるとは思えないわ」

「あ、ありがとうございます、検事長」とグロリアは言った。

ヘレンは彼女に眼をやると言った。「後悔させないでね」

一週間後、マンディ・バークスが起こした民事訴訟は早々に調停に持ち込まれた。八時間に及ぶ協議の末、マンディは母親の承諾のもと、マイケル・ザニックに対するすべての損害賠償請求に対する和解金として百五十万ドルの支払いを受け入れることに同意した。そして、すべての当事者による、最終的な契約書の締結が終わると、ボーはヘレンに電話をし、この知らせを伝えた。

「ザニックは平穏を金で買う」とヘレンは言った。その声には苦々しさがにじんでいた。

「そして逃げ切る」ボーは言った。「すべてをあとにして」


和解契約が締結され、同時にマンディ・バークスのマイケル・ザニックに対する民事訴訟が取り下げられてから二十四時間も経たないうちに、〈ホシマ〉との取引が発表された。プラスキの街には、千人を超える追加雇用がもたらされることになった。

その夜、マイケル・ザニックは三十一号線沿いにある彼の邸宅で、街じゅうの人々を招待して盛大なパーティーを開いた。

ヘレンは最後になってようやく現れ、ザニックにふたりきりで話がしたいと言った。

彼は彼女を書斎に案内した。ヘレンはロッキング・チェアに坐ると彼を見つめた。「わたしの銃をどうしたのか知りたいと思って」

彼は微笑んだ。「ああ、ルイス検事長。いつになったら気づいてくれるかと思ってましたよ」

「それしか答えがなかった」

　ザニックは引き出しに手を入れ、四四口径のリボルバーを取り出した。彼は感嘆するようにその銃を眺めると、ふたりの椅子を隔てたコーヒーテーブルの上にその銃を滑らせた。

「無罪になったあと、わたしはオフィスに戻って、マイケル、あなたのファイルに眼を通した。法定強姦罪で証明しなければならないことのひとつは被告人の生年月日よ。それは前提条件だった。法定強姦が成立するには、あなたが十八歳以上、被害者が十八歳未満である必要があった」

「ぼくの生年月日は、検事長？」

「一九七八年六月十六日」

「生まれた場所は？」

「カリフォルニア州ロサンゼルス」とヘレンは言った。彼女の口調は穏やかで弱々しかった。

　彼は微笑んだ。「で、ぼくの母親はだれですか、検事長？」

「パトリシア・ザニック。彼女は――」

「――そしてヘンリー・ザニックは五歳のぼくを養子にした。ぼくが三人の里親を経験したあとに」彼はことばを切った。「じゃあ、ぼくはだれの子宮から生まれたのか？」

「わたしよ」とヘレンは言った。

　ザニックは両手を叩いた。「すばらしいよ、母さん。そのことに気づいてくれないんじゃないかと思い始めていたんだ。ブラボー」

「だからプラスキに来たんでしょ？　わたしとゲームをするために」ヘレンは自分のなかで芽生えつつある怒りの鼓動を感じ始めていた。逮捕された直後にだれかに操られているような感覚を覚えていたことを思い出した。

そのだれかが……

ザニックは首を振った。「借りを返すためにここに来た」

「返せたの？」

「いいや」ザニックは立ち上がると窓際まで歩き、窓の敷居に腕をもたせかけた。「そうだと思っていたけど、思い違いだった」

「どうしてそう思うの？」

「ぼくは両親の故郷で最も有力な人物になり、父親の殺人の犯人に母親を仕立て上げたと思った」彼はそう言うと、静かに笑った。「そうするだけの価値があると思っていた」

「それが狙いなら、なぜわたしの銃を見つけられる場所に置いておかなかったの？」彼女はテーブルの上の銃を手で示した。「凶器が見つかれば、検察側の主張は簡単に通ったはずよ」

ザニックはまだ窓の外を見つめていた。「ぼくの目的はただ勝つことではなかった。あなたを苦しませたかった」彼は彼女のほうを向いた。「ブッチはくずだった。彼を殺すように仕組んだのはむしろ慈悲だったといえるかもしれない」彼はとまどった。「けどあなたは強い。ぼくは我慢して、あなたとあなたの優秀な弁護士がどうするか見ようと思った。そして最後の最後に都合よく銃が見つかって、突然はしごを外す計画だった」彼はニヤッと笑った。

「そうすれば究極の復讐になるはずだった」

「あなたは社会病質者（ソシオパス）よ」とヘレンは言った。最初は潜在意識の奥深くに潜んでいた怒りが表面に噴き出てきた。「どうしてそうしなかったの?」

「自分の父親がレイプ犯だと聞くなんて思ってもいなかった」と彼は言った。まるで自分の計画が台無しにされたことで彼女に苛立ちを覚えているかのような口ぶりだった。ヘレンはもう怒りを抑えられなかった。

　彼女は手を伸ばすと、テーブルからリボルバーを取った。「あなたの父親もまさにあなたと同じだった」彼女はそう言うと、シリンダーに銃弾が何発残っているか確認し、息子に銃を向けた。

　ザニックの顔が蒼白になった。「あなたがブッチを殺した」と彼は言った。「ぼくが仕組んだんじゃない。あなたがやった。あなたが彼を殺したんだ」

　ヘレンは何も言わず、ピストルの撃鉄を起こした。

「そして……」ザニックは言いかけた。声にするのに苦労していた。「ぼくも殺すの?」

　ヘレンは顎を突き出すと、銃を強く握りしめた。「あなたはマンディ・バークスをレイプしたのに無罪放免になった。あなたの父親と同じように」

「なら撃ってくれ。ぼくを悲劇から救い出してくれ。でもその前にあのバークスって娘（こ）がぼくをハメたってことを知っておくべきだ。あのパーティーに来ていた客のなかで高校生は彼女と彼女のボーイフレンドだけで、あの娘のほうから誘ってきたんだ」ザニックはことばを切った。「彼女はあなたと自分の母親に嘘をついた。そして今、彼女は億万長者だ」

「あなたは彼女をレイプした。その罪を償うべきだった」

「ぼくが切った小切手を見れば、彼女はかなりいい取引をしたと言えるだろうね」

「あなたはモンスターよ」ヘレンは指を引き金に置いたままそう言った。

「ぼくはあなたの息子だ」

ヘレンは引き金に指をかけたままだった。そして、ザニックから眼を離さずに、撃鉄を戻すと銃を下ろしてポケットに入れた。数秒後、彼女はドアに向かった。

「待ってよ、ママ」ザニックはからかうような口調でそう言った。だがその声は神経質に震えていた。「もう少しここにいてよ。積もる話をしないかい？　なぜあなたを見つけ出したか知りたくない？」

ヘレン・エヴァンジェリン・ルイスは振り向くと彼をじっと見た。「そのための時間はこれからたっぷりあるわ」

そして振り向くことなくドアから出ていった。

謝辞

妻のディクシーはいつもわたしの最初の読者であり、彼女の助けと励ましがなければわたしの小説が出版されることはなかっただろう。

子供たち——ジミー、ボビー、そしてアリー——はわたしの励みであり、喜びだ。

わたしの母、ベス・ベイリーはいつも愛とサポート、そして援助の源だった。彼女もまたわたしの最初の読者のひとりであり、わたしは彼女の批評をとてもありがたく思っている。

エージェントであるリザ・フライスィヒは、この執筆という旅におけるわたしの操縦士であり、わたしの夢を実現させるための手助けをずっと続けてくれた。彼女の粘り強さにはいつも感謝している。

わたしを育ててくれた担当編集者のクラレンス・ヘインズは、ストーリーとキャラクターをよくするための洞察、アイデア、アドバイスを与えてくれた。クラレンスは驚くべき編集者であり、彼がわたしのチームにいるのはとても幸せなことだ。

トーマス&マーサーの担当編集者であるメガ・パレクは、穏やかで揺るぎない存在で、彼女の励ましとサポートは執筆というこの旅においてとてもありがたかった。

トーマス&マーサーの編集・マーケティングチームのみんなへ。これまでの絶えることのないサポートに感謝したい。あなたたちのことを自分の出版社と呼べることを誇りに思うと同時に、とても光栄に思っている。

わたしの友人でロースクールの同級生でもあるウィル・パウエル判事もわたしの小説の最初の読者のひとりであり、刑法の問題に関しては彼に多くの助言を仰いだ。

友人のビル・ファウラー、リック・オンキー、マーク・ウィッツェン、スティーブ・シェイマスも小説を最初に読んでくれ、わたしに支援と励ましを与えてくれたことに感謝したい。

弟のボー・ベイリーも最初の読者のひとりで、彼の協力に感謝している。

義理の父であるドクター・ジム・デイヴィスは銃器に関する校正を引き続き行なってくれており、彼のポジティブなパワーにはとても感謝している。

友人のトム・カステリとクリステン・カイル-カステリは、テネシー州法を理解する上でとても力になってくれた。

アラバマ州ポイントクリアの友人、ジョーとフォンシー・バラードは多大なサポートをしてくれた。彼らの協力、励まし、友情にとても感謝している。

わたしの法律事務所であるラニア・フォード・シェパード&ペインLLCのみんなには特別な感謝を贈りたい。同僚たちの支援と励ましにほんとうに感謝している。

本書を捧げた友人のダニー・レイ・コブは二〇一九年一月にこの世を去った。人は夢を実現しようとするとき、最初にいっしょにいた人のことを思い出す。ダニー・レイはプラスキでのわたしの最初のファンであり、ジャイルズ郡公立図書館での最初のイベントを企画してくれた。ダニー・レイ、ほんとうにありがとう。

訳者あとがき　そして物語は続く

吉野弘人

ロバート・ベイリーの『嘘と聖域』をお届けする。本作は、『ザ・プロフェッサー』シリーズにおいてトム・マクマートリーの教え子であり、親友としても重要な役割を果たした黒人弁護士ボーセフィス（ボー）・ヘインズを主人公とした新シリーズの第一作である。

ボーは師であるトムと最愛の妻ジャズを失い、さらには息子と娘の親権も失って人生のどん底にあった。そんなボーの元にかつて裁判でボーに死刑を求刑し、その後、トムを守るためにともに戦ったヘレン・ルイスが自らの弁護を依頼してくる。彼女は元夫のブッチ殺害容疑で逮捕されようとしていた。すべてを失い、酒に溺れる生活を送るボーをヘレンは、そんな姿をトムが見たらどう思うのかと叱咤する。ヘレンにとって不利な証拠が積み上がり、さらには検事長の座を狙う政敵が検事長代理となって彼女を追い詰めるなか、ボーは自分自身の人生と子供たちを取り返すため、圧倒的に不利な戦いに身を投じる。だが裁判はヘレンが三十八年にわたって隠してきた秘密を明らかにすることになる。

本書の大きなテーマは〝嘘〟である。人は様々な理由で嘘をつく。この物語のなかでも何人かの登場人物が嘘をついている。その理由はなんであれ、口にした嘘はそれ自体が周囲に影響を及ぼす。そしてその嘘はずっとその人物についてまわる。著者は登場人物それぞれが嘘をつく理由を明らかにせず、その事実を淡々と描くに留めている。どんな理由であれ、自分のついた嘘は自分自身が受け入れるしかないのだ。言い訳はしない。そんな固い信念を登場人物の言動に感じることができる。嘘は決してほめられたことではない。登場人物のついた嘘には保身のためのものもあれば、自らの利益のためのものもあるし、自らの信じる正義のためのものもあるかもしれない。そこには嘘をつく人それぞれの思いや信念がある。著者はその是非については読者の判断に委ねているようでもある。

また本作でも現在のアメリカをめぐる社会情勢が生々しく描かれている。ボーが殺人容疑をかけられた『黒と白のはざま』はクー・クラックス・クラン（ＫＫＫ）発祥の地であるプラスキを舞台に今も根強く残る黒人差別を描いた作品だった。ちょうど時をほぼ同じくして、当時のトランプ大統領を支持するＫＫＫが白いフードをかぶってデモを繰り広げる光景がニュースでも流れ、彼らが決して過去の遺物ではないことが示された。本作では、南部における中絶をめぐる問題が取り上げられる。奇しくも二〇二二年六月、米国連邦最高裁判所は「中絶は憲法で認められた女性の権利」とした従来の判断を覆した。中絶を禁止する州があるなど、この問題については知っていたものの、中絶を支持する候補や過去に中絶を経験した女性候補が決して選挙では勝てないという状況については知らなかった。女性の権利と生まれてくるはずの子供の生命。この物語でヘレンはある選択をする。彼女はその選択を自らの聖域としてだれにも話さないという決断をする。そしてその嘘と聖域は三十八年後に彼女の身に返ってくる。

非常に重いテーマを正面から取り扱いながらも、本作はベイリー本来のエンターテインメントを忘れてはいない。そしてそこに描かれているのはボーの再生と厳しい状況のなかで奮闘する女性たちの強さである。シリーズを代表する登場人物ヘレンに加え、本作から新たに登場する主任保安官補のフラニー・ストーム、検事補のグロリア・サンチェス、ボーの事務所のアシスタントになるロナ・バークスなどがそれぞれ逞しい個性を発揮する。ちょっと変わった探偵のフーパーも加え、新シリーズを彩る登場人物を愉しんでほしい。

ベイリーの作品を読んでいると、共通したテーマとして、ハッピー・エンドであれ、バッド・エンドであれ、決して物語はそこで終わらないという想いを強く感じる。事件が解決しても、裁判に勝利しても、人々の人生は続く。大切な人を失い、人生に絶望しても、人は生きていかなければならない。ベイリーの作品自体についても、トム・マクマートリーという大きな存在を失い、どこか喪失感のようなものを感じさせる。新しいシリーズの幕開けは、トムという絶対的な存在を失ったあとも、登場人物たちの人生が続くことを物語っている。また本作のラストはやや苦く、決してすべてがそこで終わっていないことを示唆している。人々のその後の人生は次作の『The Wrong Side』で描かれるので愉しみに待っていてほしい。

次作では、同じくプラスキを舞台に、黒人のコミュニティを二分する女子高生殺人事件が起きる。ボーはコミュニティを敵にまわしてまでひとりの少年の弁護を引き受けることになる。これまでの黒人差別、女性差別といった切り口とは違う、黒人コミュニティのなかでの人々の反目という新たなテーマを次作は見せてくれる。そしてヘレンやザニックの関係についても変化が現れる。ご期待いただきたい。

そのほかの著者の近況についてもお伝えしておこう。ボーセフィス・ヘインズ・シリーズ二作のあとはアラバマじゅうの道路沿いに自らの写真を載せた巨大な看板を設置する〝ビルボード弁護士〟ジェイソン・リッチを主人公としたまったく新しいシリーズが始まる。とりあえず二作書かれるようで、新しいキャラクターが活躍するものの、『ザ・プロフェッサー』シリーズでお馴染(なじ)みのあの人が脇ながら重要な役で登場する。こちらも邦訳を紹介できたら幸いである。

『ザ・プロフェッサー』シリーズ四作を書き終え、著者ロバート・ベイリーは新しい境地を開こうとしている。新しい作品は、『ザ・プロフェッサー』のシリーズとリンクしつつ、あいかわらずの胸アツな展開や、ページターナーぶりを見せてくれる。トム・マクマートリー亡きあとも、ベイリーの描く物語は続く。是非、期待して待っていていただきたい。

二〇二三年二月

解説

小財 満

この解説を読んでいるにもかかわらず、トム・マクマートリーをご存じない方がおられるのであれば、悪いことは言わない。いますぐトム・マクマートリーを主人公にしたシリーズのまずは第一作『ザ・プロフェッサー』を……いやいやできれば第二作『黒と白のはざま』まで手にとってほしい。

というのもボーセフィス・ヘインズ・シリーズ第一作である本作『嘘と聖域』（ロバート・ベイリー著）は、〈教授〉ことトム・マクマートリーと、彼の若き教え子であるリック・ドレイクという二人の法廷弁護士を主人公にした熱血リーガル・スリラー・シリーズの正統な後継作だからだ。もちろん本作単体でも楽しめるが、当然前作までの出来事や結末も一部書かれているし、なによりボーセフィスという主人公のキャラクターは前作までを読んでからのほうが、より理解できる。さて、本題に入る前にマクマートリー＆ドレイクのシリーズをおさらいしておこう。

トーマス・ジャクソン・マクマートリー教授。アメリカンフットボールで全米チャンピオンに輝いたアラバマ大学の元フットボール選手であり、卒業後は弁護士として保険関係の法律事務所に勤務したのち、フットボールの選手時代のコーチに見込まれ、アラバマ大学ロースクールで勤務。証拠論の権威として四十年ものあいだ教鞭をとった。六十八歳のときアラバマ大学の学部長から疎まれ、学生との諍いをおこしたことをきっかけに大学を追われるように退職。ある訴訟をきっかけに、大学で諍いを起こした学生、リック・ドレイクとともに〈マクマートリー&ドレイク法律事務所〉を立ち上げ、数々の訴訟で伝説を作った不屈の闘士である。

さて、前置きが長くなったが、本作の主人公ボーセフィス・オルリウス・ヘインズ、通称ボーはそのマクマートリー&ドレイク・シリーズの第一作『ザ・プロフェッサー』で初登場する。マクマートリーと同じくアラバマ大学のフットボール選手から怪我をきっかけにロースクールに進んだマクマートリーの教え子であり、親友であり、そして「ナッシュビルの南で最も怖れられる」と評される連戦連勝の原告側弁護士だ。彼はマクマートリーに対して言う――

「もしあなたが苦境に陥って、何かが必要になったときにはしてほしいことがあります。神に祈り、イエスと話したあと、ボーセフィスに会いに来てください」

ボーは大学を追われ、癌に侵され死の淵にあるマクマートリーの法廷弁護士としての復帰を後押しする彼の精神的支柱なのだ。そんなボーにスポットライトを当てた作品がシリーズ第二作『黒と白のはざま』である。彼はこの作品で、なんと殺人事件の被告として登場する。舞台はボーの故郷であり、白人至上主義者たちの秘密結社、クー・クラックス・クラン(KKK)発祥の地でもある南部の町、テネシー州プラスキ。かつて父親を私刑で殺された経験をもつボーが、その父親を殺した一員だったと目されるKKKの大物の老人アンディ・ウォルトンを酔って殺害したとして逮捕されたのだ。そして彼が弁護を依頼したのは、当然、〈教授〉トム・マクマートリー。裁判の過程はプラスキという町の暗部をあぶり出していく。

マクマートリーのシリーズ第一作からして帯などで〝胸アツ〟と称されていたが、そう評したくなる気持ちはよく分かる。第一作では交通事故被害者家族の原告側弁護士として運送会社を訴えるマクマートリーの、弱きを助け強きを挫(くじ)く、勧善懲悪の物語を主軸に、マクマートリーとリック・ドレイクの法廷弁護士としての再起の模様が描かれる。極端な喩(たと)えでいえば水戸黄門(みとこうもん)×ロッキーであって、非常によく出来た人情噺(ばなし)なのだ。アメリカの司法制度においては専門家証言の多用で訴訟コストが高騰し、大資本企業など強者に都合のよい制度となっていることの不条理は、グリシャム『汚染訴訟』などと並んでよく描けており、その圧倒的に不利な証拠の数々をひっくり返すべく判決というタイムリミットに向け、いかに証拠と証人を揃(そろ)えていくかというサスペンスが読みどころの一作だ。

そして、第二作『黒と白のはざま』は衝撃の一作である。民事訴訟の第一作に対し、殺人という刑事訴訟――しかもマクマートリーに課されたのは死刑を求刑された親友ボーを救うという試練だ。リーガル・スリラーでありながら、殺人の真犯人を捜すフーダニットのミステリという側面が強く、町の大半の人間がKKKに所属していたという後ろ暗い過去を持つプラスキという小さな南部の町を舞台にしたからこそ黒人であるボーの圧倒的なハンディキャップが生きている。

もちろん人種差別というテーマの法廷ものと言えば、古くは公民権運動を背景にしたハーパー・リー『アラバマ物語』からの伝統であり、またリーガル・スリラーのパイオニアであるグリシャムの『処刑室』という大作もあるが、死刑制度など司法にフォーカスするグリシャムとは異なり、ロバート・ベイリーは裁判の過程で、町自体や、そこに住む人々の過去に焦点をあてる。現代で法廷に持ち込まれる問題は過去から脈々とつながっていて、法廷で事実を明らかにしていく過程で過去のそれを白日の下に晒すことになるのだ。トマス・H・クック『熱い街で死んだ少女』、ジョー・R・ランズデール『ボトムズ』、アッティカ・ロック『ブルーバード、ブルーバード』など南部を舞台にしたミステリは常にそうした南部ゴシック的なグロテスクの伝統――忘れさられたはずの自分たちの過去から襲撃される物語が背景にある。

作者の父親が癌で亡くなったという背景もありシリーズ第三作以降は病に蝕まれたマクマートリーが、いかに生き、いかに死んでいくかということに焦点があたる。第三作『ラスト・トライアル』ではマクマートリーが最後の裁判を戦い、第四作『最後の審判』ではマクマートリーとその仲間たちを、過去の事件で死刑囚となったはずの始末屋ジムボーン・ウィーラーという癌以上の災厄が襲う。その災厄の様は苛烈なものであり、マクマートリーだけでなく、リック・ドレイクやボー、そしてその家族たちにも魔の手が及ぶのだ。シリーズを通し、〈教授〉は様々なものを周囲に託し最期を迎えるのだが、その託された側の人々を描いたのが本作を第一作とするボーセフィス・ヘインズ・シリーズと言える。

　親しい人間を次々と亡くし、子どもの親権まで失ったボーは絶望の底にいた。定職も家も捨て、師の飼っていた犬の面倒を見るため農場に居候しつつアルコールに溺れるボーのもとを訪れたのは、ともにジムボーン・ウィーラーと戦ったテネシー州の検事長（ゼネラル）ヘレンだった。彼女は自堕落な生活のボーを叱咤（しった）し、「弁護士が必要でここに来た」という。彼女は今、元夫ブッチ殺害の罪で逮捕されようとしているというのだ。ブッチはヘレンと裁判所で諍いをした後、彼女の所持するものと同じ銃で殺害され、そして事件が起きた晩にヘレンの車がブッチの家に停まっていたという目撃証言まであった。ボーは五年以上の陪審裁判のブランクを埋め、元夫を殺害する動機と手段と機会と状況証拠を固められたヘレンを救うことができるのか？

　本作、『嘘と聖域』はいわば『黒と白のはざま』の映し鏡とも言える作品だ。『黒と白のはざま』で初登場し、ボーを殺人の罪で起訴することとなった、テネシー州第二十二司法管轄区検事長（ゼネラル）、ヘレン・ルイスを、今度はボーが弁護するというプロットももちろんだが、保守王国である南部の、人種差別問題ともう一つの大きな問題を本作が扱っているという点でも映し鏡と言える。すなわち、宗教と身体の自己決定の権利の問題である。

トランプ大統領時代に連邦裁判所に保守派が送りこまれ、「中絶は憲法で認められた女性の権利」という一九七三年の最高裁の判断を覆された二〇二二年以降、南部を中心に人工中絶が禁止されるなど大きな問題となり、二〇二二年の中間選挙でも有権者の関心度として人工妊娠中絶は一位のインフレ問題に次ぐ二位と、若い世代を中心に銃規制や移民問題を関心が上回った。もちろん本作は二〇二〇年発表と最高裁判断が覆される前の作品だが、南部において中絶は常に争点であり続けてきたのだ。特に一昔前の世代にとっては大きな、大きな問題であった（時として中絶手術を行う医者への脅迫、放火、殺人などテロに走る人工中絶反対派の動向は、ミステリ作品でいえばグレッグ・ルッカ『守護者』に詳しい）。

本作の原題〝LEGACY OF LIES〟は直訳すれば「嘘の遺産」だが、「嘘から受け継がれてしまったもの」くらいの意味だろう。『黒と白のはざま』と同様に、やはり本作も南部の物語である。プラスキというスモールタウンの嘘、秘密が……つまり過去が亡霊のように甦（よみがえ）る。だからこそ物語は、ヘレンの元夫ブッチとその仲間の隠し事である売春組織、そしてザニックと名乗る男の未成年者への強姦（ごうかん）から始まるのだ。物語の鍵になる人物が言うように「この世界では善良な人々がひどい過（あやま）ちを犯す」。誰もが過去を偽り、ヘレンすらボーに対し隠し事を繰り返す。そんな困難な状況だからこそ法廷弁護士たるボーの物語はひときわ輝くのだ。

よく出来たリーガル・スリラーは宝探しの物語である。圧倒的に不利な証拠を覆すための新たな証拠を、偽りと隠し事だらけの町の中から蜘蛛（くも）の糸をたぐり寄せるように見つけ出したときの快哉（かいさい）を、読者にはぜひ味わってほしい（本作においても、ある宝物を見つけだす際の演出の、なんとニクいこと！　シリーズを読みつづけた読者へのご褒美とでも言うべき、作者らしい趣向だ）。

　そしてやはり最後に、シリーズ最大の魅力である〝胸アツ〟にも触れておきたい。〈マクマートリー＆ドレイク〉の第一作がマクマートリーの再起の物語であったのと同様に、ボーセフィス・ヘインズ・シリーズ第一作である本作も、ボーの再起の物語だ。一度は失意に倒れた人生のドン底にある者――過ちを犯した善良な人々に対しての作者の眼差（まなざ）しは温かい。職と家族、そして愛する師を失ったボーは今一度崇拝するブライアント・コーチの言葉を思い出す必要があるのだ。『ザ・プロフェッサー』で語られたように。「いいかみんな、人生でうまくいかないときが来ることもある。（中略）何もかもうまくいかないと感じるときがあるだろう。そんなときにどうする？　あきらめるか？」マクマートリーの遺志を継ぐものたちは決してあきらめない。そしてときが来れば必ずこう呟（つぶや）くはずだ。
「ケツの穴全開（ワイド・アス・オープン）でいくぜ」

　作者ロバート・ベイリーはアラバマ州ハンツビル在住。ノースカロライナ州デビッドソン大学で歴史学を修めた後、アラバマ大学のロースクールを経て民事の法廷弁護士として二十年近く勤務した後、『ザ・プロフェッサー』でデビュー。本作を含め八作を上梓した気鋭のリーガル・スリラーの作家だ。

（こさい・まん／書評ライター）

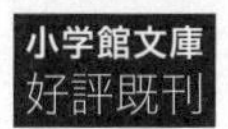

ザ・プロフェッサー

ロバート・ベイリー　吉野弘人／訳

アラバマ大学ロースクールの教授トムは順風満帆な人生を送ってきたが、今は絶望の中にいた。不名誉な形で職を追われ、癌も発覚。そんな中かつての恋人が現れ……。正義を諦めない者たちが闘う、胸アツ法廷エンタテインメント！

ラスト・トライアル

ロバート・ベイリー　吉野弘人／訳

相棒リックが一時離脱、一人で業務を請け負うトムに、ある少女が殺人事件の容疑者として逮捕された母親の弁護を依頼する。被害者はトムたちの宿敵、母親は彼らにとって因縁の人物だった。胸アツ法廷シリーズ第３弾。

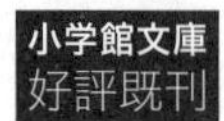

小学館文庫
好評既刊

本書のプロフィール

本書は、二〇二〇年にアメリカで刊行された『LEGACY OF LIES』を本邦初訳したものです。

小学館文庫

嘘と聖域

著者　ロバート・ベイリー
訳者　吉野弘人

二〇二三年二月十二日　　初版第一刷発行

発行人　石川和男
発行所　株式会社　小学館
〒一〇一-八〇〇一
東京都千代田区一ツ橋二-三-一
電話　編集〇三-三二三〇-五七二〇
　　　販売〇三-五二八一-三五五五
印刷所――大日本印刷株式会社

この文庫の詳しい内容はインターネットで24時間ご覧になれます。
小学館公式ホームページ　https://www.shogakukan.co.jp

ISBN978-4-09-407158-0